Lzhetsarevich

Nikolay Alekseev

Лжецаревич

Николай Н. Алексеев

Lzhetsarevich

ISNB: 978-1-64439-537-0

Лжецаревич

© Индоевропейских Издание , 2021

ISNB: 978-1-64439-537-0

СОДЕРЖАНИЕ

ЧАСТЬ ПЕРВАЯ

ЧАСТЬ ВТОРАЯ

ЧАСТЬ ПЕРВАЯ

I

ЗАПОЗДАЛЫЕ ПУТНИКИ

Под вечер декабрьского дня 1602 года по проезжей дороге в глубине векового литовского леса ехали два всадника.

Один из них был человек сильного телосложения, широкоплечий, одетый в темный подбитый мехом кафтан и в низкую соболью шапку, прикрывавшую его лоб и уши. Из-за кушака выглядывала пара резных рукояток длинноствольных пистолетов, сбоку была прицеплена сабля в бархатных ножнах с серебряными перехватами. Длинная, широкая золотистая борода лопатой падала на грудь. Внимательный наблюдатель мог бы подметить в этой бороде местами блестки седины. Седина эта, однако, не была "серебром лет", потому что лицо всадника — красивое лицо чисто русского типа — было молодо, хотя серьезно, почти печально.

Второй всадник, ехавший рядом с ним, был почти на целую голову ниже его. Овчинный полушубок казался несколько узким для его широких плеч, высокая баранья шапка, напоминавшая казацкую, была сдвинута немного на затылок и открывала часть рыжеватых волос над умным выпуклым лбом, на котором бросалась в глаза крупная "родимая" бородавка; такая же бородавка виднелась под правым глазом. Эти бородавки очень портили круглое белое лицо всадника; не мог сообщить ему привлекательности и широкий, несколько приплюснутый нос. Желая подбодрить коня, всадник дернул поводья обеими руками; при этом можно было заметить, что одна из его рук короче другой.

По-видимому, природа отнеслась к нему не как мать, а как мачеха и одарила его довольно неказистою внешностью.

А между тем, в этом некрасивом, почти безобразном человеке было что-то, что должно было выделять его из ряда других. Это "что-то" сказывалось во всем: и в его ухарской посадке на коне — сухом, жилистом "степняке" — и в несколько горделиво закинутой голове, и в быстрой смене выражений лица, и в глазах — некрасивых светло-голубых глазах —

1

тусклых, словно выцветших, но умных, живых и глубоких, в которых трудно было прочесть, что тают они, как трудно узнать, что скрывает глубь Северного моря, цвет которого они напоминали.

Насколько хуже был одет второй путник, чем первый, настолько же хуже был и вооружен: у него не было с собой "пистолей", как тогда называли пистолеты, вместо них из голенища сапога выглядывал черенок ножа. Сабля была и у него, но лежала она в простых деревянных вычерненных ножнах, лишенных всяких украшений.

Внешним видом спутники настолько рознились друг от друга, что первого из них можно было принять за господина, второго — за его слугу.

На деле, однако, было не так. Они оба были вольными людьми и зависели один от другого столько же, сколько папа римский от турецкого султана. Их соединили общность происхождения — они оба были русские — и дорога: путь их лежал в одну сторону. Познакомились они между собой всего несколько дней назад на ночлеге в корчме и знали друг про друга очень немногое.

Всадник в казацкой шапке знал лишь, что его спутника зовут Павлом Степановичем, что прозвище его — Белый-Туренин, что он — боярин, родом из Москвы.

Бородатый же всадник знал про своего путевого товарища еще меньше — только лишь, что его зовут Григорием. Одно они оба хорошо знали — то, что, как одному, так и другому, нужно было удалиться в глубь Литвы, подальше от русского рубежа. По каким причинам нужно это было каждому из них — они не старались допытываться.

Путники долгое время ехали молча.

Слабый отблеск вечерней зари догорел на верхушках деревьев; полумрак окутывал всадников. Боярин вглядывался вдаль сквозь сумерки.

Справа и слева, как две стены, чернел хвойный лес; покрытая снегом дорога белою змейкой вилась между этими молчаливыми стенами и скрывалась во тьме. Нигде не виднелось ничего, что могло бы указать на близость жилья. Тишина была такая, что жутко становилось.

Боярин опустил голову и, задумавшись, ослабил поводья. Его притомившийся конь пошел тише. Григорий тоже не подгонял своего взмыленного "степняка".

— Что, Григорий, ведь, пожалуй, нам заночевать в лесу придется,— прервал, наконец, молчание Павел Степанович.

Спрашиваемый ответил не сразу.

2

— Не знаю, что и ответить. Сказывали мне, что лесом дорога верст десятка два тянется, а, кажись, мы проехали немало, а ей все конца и края нет. Да и кони попритомились. Подогнать их разве. Авось, доберемся до ночлега.

— Гм... доберемся ль? Уж ночь совсем. Смотри! — и Белый-Туренин при этих словах указал своему спутнику на первую звезду, зажегшуюся над их головами.

— Да. Заночевать, что ль, в лесу? Насберем хворостку, костерчик разложим. Коням сено запасено. Э! Что это с ними? — последние слова относились к коням, которые почему-то внезапно сменили свой тихий трусок на быстрый карьер.

— Почуяли что-нибудь,— заметил боярин.

Было ясно, что кони чего-то испугались. Они фыркали, пряли ушами и все подбавляли бега.

— Чего бы им испугаться? — пожав плечами, в раздумье добавил Белый-Туренин.

Его спутник не отвечал, он прислушивался. Вдруг он живо обернулся к Павлу Степановичу.

— Слышишь, боярин?

— Что?

— А вот, послушай...

Боярин прислушался. В лесу, казалось, стояла прежняя мертвящая тишина.

— Все тихо.

— Обожди, обожди малость.

Откуда-то издали до слуха Белого-Туренина донесся унылый протяжный вой.

— Волки! — воскликнул он и добавил с легким волнением: — Не пришлось бы попасть к ним на зубы.

Товарищ боярина весело рассмеялся.

— Теперь расслышал? Они и есть! Кони раньше нас почуяли. Зверье подгонит наших лошадушек, ха-ха-ха! Ну-ну, степнячок мой миленький, надбавь, надбавь! — говорил Григорий, которого, по-видимому, приближение волков не только не испугало, но даже обрадовало; по крайней мере, в его голосе слышалась только бесшабашная удаль.

Белый-Туренин был тоже не из робких, но он любил смотреть прямо в глаза опасности, не играть с нею и подшучивать над ней, а, если этого требовала необходимость, идти напролом с сознанием, что нужно или победить, или погибнуть. Это была храбрость, но храбрость благоразумная, холодная, та храбрость, которая более нужна полководцу, чем простому воину, храбрость не юноши, а испытанного мужа.

Еще очень недавно, всего за несколько месяцев перед тем,

3

как очутиться на пустынной дороге в глубине литовского леса, Павел Степанович был бесшабашным удальцом, готовым на всякую молодецкую, безумно-смелую потеху. Но с тех пор за немногие дни изменилось очень многое; блестки седины появились в золотистых волосах молодого боярина, а его сердце, потрясенное, облившееся кровью от пережитого горя, перестало отзываться на порывы молодости, забилось ровно и медленно, как у старца.

Он ничего не ответил на слова своего удалого путника и слегка шевельнул уздою, погоняя коня.

Но кони не нуждались в понуканиях: они и без того неслись, как бешеные, разбрасывая из-под копыт комья мягкого снега.

Более часа прошло в бешеной скачке. Темное небо засеребрилось; взошла луна и кинула светлые и темные тени на дорогу.

— Скоро конец леса — вишь, молодняк пошел,— промолвил Григорий.

Действительно, путники, очевидно, подъезжали к опушке. Деревья становились мельче и реже, зато кустарники, густые даже и теперь, в зимнюю пору, лишенные листвы, все больше и больше заполняли пространство между деревьями и местами тянулись непрерывною стеной по обеим сторонам дороги.

Могучи были эти дикорастущие кусты; казалось, им тесно между деревьями, и они стремились на волю и занимали всякий свободный клочок земли; даже на проторенную веками дорогу они протягивали свои цепкие ветви, а иногда, как смельчак-пионер, из ряда их выбегал высокий густой куст и преграждал путь всадникам. Недвижный в безветрии, местами занесенный снегом, облитый сияньем луны, он казался издали сказочным чудовищем, облаченным в обрывки белого савана. И со всех сторон, как вопли его робких, жавшихся по краям дороги собратий, неслись жалобные протяжные звуки, все более многочисленные, все громче раздававшиеся. Очевидно, волки приближались и кольцом охватывали путников.

Вдруг новый звук, короткий и резкий, пронесся по лесу. Это был болезненный и гневный человеческий крик. Он раздался неподалеку от Павла Степановича и Григория, в том месте, где дорога делала крутой поворот.

— Человек крикнул,— заметил Григорий.

— Да.

— Э! Да там, кажись, свалка идет! Слышь, сабли звякают.

Белый-Туренин кивнул головой; шум борьбы,

отрывистые, хриплые возгласы и лязг оружия он тоже слышал явственно.

— Значит, потешимся! Любо!.. Гайда! — крикнул Григорий, и, плотнее надвинув шапку, он пригнулся к шее коня и замолотил нагайкой по его бокам.

"Степняк", делая отчаянные усилия наддать хода, почти стлался по земле.

Белый-Туренин не отставал от Григория, извлекая на ходу саблю из ножен.

Через несколько секунд они достигли поворота дороги.

II

В ЛЕСНОЙ УСАДЬБЕ

В нескольких верстах в сторону от проезжей дороги стояла усадьба пана Феликса Гонорового. Лес угрюмый, дремучий, со всех сторон надвигался на нее, и случайно забредшему в эту часть леса путнику нужно было бы быть очень внимательным, чтобы различить между деревьями крышу панского дома.

Но такой путник мог быть, действительно, только случайным: по доброй воле в эту часть леса редко кто заглядывал.

Окрестные крестьяне нарочно делали изрядный крюк в сторону, только бы пройти по возможности подальше от этой усадьбы: недобрая слава шла о ней. Причиною же этой недоброй славы был сам хозяин, пан Гоноровый — "проклятый", как звали его крестьяне, "вампир", как называли его окрестные паны из тех, которые были поученее.

В то время, когда боярин Белый-Туренин и Григорий ехали по лесу, прислушиваясь к отдаленному еще вою волков, почти за час перед тем, как им пришлось достигнуть поворота дороги и услышать лязг сабель и крики сражающихся, в одной из комнат "лесной усадьбы" находился сам хозяин ее.

В комнате было темно. Пан Феликс, тяжелыми шагами ходивший по ней, остановился и крикнул:

— Стефан! Огня!

Едва успел смолкнуть панский возглас, а уже узкая желтая полоска света пробилась сквозь дверную щель, и Стефан со свечой в руке появился на пороге. Он поставил свечу на стол, сделал шаг назад к двери и остановился.

— Вельможный пане...

— Что тебе?

— Осмелюсь доложить — пан Гноровский...

— Ну, ну? — заторопил его пан Феликс, и вся фигура его выразила нетерпение.

— Пан Гноровский по лесу едет.

— Теперь? Ночью? Один?

— Двое слуг с ним.

— Далеко он от усадьбы?

— На полчаса езды.

— Давай одеваться, а потом вели Петрусю, Фомке, Юрью и другим там коней седлать и ы путь снаряжаться — сейчас едем. Соберись и ты.

— Слушаю, пане добрый,— ответил слуга.

Свет свечи, хоть и не яркий, был достаточен для того, чтобы рассмотреть наружность пана Феликса и Стефана.

Слуга и господин были, казалось, одного возраста — каждому из них можно было дать не более тридцати лет.

Пан Гоноровый был очень высокого роста, почти великан. Расстегнутый ворот сорочки открывал могучую волосатую грудь; широкие плечи и руки, на которых жилы протягивались, как веревки, и при каждом движении играли бугорки мускулов, короткая, толстая, бычья шея — все говорило о страшной силе. Кулак, которым пан Феликс грозно потряс под действием наполнявших его голову мыслей, способен был, казалось, уложить насмерть одним ударом вола.

Пожалуй, пана Гонорового можно было назвать красивым — высокий лоб, орлиный нос, большие черные глаза, рот, обнаруживающий при улыбке белые, как молоко, зубы, целая шапка черных, как смоль, слегка вьющихся волос на голове и такого же цвета длинные молодецкие усы, падавшие к острому гладко выбритому подбородку — все это сделало бы из пана Феликса красавца, если бы не выражение его глаз. Тусклый, неподвижный взгляд пана Гонорового был страшен. Ни проблеска чувства, ни искры веселости нельзя было увидеть в темных глазах Феликса,— это была пустыня, страшная, мертвая, беспощадная. Смеялся ли он, горевал или гневался — его брови, густые, нависшие над глазами, сдвигались или расходились, а глаза оставались по-прежнему тусклыми, неподвижными. Такие глаза, вероятно, были у Калигулы, Нерона и других безумно-кровожадных правителей Рима.

Говорят, глаза — зеркало души. Если это справедливо, то в теле пана Гонорового должна была находиться ужасная душа. О нем многие говорили с ужасом, другие — с омерзением. Крестьяне дрожали от страха при одном его имени, соседи-помещики его побаивались и ненавидели.

О лесной усадьбе пана Гонорового говорили, как о вертепе преступлений и разврата. Когда исчезала без вести молодая красавица-крестьянка, ее родители плакали и шепотом передавали друг другу.

— Ее затащил в свою берлогу "проклятый" пан!

Не проходило года, чтобы не пропало несколько девушек.

Кличка "вампир" была дана панами Феликсу Гоноровому неспроста: говорили, что он любит пить теплую человеческую кровь. Запершийся вдали от всех в своей усадьбе, в глубине леса, пан Феликс не ездил в гости ни к кому из окрестных панов и, подобно средневековому рыцарю, покидал свой дом, укрепленный не хуже иного замка, только для разбоя (поговаривали, что он занимается этим доходным ремеслом), для охоты или для потехи, вроде такой, например, как предавать пламени стога крестьянского сена, вытаптывать спеющую рожь, похищать девушек или, если еще больше хотелось ему поразвлечь себя, запалить с двух концов сразу какую-нибудь жалкую деревушку.

Лишь в последнее время пан Феликс изменил своему нелюдимству — он стал часто бывать в доме одного из местных помещиков, пана Самуила Влашемското. Был ли там пан Феликс желанным гостем или нет, о том он мало заботился: ему хотелось туда ездить, и он ездил.

Поговаривали, что причиною этого были прекрасные глазки дочки пана Самуила Анджелики.

Однако многие находили такой слух лишенным основания, потому что всем было известно, что красавица панна Влашемская — уже невеста одного из здешних же помещиков. Полагали, что пану Гоноровому должно быть это ведомо, и, несмотря на всю свою дикость, он вряд ли посмел бы ухаживать за чужою невестой. Для того, чтобы решить, которая из этих сторон права, достаточно прислушаться к тому, что бормочет пан, одеваясь с помощью своего слуги Стефана.

— А, пан женишок счастливый! Увидим, любо ль тебе будет со мною теперь повстречаться? Не таковский, брат, я, чтобы тебе уступить Анджелику! — бормотал Феликс.

Слуга его, Стефан, представлял полную

противоположность своему господину. Насколько тот был высок и силен, настолько он был мал и тщедушен. Он был гораздо ниже среднего роста, но сложен хорошо, и вся его небольшая фигура казалась стройной и гибкой. В его движениях было что-то кошачье. Лицо, обрамленное небольшою белокурою бородой, казалось женственно-красивым, а голубые глаза были ясны и смотрели так приветливо и кротко, что всякого заставляли подумать: "Что за красавец-молодчик! И душа, должно быть, у него ангельская!"

И, между тем, этот женственно-красивый парень был правой рукой своего господина во всех его злодеяниях.

Тщедушный на вид, он обладал стальными мускулами и был ловок, как кошка. Саблей Стефан владел лучше самого пана Феликса, который больше брал силою, чем искусством; кроме того, Стефан, прозванный своими сотоварищами за хитрость Лисом, был храбр и не терялся ни при какой опасности.

Всегда — вел ли он дружеский разговор, бился ли в битве, поджигал ли по приказанию пана деревушку, увозил ли красотку-девушку для своего господина, убивал ли по панской воле опостылевшую любу — всегда он оставался спокойным, кротким с виду, улыбка не покидала его губ, румянец не загорался ярче, только в ясных глазах мелькали чуть заметные искорки.

Пока Стефан помогал пану одеваться, тот расспрашивал его:

— Как проведал ты, что пан Гноровский поедет мимо?

Слуга лукаво усмехнулся:

— Я знал, что вельможному пану приятно будет знать все, что делает пан Гноровский.

— Конечно!

— Так я и постарался присмотреть за ним.

Пан Феликс пожал плечами:

— Ты хочешь, как видно, меня обмануть.

— Посмею ль, вельможный пане?

— Да ведь это ясно! Говоришь, что старался присмотреть за Гноровским, а сам весь день был дома.

— У меня там, в усадьбе Гноровского, другие глаза и уши есть, ха-ха. Есть там молоденькая холопка, московка, Анной звать. Если бы я ей сказал, чтобы она в озеро в прорубь кинулась, так она и то не задумалась бы, не то, чтоб присмотреть за своим господином да мне передать. Прибегла она сегодня сюда и известила, что пан ее ехать к невесте собирается.

— А, вот что! Ну, молодец ты, Стефан! Хитер, смел...
Люблю я тебя, как друга,— сказал пан Феликс, потом добавил,
прицепляя к поясу саблю: — Теперь беги снаряжайся, да и
хлопцев торопи.

— Слушаю, пане.

— Постой! Скажи им, чтоб пана Гноровского в свалке не
зарубили: мне он живьем нужен...

— Слушаю, пане,— повторил Стефан и вышел из комнаты.

Скоро небольшой отряд всадников выехал из ворот
"лесной усадьбы". Все они были вооружены кривыми
польскими саблями. Кое у кого покачивались привязанные к
седлу дубинки. У иных сверкали за поясом топоры. Все
всадники были молодец к молодцу, как на подбор.

— Слышь, волки воют как,— тихо сказал один из них
своему товарищу.

Пан Феликс услышал это и обернулся.

— Ничего! Мы сами — волки! — промолвил он,
усмехаясь.— Гайда, хлопцы!

Нагайки поднялись и опустились на бока коней, и через
несколько минут отряд скрылся за деревьями леса.

III

ПОБОИЩЕ

Когда боярин Белый-Туренин и Григорий приблизились
к тому месту, откуда доносился шум битвы, то они увидели, что
хотя здесь дорога, по которой они ехали, действительно слегка
поворачивала в сторону, но, вместе с тем, пересекалась с
другою дорогою, гораздо более широкой. На этой-то новой
дороге и кипел бой.

Свет полной луны позволял ясно различать все
подробности.

Тройка запряженных в широкие сани горячившихся
коней стояла неподалеку; их сдерживал под уздцы рослый
парень.

В санях стоял и отчаянно отбивался молодой человек, с
бледным красивым лицом, опушенным небольшою темною

бородою. На него нападало несколько человек, из которых некоторые, по-видимому, были поранены саблей отбивавшегося. Все нападавшие были пешие. Их коней держал в стороне какой-то малорослый парень с женственно-красивым лицом. Не принимая участия в битве, он лишь делал указания нападавшим, выкрикивая певучим спокойным голосом по-польски:

— Фома! Фома! Не зевай! Накидывай петлю-то! Эх, не так! Ну-ка, ты, Юшко! Ты половчей, попробуй!

Немного далее виднелась неподвижная, словно окаменелая, фигура великана-всадника со скрещенными на груди руками.

В санях, у ног отбивавшегося молодого человека, лежало распростертое тело какого-то старика, судя по одежде, холопа. Старик, казалось, был мертв; кровавый рубец протягивался поперек его белого лба и скрывался в густых, смоченных кровью, седых волосах. Молодой безусый парень, почти мальчик, сидел тут же, склонясь над ним, и старался какою-то тряпкой остановить кровь, текущую из раны на лбу старика. Порою мальчик поднимал глаза, обводил безучастным взглядом бившихся и снова опускал голову, снова принимался за старое. По-видимому, он плохо сознавал, что происходит вокруг него.

Шум свалки заглушал топот коней боярина и Григория по мягкому снегу; Павел Степанович и его дорожный товарищ — последний несколько впереди — успели подъехать совсем близко к побоищу прежде, чем их заметили.

Григорий подскакал в то самое время, когда молодой человек, стоявший в санях, упал от удара дубиной по голове, последовавшего после возгласа красивого молодчика, державшего коней бойцов:

— Грицко! Хвати его дубиной! С ним, видно, так не сладишь... Ошарашь, ошарашь его!

— Вы чего же это душегубством по дороге занимаетесь? Вот я вас, воронье поганое! — крикнул по-русски Григорий, налетая с поднятой саблей на людей, окруживших сани и обматывавших веревками лежащего без чувств молодого человека.

Озадаченные неожиданным появлением защитников — боярин подскакал следом за Григорием — они растерялись и отступили в разные стороны. Их остановил окрик Стефана (малорослый красивый парень был он):

— Чего струсили? Не видите разве, что их всего двое? Бабы!

И он, быстро вскочив на своего коня, первый кинулся на Григория и Белого-Туренина. Его пример подействовал. Скоро при свете луны клинки сабель засверкали вокруг боярина и его спутника.

Павел Степанович хладнокровно отражал удары; он казался таким спокойным, как будто участвовал не в бою, а на простой потехе, ради того, чтобы скоротать время. Что касается Григория, то тот словно переродился. Его лицо, на котором играла довольная улыбка, казалось теперь почти красивым. Он гикал, посвистывал, подпрыгивал на седле, рассыпал удары направо и налево и в то же время успевал отражать саблю Стефана. Несмотря на все свое искусство, слуга пана Феликса должен был, хотя и медленно, отступать под напором своего горячего противника. Дошло, наконец, до того, что он был прижат к краю дороги, к сплошным колючим кустам.

Всего против боярина и Григория билось пять человек, кроме Стефана, но все это были довольно неискусные бойцы, так что, когда Григорий, увлекшись поединком с Лисом, постепенно отдалился от Белого-Туренина, Павел Степанович настолько успешно мог единоборствовать против них всех, что одного, тяжело ранив в руку, заставил бросить саблю и выйти из битвы, а другого замертво уложил на землю, раскроив ему череп.

Положение слуги пана Гонорового становилось все более критическим. Григорий уже почти загнал его в кусты, где конь Стефана был стеснен в движениях. Красавец-холоп не выказывал ни малейших признаков трусости. Он оставался хладнокровным, зорко следил за противником, выжидая удобного момента для нанесения удара, улыбка не сбегала с его лица, но на лбу от утомления выступили крупные капли пота, и рука отражала саблю Григория уже не с такою быстротой и ловкостью, как прежде.

В это время ему явилась помощь. Словно рев дикого зверя пронесся по лесу и стих, и недвижная статуя — пан Феликс Гоноровый — ожила. Конь его взвился на дыбы и в два прыжка очутился подле Стефана. Сабля пана со свистом прорезала воздух, страшные, мертвые глаза глянули в лицо Григория.

IV

НА ВОЛОСОК ОТ СМЕРТИ

Биться Григорию против двоих было нелегко. Он отбивал своей саблей удары, отклонялся то в одну, то в другую сторону от вражеских клинков. Теперь настала его очередь отступать. Стефан давно уже выбрался из зарослей, и, наоборот, Григорий был загнан своими противниками в кусты. Он чувствовал, что еще немного — и ему не устоять: биться с двумя такими бойцами становилось не под силу. Поэтому он вздохнул с облегчением, когда пан Феликс пробурчал:

— Стефан! Я один справлюсь. Поди, бейся с другим...

"Слава Богу! С одним-то я еще потягаюсь!" — радостно подумал Григорий, скрещивая свою саблю с оружием противника, когда Стефан, повинуясь панскому приказу, отъехал.

Однако и с одним паном Гоноровым нелегко было управиться. Пан не придерживался никаких, обычных правил, он рубил сплеча.

Здесь сила заменяла искусство. Кривая сабля его так и мелькала в воздухе. Григорию некогда было нападать — он едва успевал отбиваться. А пан все наступал. Его тяжелый, большой конь напирал грудью на сухопарого "степняка" и заставлял подаваться назад, все дальше и дальше в кусты.

Феликс не сводил своих стеклянных глаз с лица противника, и Григорий начинал как-то странно чувствовать себя под этим застывшим взглядом. Он нарочно старался не смотреть в глаза противника, но его словно толкал кто: "посмотри, да посмотри!", и он, нет-нет, да и взглядывал против воли. "Ну и глазища же у него! Что у сатаны!" — думал Григорий, недовольный тем, что эти безжизненные глаза мешали ему биться. Да, мешали. Сначала он этого не сознавал, только чувствовал некоторую неловкость; его рука как будто действовала медленнее, чем всегда; потом он начал испытывать такое чувство, словно на него надели путы и стягивают ему руки, заставляют странно неметь все тело. Но это не была усталость — это была скорее какая-то вялость, апатия; нечто подобное чувствует человек, когда его "морит" сон.

Григорий бодрился, но непонятное состояние все усиливалось. Уже несколько раз он едва не был зарублен противником, лишь с большим усилием ему удалось уклониться от смертельного удара. И вот настал момент, когда сабля пана блеснула, заносясь над головою Григория, а он сидел неподвижно, не пытаясь уклониться от удара, не поднимая своего оружия навстречу противнику, глядел прямо в глаза пана Феликса и думал: "Да что же это я? Ведь он меня сейчас зарубит!"

Смерть его, казалось, была неминуема.

В это время темная масса стала между бойцами и разделила их.

Сабля панская опустилась.

V

ПОСЛЕ БИТВЫ

— Боярин! Он тебе плечо зарубил?!

— Ничего, пустое. Хорошо, что ты цел остался — близко было...

— Что и говорить! Совсем на краю могилы стоял. И что со мной сталось, понять не могу! Словно одурел. Ведь знаю, что сейчас конец мне, а саблю поднять силы нет. Кабы не ты — шабаш. Спасибо тебе! Вот уж спасибо! Век не забуду. Дай-ка-сь, я тебе плечо перевяжу.

— После. Теперь к саням пойдем. Вишь, лошади совсем в кусты зашли да бьются: опрокинут сани, чего доброго, либо ускачут.

— Не уйдут кони. Успеется. Поверни-ка плечо поскорей. И-и, какая рана! Как ее не перевязать? Этак и кровью изойти можно... Мы ее сейчас затянем — рану-то...

И Григорий, достав из привешенного к седлу узелка с дорожными припасами "про случай" рубаху, изорвал ее в длинные полосы и начал умело перевязывать рану боярина, заставив Павла Степановича, как он ни отговаривался, скинуть ненадолго кафтан и, несмотря на мороз, обнажить плечо.

Как закончилось побоище и каким образом Григорий остался живым и невредимым, а Белый-Туренин получил тяжелую рану? Для того, чтобы объяснить это, надо вернуться ко времени боя.

Когда Стефан, по приказанию своего пана, предоставил ему одному биться с Григорием, он, немного переведя дух, так как устал за время поединка немало, направился туда, где находился Павел Степанович. Боярин бился с прежним хладнокровием; появление нового лица в числе противников его не испугало. Он старательно отбивал удары, не забывал наносить их сам и в то же время поглядывал в ту сторону, где бился Григорий.

Боярин вскоре заметил, что тому, кажется, приходится плохо. Понемногу он стал подвигаться поближе к Григорию. Вглядевшись в лицо своего дорожного спутника, он увидел в нем странную перемену. Григорий казался бледным, как мертвец, и с видимым усилием действовал саблей.

"Ранен!" — подумал боярин и уже решительнее двинулся к нему на выручку.

Желая выбраться из круга противников, он стал наносить удары быстрее прежнего. Стефан попробовал преградить ему путь и с пораженной правой рукой и грудью свалился с седла.

Павел Степанович поспел на помощь товарищу в ту самую минуту, когда сабля пана Феликса уже занеслась над головой Григория. Белый-Туренин, не раздумывая, заслонил собою своего спутника, и пан Гоноровый рассек ему плечо. Пострадало левое плечо, а потому это не могло помешать продолжению боя, и боярин не думал отступать. Побоище прекратил сам пан Феликс. Биться с двумя сразу он не имел охоты. Слагать свою голову из-за неудачной попытки захватить в свои руки соперника по любви к прекрасной панне не входило в его расчеты. Он еще хотел пожить, и пожить хорошо.

— На коней! — крикнул он.

Его голос прозвучал, как труба. Мигом все его ратники, даже и тот, который до сих пор держал под уздцы троечных лошадей, растерянно смотря на происходившую свалку, вскочили в седла. Захватили с собою и раненых, в числе которых был и Стефан.

— К дому!— приказал Гоноровый, и весь отряд полным карьером умчался от места битвы.

— А ты, братец, умеешь перевязывать раны. Где это ты наловчился? — сказал Павел Степанович, когда Григорий заканчивал перевязку.

— Чего я не умею! — усмехаясь, ответил тот.— А наловчился я в Запорожье.

— Разве ты — казак?

14

— Был им. Кем я не был? Я и саблей махать не дурак, я и пером строчить мастак.

— Вот как! Сподобил, знать, тебя Бог.

— Да не только русскую, я и польскую грамоту знаю. И латынь учил... Ну вот, боярин, и готово! Теперь пойдем к саням, посмотрим, что там за народ.

Мальчик по-прежнему сидел, наклонясь над трупом старика. Когда Белый-Туренин и Григорий приблизились, он мельком взглянул на них, но не сказал ни слова и продолжал прикладывать тряпку к ране старика, хотя кровь уже перестала течь. Молодой человек, на которого было произведено нападение, лежал поперек саней, так что голова и ноги его свешивались по одну и по другую сторону. Он не шевелился. Григорий приложил ухо к его груди.

— Жив. Сердце бьется. Да я и знал, что он жив: слышал я, как тот кричал, чтоб дубинкой ошеломили этого молодчика. Ошеломили, а не убивали. Стало быть, его только легонько пристукнули. Давай-ка-сь снегом его оттирать,— сказал Григорий и, взяв ком снега, начал тереть им виски молодого человека.

Павел Степанович помогал ему. Однако их старания не увенчались успехом.

Молодой человек стал дышать глубже и ровнее, но в себя не приходил.

— Делать нечего, придется так везти. Авось, очнется. Надо ехать... Паренек, а паренек! — обратился Григорий к мальчику.

Тот уставился на него.

— Откуда вы и куда ехали?

Мальчик не отвечал.

— Али у тебя языка нет?

— Тятьку убили! — пробормотал парень.

— Что ж делать! Божья, знать, воля. Теперь, тоскуй не тоскуй — не поможешь. Скажи лучше, куда ехали, да как твоего пана звать?

— Звать Максимом Сергеичем... Из Гнорова мы...

— Так. А куда путь держали?

— К невесте его. В Черный Брод.

— Далеко отсюда?

— Тут за лесом. Близко.

— Боярин, садись в сани! Коней своих привяжем позади. Довезем Максима Сергеевича до его невесты.

— Тятьку, тятьку возьмите! — не своим голосом крикнул парень.

— Возьмем, не бросим при дороге... Эхма, мои лошадушки!

Григорий взял возжи в руки, тряхнул ими, и тройка понеслась.

— Знаешь, боярин, ты останься в Черном Броде.

— Зачем?

— С такою раною тебе покой да уход нужен.

— А ты не останешься?

— Нет. Я и ночевать в панском доме не буду.

— Что так?

— Так, не с руки.

— Далеко ты едешь?

— Сам не знаю. Еду туда, где пошумней, полюдней, где людей ратных побольше.

— Зачем это тебе?

— Эх, друг! Есть у меня думушка, да не пришла пора открывать ее! Жизни сердце мое просит такой, чтоб дух захватывало! Или даром я учился? Или мозгов у меня мало, что должен в серости век свой коротать? Нет, товарищ! Не таковский я! Мне бы царством править, мне бы полки водить, а не так вот, в черном теле пребывать. И буду полки водить, буду!

Продрогшие кони, пугаемые завыванием волков, неслись с быстротой ветра. Лес все больше редел. Еще немного, и глазам путников представилась уходившая вдаль снежная, облитая лунным светом равнина.

Григорий встал и хлестнул по лошадям. Кони наддали. Снежные хлопья из-под копыт били в лицо едущим.

Григорий стоял и помахивал вожжами. Глубокая дума виднелась на его некрасивом лице. Грудь неровно поднималась. Павел Степанович смотрел на него и думал:

"Ну, брат! Вон ты каков! Не ожидал!"

Черное пятно показалось вдали на белом фоне снега. Можно было неясно различить крыши изб и темную массу какого-то строения, стоявшего в стороне от изб.

— Черный Брод? — спросил Григорий парня. Тот молча кивнул головой.

— Усадьба? — опять спросил спутник боярина, указывая на темневшееся строение.

Парень снова кивнул головой.

Григорий остановил тройку и выпрыгнул из саней.

— Прощай, боярин!

— Ты куда же? Хоть бы доехал до деревни.

— Я полями наперерез скорее доберусь.

Григорий ловко вскочил на коня.

— Прощай, приятель, коли так. Свидимся ль? — проговорил Белый-Туренин.

— Свидимся! Верно свидимся, если живы будем. Только я тогда вряд ли буду простым Григорием.

— А кем же будешь?

— Кем? — усмехаясь, промолвил Григорий.— Быть может, царем! Ха-ха! Прощай!

— Прощай!

Боярин шевельнул вожжами. Тройка понеслась. Он глядел в ту сторону, где виднелась быстро уменьшающаяся фигура скачущего на своем "степняке" Григория.

"И хороший он парень, а мозги у него, кажись, немного не на месте",— думал Павел Степанович.

Его дорожный спутник казался уже темною точкою. Вот и точка пропала. Белый-Туренин оглянулся и посмотрел вперед. Большой панский дом, обнесенный изгородью, глядел на него рядами темных окон. В двух из них виднелся свет.

Тройка подъехала к воротам.

VI

СТРАННЫЙ СЛУГА

Ночь темна, но тепла. Уже с неделю, как погода размякла. Впрочем, и не диво — дело к весне идет, уже начало марта. Вон и ветер совсем не тот, что дул в середине зимы — теплый, будто ласковый. В зимнюю пору подуй ветер — в поле беда! Закурились бы все холмики и бугорки мелкою снежною пылью и понеслись бы белые тучи навстречу путнику, обвили бы, засыпали бы его, заставили бы его прижмуриться и уйти головой в высокий воротник овчинной шубы да прибавить шагу, чтобы поскорее выбраться на дорогу — не ровен час, разыграется метель, тогда — верная гибель среди снежных сугробов. Теперь не то — снег слежался, осел, покрылся тонкою ледяною корою; ветру не взвить над сугробами столбиков снежной пыли.

В поле тихо. Лишь изредка доносит ветер что-то похожее на отдаленный смех и говор, долетает тихое ржанье и фырканье коней. Услышит это шагающий по колено в снегу, одетый в рваную овчину крестьянин и посмотрит в ту сторону, откуда звук идет, и вздохнет глубоко, увидев вдали желтенькие, тусклые, едва видные огоньки в лачугах таких же, как он, бедняков-поселян и залитые светом окна дворца ясновельможного пана князя Адама Вишневецкого, живущего в своем Брагине с королевскою пышностью, и подумает:

"Опять пирует князь Адам... И что за житье панское! Все пиры да пиры... А у нашего брата коли хлеба без мякины есть вдосталь, так и то рад... Э-эх! И отчего так жизнь человеческую Бог состроил, что одному много, а другому ничего равнешенько?"

И почешет затылок мужичок, и еще раз вздохнет, и опять по-прежнему зашагает по глубокому снегу туда, где светит тусклый, но все же приветливый для него огонек в родимой избенке, где ждет его пара белоголовых чумазых ребятишек и вся высохшая от работы да голодухи баба.

Пируют паны, пируют и их челядинцы. Уселись они в кружки, человек по десяти в каждом и, то и дело опускают свои длинные усы в ковш холодного сладкого меда, который, пока пьешь, как будто и слабоват, а попробуй-ка встать, опорожнив добрую половину ковша — ноги не пойдут, тут же и растянешься на полу колода-колодой при громком смехе остальных, более выносливых "питухов".

Иные потягивают "вудку", есть и такие, которые пивом пенистым, хмельным балуются.

Шумно в челядне. Разноязычный говор — польский, литовский, русский — прерывается взрывами хохота, разухабистой песней... Жарко. Дверь входную открыли, и отраженные стенами звуки вылетают на двор и дальше, в снежное молчаливое поле, и затихают где-то там, в пространстве, далеко-далеко, быть может, у той звезды, которая проглянула сквозь облака с темного неба.

Но не все веселы в челядне. Вон в углу сидит рыжеволосый приземистый человек. Он задумчив и не вступает ни с кем в беседу, не улыбнется, не выпьет ни глотка меда или "вудки". На него не обращают внимания — привычна всем его задумчивость.

Не первый месяц уже живет Григорий в числе челядинцев князя Вишневецкого, а веселым никто его еще до сих пор не видел. Всегда дума какая-то лежит на лице. От пирушек, от забав хлопцев сторонится. Товарищи его недолюбливают, но открыто не высказывают нелюбья: сунься, покажи, он тебе живо рукой головушку с плеч снесет!

Недаром его любит князь Адам: Григорий первым бойцом считается среди всех княжеских челядинцев. Да не только считается, таков он и есть на деле. Наезд ли Вишневецкий делает на какого-нибудь недружного соседа, едет ли на звериную ловлю — Григорий впереди всех. Тогда он весел. Шапка с алым верхом лихо на бок сдвинута, так что кисть золотая, которая к верху шапки прикреплена, до самого плеча свешивается; гикает он, посвистывает, улыбка во все лицо. А вернутся домой — опять сумрачен.

Порой и на него, впрочем, найдет полоса разговорная, оживится он, заговорит. Говорить он мастер! Заслушаешься. Да ему есть что и порассказать: видал всякое, хоть и молод. Начнет рассказывать про набеги казацкие, про битвы с татарвою да с турками, а то — о мирном житье-бытье московском, об обычаях тамошних. Часто о царях говорит, особенно об Иване Грозном, о Феодоре. Начнет о Феодоре — непременно вспомянет про смерть Димитрия-царевича и вздохнет всегда при этом так глубоко-глубоко, посетует, что пресекся царский корень... И у самого слезы в очах, и голос дрожит.

Дивились этому все немало: этакий молодец храбрый и вдруг слезы роняет, будто баба! А он примолкнет, иной раз на полуслове речь оборвав, отойдет в сторонку и смахнет слезу, потом сядет где-нибудь в уголку грустный-грустный.

Совсем не похож он был на других челядинцев пана Вишневецкого. Не даром про него и слухи ходить стали разные. Поговаривали втихомолку, что он совсем не низкого звания, что он — боярин московский, спасается от врагов своих, иные же пошептывали, что он, пожалуй, и еще повыше боярина.

Никто не знал, доходила ль до Григория эта молва, но он продолжал держать себя по-прежнему. Видали его часто за последнее время беседующим с духовником князя Адама, иезуитом, отцом Николаем. Это еще более подлило масла в огонь: что за беседы такие у важного княжеского духовника с простым слугою?

Сидя в стороне от пирующих и не вступая ни с кем в разговор, Григорий внимательно прислушивался. Сквозь царивший в челядне шум он старался уловить слова говорившего неподалеку от него уже немолодого человека.

Григорий знал его — это был Петровский, один из слуг Вишневецкого, русский, поступивший к князю не так давно.

Слушатели Петровского были тоже русские, исключая двух усатых поляков и одного угрюмого литвина, больше заботившегося о том, чтобы его не миновал ковш с медом, чем о речи Петровского. А речь его была занятна. Григорий за шумом не мог расслышать некоторых слов, но смысл речи уловил: Петровский говорил об убиении царевича Димитрия.

— Майский день был это, светлый, теплый... Послала царица Марья сыночка своего, Димитрия, погулять — знамо дело, хоть и царевич, а все дитё,— побегать, поиграть хочется...— говорил Петровский, продолжая рассказ.— Ну и вышли, значит, на крыльцо кормилица, Орина — мамка, Волохова боярыня и еще постельница, Марьей звать. Глядь, подходят к ним Осип Волохов, мамкин сын Качалов Микитка да Битяговский Данилка...

— И почему ты это все знаешь? — перебил рассказчика кто-то.

— Хм!.. Как не знать? Я ж в ту пору в Угличе у царицы Марьи в истопниках жил. Все я своими глазами видел, как раз по двору в ту пору проходил.

— Ну-ну, валяй дальше.

— Подходят это к ним, а уж царевич с Жильцовыми {Жильцы — особый класс в Московской Руси, один из разрядов служилого чина.} ребятками об игре какой-то сговаривался, а кормилица на крылечке присела, Волохова подле стоит с Марьей постельницей, беседует. Те-то трое все ближе подходят к царевичу да мальчикам жильцовым. И вижу я, что Волохов нож вынимает да пробует, остер ли. "Что за диво такое, — думаю.— На что ему нож?" А Битяговский ему говорит: "Ты чего нож-то выставил? Спрячь в рукав!" — и не видит, злодей, что я тут близехонько стою и все слышу. Подивился я, да думал уже и со двора прочь идти, дело к тому ж у меня спешное было, вдруг шум тут поднялся да вой и рев такой, что я остановился, будто в землю врос, и шагу сделать не могу. Кормилица, вижу, плачет, рекой разливается и вопит не своим голосом, Волохова мечется у крыльца, что угорелая, постельница тоже, а Качалов, Волохов, Битяговский бегут в разные стороны, и лица у них не то от страха, не то от злобы мела белей и перекошены. На крик народ отовсюду бегом бежит. И вдруг звон по всему городу поднялся, будто к пожару; колокола так и гудят, а народ ревет, их заглушает: "Царевича злодеи убили!" Тут смекнул я, для чего нож Волохов вынимал. Крикнул я людям, кто злодеи, и пустился за Качаловым с братьею его нечестивою. Убил злодеев тогда народ, что звери на них накинулись... И поделом!

Петровский примолк.

— Ну, а царевич? — спросили сразу несколько.

— Нашли его, болезного, с гортанью перерезанной.

— Вот что. Стало быть, помер. А тут слух у нас идет...

— Какой?

— Да будто царевич Димитрий жив и объявится скоро, и царство себе вернет,— сказал кто-то.

— Так! И мы слышали!

— И мой пан толковал,— вставил свое слово угрюмый литвин,— об этом, слыхал я, с одним приезжим боярином московским. Пан мой не верил, а тот честью заверял, что царевич жив и в Литве находится...

Петровский обвел всех торжествующим взглядом.

— Братцы! По совести скажу вам — здесь мне бояться нечего, здесь Литва, не Русь, Бориска меня не казнит смертью...

— Конечно! — гордо сказал по-польски один из поляков.— Здесь мы бы твоему Борису бока начистили! Казни москалей своих, а сюда не суйся — руки коротки!

— По совести скажу, братцы,— продолжал Петровский,— точно, Димитрий-царевич здравствует!

— А сам говорил...

— Постойте! Дай досказать! Гортань перерезали злодеи, да не ему — помутилось у них в глазах, знать, от страха! Зарезали парнишку одного жильцова.

— Ну?! А царевич?

— Царевич убег. Приютил его добрый человек один и увез в Литву, чтоб от Бориса укрыть. Видал я убитого мальца, когда он в храме лежал — не Димитрий то, примет царевича нет.

— Дивно! — покачав головою, сказал один из сидевших.— Словно сказка!

— Иная быль диковинней сказки...

Все притихли.

— Да где же Димитрий? Что ж он не явится? — тихо промолвил кто-то.

— Появится, дай срок...— ответил Петровский.

Григорий быстро поднялся и подошел к сидевшим.

— Димитрий где? — заговорил тихо, почти шепотом, но так, что каждое слово его отчетливо отдалось в ушах слушателей.— Димитрий где? — повторил он.— Он близко... Быть может, здесь... За счастье царевича Димитрия!

И он, зачерпнув меду, осушил ковш до дна; потом поспешно вышел из челядни.

Сидевшие переглянулись с удивлением. Петровский наполнил ковш.

— За счастье царевича Димитрия! — повторил он фразу Григория и хлебнул глоток.

Ковш пошел по рукам.

VII

ИЕЗУИТ

Отец Николай сидел за столом и медленно и четко выводил круглые буквы латинского шрифта. Свеча освещала наклоненную голову иезуита. Гладко выбритое лицо патера казалось выхоленным и упитанным, на щеках играл здоровый румянец.

Этот монах меньше всего напоминал собою монаха. Его скорее можно было принять за добродушного помещика, любящего сытно покушать, попить, вволю поспать. Привычная усмешка даже и теперь, во время письма, не сбегала с полных, чувственных губ отца иезуита. Часто мигавшие, заплывшие жиром глазки казались лукавыми.

Отец Николай, по-видимому, не задумывался над составлением фраз, рука его двигалась медленно, но безостановочно, латинские строки вытягивались ровными, красивыми линиями, без помарок и вычеркиваний, и слагались в стройные периоды.

"Вы правы, как всегда правы, святой и старейший брат мой,— выводила рука иезуита,— действительно, можно извлечь громадную пользу для нашей святой римской церкви из появления царевича Димитрия. Следуя вашему совету, я усердно распространял молву о его появлении в пределах Литвы. Паны меня с интересом выслушивают, многие верят, что слух справедлив, иные с сомнением покачивают головой, называют подобный слух вымыслом праздных людей, но все согласны, что в случае, если все это окажется правдой, оно послужит к прославлению Литвы и Польши — поляки и Литва непременно помогут царевичу воссесть на родительский престол — и к посрамлению московских схизматиков. Мне не составляло особого труда разглашать о царевиче — глухая молва о нем шла уже и раньше; мне и братьям моим, которых я оповестил, оставалось только раздуть эту молву.

Откуда пришли толки о царевиче?

Они родились не здесь, в Литве, а донеслись из Московии. Я полагаю, что их привезли к нам опальные бояре царя Бориса: они так озлоблены на Годунова, что рады чем могут досадить ему.

Итак, мы нашли себе готовую почву.

Но где же он, этот Demetrius? Можно подумать, что он без

плоти и костей, что он — вымысел людей озлобленных и со слишком пылким воображением. Вы пишете мне:

"Распространяйте молву о явлении царевича, разведывайте, не проявится ли он где. Быть может, этот царевич — только миф, но это нисколько не меняет дела: разве нам нужен действительный наследник Иоанна? Нам нужно, чтобы новый царь, заместитель Бориса, кто бы он ни был, явился послушным сыном римской церкви и подчинил власти святейшего отца нашего папы Климента VIII многие миллионы восточных еретиков". Такое рассуждение справедливо: кто, как не истинный католик, наиболее достоин быть царем? Я нарочно привел слова ваши, святой брат мой, чтобы перейти к дальнейшему. Возложенное на меня, смиренного, послушание я исполнил: слух раздул, насколько возможно, о Димитрии разузнавал и убедился, что истинный сын царя Ивана Грозного спит в гробе вечным сном. Явится ли смельчак, который захочет воспользоваться популярным именем и отнять престол московский у нынешнего царя? И, если явится, будет ли он в состоянии исполнить ту великую миссию, которую мы хотим возложить на него? Святой и старейший брат мой! Простите меня, дерзновенного, что я выскажу свое мнение: мне кажется, нам нужно самим найти его. У меня есть на примете один здесь. Он смел, честолюбив, какой-то ореол таинственности окружает его — никто не знает достоверно, кто он по происхождению. Он греческой веры, но склоняется покинуть схизму и вступить в лоно римской церкви — это он высказывал в беседах со мной. Кроме всего этого, он красноречив, довольно учен — знает русский и польский языки, не совсем чужд ему и латинский. Одним словом, это — человек замечательный. Такому нужно было бы быть Димитрию, чтобы оправдать наши надежды. Ради достижения великой цели должно употребить и великие усилия. Я готов приложить всякие старания, чтобы заставить этого человека согласиться принять на себя имя царевича. Благословите ли вы меня, святой брат"...

Патер не окончил фразы и поднял голову. Из полуотворенной двери на него смотрело прелестное женское личико.

Отец Николай отбросил перо, выпрямился и улыбнулся.

— Зачем прелестная пташка смотрит на черного ворона? — сказал он.

— Святой отец...

— Опять "святой отец"! Как мне неприятно слышать это из твоих розовых губ, Розалия! Не лучше ль — "пан Николай", а

23

то просто — "родный, коханый пан". А? Хе-хе-хе! Да чего же ты не входишь?

Розалия вошла и остановилась перед патером, опустив глаза и перебирая руками оборки платья.

— Святой отец...

Иезуит досадливо дернул плечами.

— Опять?!

Она продолжала:

— От ясновельможного пана князя посланный пришел...

— Ну?

— Пир у пана Адама. Просит тебя, святой отец, не медля пожаловать.

— Гм... Пир. Гм... Значит, вино льется рекой, поются греховные песни... Скажи, пристало ль монаху пировать? А? Обет воздержания... Не пристало. По глазам твоим вижу, что и ты то же думаешь. А я все-таки пойду. Ты удивляешься? Пойду, не ради веселья, а чтоб свой долг исполнить. Да! Монах-иезуит все равно, что воин: он должен всюду идти бестрепетно. И я пойду. Я буду пить — о, мой желудок выдержит многое,— но для чего? Для того лишь, чтобы за чаркой вина сказать пирующим назидательное слово, остановить, если начнут богохульствовать. Вот что. Да... Ты не знаешь, получил князь Адам новое вино, которого ожидал?

— Получил, только, кажется, немного.

— Немного?.. А!.. Это меня огорч... Кхе-кхе!.. Радует. Не перепьются. Надо спешить, выпьют без меня... Надо наставить их на путь истины, чтобы знали меру. Тащи шубу. Ты уж принесла? Что за прелесть ты! Шапка где?. А, вот! Щечки-то, щечки! Не любишь этого, хе-хе!..

Он ущипнул ее за щеку.

— Ишь, морщится!.. Хе-хе! Небось, другой бы...

— Что вы, святой отец!

— Нет другого? Тем лучше, тем лучше. Не заводи — грех. Ишь, губы, что кораллы! Боишься — поцелую? Хе-хе! Нет-нет. Я бегу. Надо торопиться. Выпьют все... Ах, грехи, грехи! — сокрушенно добавил он, направляясь к двери.

В дверях он приостановился.

— Письмо я на столе оставил... Гм... Розалия! Ты латынь знаешь?

— Где мне!

— Так. Я тут письмо забыл. Убрать некогда. Ты никому его не показывай. Слышишь?

— Кому я могу?

— Бог тебя знает, плутовка. Вон, глазки-то какие лукавые... Ай, опять с тобой заговорюсь! Лучше бежать!

VIII

"ПТАШКА"

Розалия осталась одна во всем домике, который был отдан для жилья Вишневецким отцу Николаю. У иезуита было холопов довольно, но все они убежали на пирушку еще до ухода патера.

Розалия остановилась у стола.

"Ушел, наконец, слава Богу! А он-то — придет ли?" — проносится в ее голове. И слышит она, как беспокойно бьется ее сердце, как нервная дрожь ожиданья пробегает по телу. И время тянется... Ах, как медленно идет оно — "словно волы на работе", мелькает у нее сравнение — когда приходится его ждать; зато, как быстро летит оно — "будто ласточка-касаточка" — когда он с ней. Еще бы — "он"! Будь другой на его месте, время не побежало бы быстрей, как никогда этого и не бывало, пока с "ним" не познакомилась. Давно ли это было? Всего месяц какой-нибудь назад чужак-чужаком он был для нее, а теперь?..

Задумалась Розалия. Облокотилась она на стол и смотрит, не мигнет, на пламя свечи.

У Розалии худенькое, острое личико. Брови, тонкие, как две дуги, поднимаются над небольшими серыми глазами. Цвет лица белый до бледности, и от этого губы кажутся алее. Нос тонкий, с легкой горбинкой. Белокурые волосы прикрывают уши. Тонкою, хрупкою выглядит Розалия. Кажется, дохни на нее сильней, она и растает, словно восковая.

Отец Николай назвал ее пташкой; сравненье иезуита было верно: похожа она на пташку. Так и сам пан Адам ее называл, когда вздумалось ему подарить Розалию своему духовнику. Пришла же блажь в его хмельную голову отдать "пташку черному ворону"! Случайно это вышло. Пир был у князя и к концу уже подходил не потому, чтобы яства все были съедены или вина выпиты, а потому, что уже невмоготу гостям больше стало пить и есть. Один только "отец" Николай да сам пан Адам держали кубки в руках.

— Ни у кого из вас, паны, таких красоток в дворне нет, как у меня! И все мои: которую захочу, ту и возьму! Рабыни! Холопки! — расхвастался князь.

— Ну, уж и ни у кого! — буркнул кто-то.

Князь стукнул по столу кулаком так, что посуда запрыгала. Потом он закрутил ус.

— Посмотрим! Гей, холопы! — крикнул он: — Выбрать из дворни девок самых красивых да привести сюда! Мигом!

Приказал пан — "мигом", так и сделали. Целый ряд высоких и низких, полных и худощавых, дышащих здоровьем и бледных женщин прошел перед гостями. Одна за другой, то бледные, дрожащие, то красные от смущения, подходили девушки и останавливались как вкопанные в нескольких шагах от стола. Гости пересмеивались, подмигивали им, сыпали бесстыдными шутками, разбирали их, как лошадей, по статьям, а они не смели шевельнуться, пока князь не подаст знака уйти. Вишневецкий расхваливал каждую на всякие лады.

— А где эта маленькая — как бишь ее... Розалия? — спросил он вдруг.

Холопы мялись.

— Ну?! — грозно промычал Вишневецкий.

— Не пошла она...— пробормотал один холоп.

— Не пошла?! — рявкнул пан Адам, и глаза его налились кровью.— Привесть! Принести, если не пойдет! А вы — вон! — махнул он девушкам.

— Ты что ж не шла? Убью! — свирепо выговорил князь, подходя к Розалии, когда она, плачущая, трепещущая, предстала перед гостями.

— Этакую красотку, да убивать?! Грех! — пробормотал заплетающимся языком иезуит Николай.

Вишневецкий сразу повеселел.

— Красотку? А? Не правда ли? Ишь, крохотная какая, что девочка, а сложена! Богиня римская! Ну-ка, тряпки прочь! — крикнул он Розалии.

Та не понимала, чего от нее хочет пан.

— Тряпки прочь, говорю! — крикнул он и рванул с ее плеч платье.

Девушка вскрикнула и закрыла руками вспыхнувшее яркой краской стыда лицо.

Сильный, как вол, князь Вишневецкий сорвал ее с пола, как перышко, поставил на свою ладонь и высоко приподнял, удерживая равновесие. Розалия отняла руки от лица. Длинные белокурые волосы ее распустились. Она пыталась прикрыть ими свою наготу, и они золотистой волной падали с ее плеч. Эта маленькая полуобнаженная девушка была прелестна. Формы женщины еще боролись в ней с формами девочки, но уже в целом чувствовалась гармония. Девственно чистая, стыдливая, она была прекрасна той красотой, на которую можно молиться, потому что в такой красоте сквозит веяние чистого духа. Такая красота есть всюду в мире, как в целом, так и в ничтожных частях его, но, чтобы познать ее, нужно до нее возвыситься, нужно забыть на миг "земного человека", и небесную искру, брошенную в душу каждого, превратить в тихое пламя.

Этого не мог сделать ни пан Вишневецкий, ни иезуит, ни пьяные гости. Их глаза загорелись страстным огоньком, концы губ подергивались.

— А? Какова, какова!..— приговаривал князь Адам и искал сравнения. — А, какова... пташка?

— Пташка? Да, пташка! — пробормотал иезуит и осушил свой кубок.

Вишневецкий захохотал.

— Ха-ха-ха! Так на же, утешайся с этой пташкой, черный ворон! Дарю! Бери ее себе!

И пан Адам кинул Розалию в объятья отца Николая.

— Спасибо... Я ее возьму к себе только... экономкой... не более, —проговорил иезуит, скромно опуская глаза.

Так попала она в дом отца-иезуита, который никогда не отказывался от участия в пирушках своего ясновельможного пана.

Но иногда на патера находили полосы раскаяния, ему грезился ад и бесы, хохочущие и пляшущие вокруг его упитанного тела; в это время — во время раскаяния — он верил во все: и в ад, и в чистилище, как самый пламенный сын римской церкви. Мурашки холода пробегали по его телу. Он становился холодно-суров, начинал вести аскетический образ жизни, молился по целым дням. Вместе с собою он заставлял молиться и Розалию.

Розалия повиновалась. Она опускалась на колени, набожно устремляла взгляд на икону, но не молилась. Правда, рука ее творила крестное знаменье в такт читаемым нараспев латинским молитвам отца Николая, но молитвенного настроения в ее душе не было.

Она крестилась, крестилась, но слова покаяния не слетали с ее языка, сознание какой-либо вины не пробуждалось.

Пришла пора ей молиться иначе позже, когда она

сблизилась "с ним". Как не понравился "он" ей, когда она его впервые увидала! Рыжий, некрасивый, неравнорукий... "Какой противный!" — подумала она.

И со второй же встречи все пошло иначе. Он подошел к ней, заговорил, взглянул, кажется, в самую ее душу своими тусклыми голубыми глазами — и свершилось чудо! Этот некрасивый человек, почти уродливый, стал ее господином, она — покорной рабыней. Она покорилась не сразу. Она боролась, возмущалась собою, искала прибежища в молитве — тогда она поняла, что значит молиться! — но, наконец, покорилась. В нем таились могучие страсти; они прорвались и захватили ее, и заставили странно затрепетать ее маленькое тело, забиться сердце. Она поняла, что значит страстно любить, что значит добровольно отдаться любимому существу. Ей открылся рай, и ничтожными казались в сравнении с ним те адские муки, о которых в порывах раскаяния говорил ей отец Николай. Да если бы они — эти муки — были еще ужаснее, они не остановили бы ее.

Полюбив его, Розалия в первый раз сказала себе: "Я счастлива!" А между тем, в этом счастье было много горечи, хотя бы вот этакое долгое ожидание, когда сердце рвется от тоски или когда он приходит сумрачным. За последнее время это все чаще стало повторяться. Его гнетет какая-то дума, это ясно для Розалии. Она допытывалась. Он или отмалчивался, загадочно глядя на нее, или отвечал:

— Погоди, узнаешь. Еще не пришел срок!

Часто она обвиняла себя, что он печален: верно, она мало ласкает его. Она удваивала ласки, он оживлялся, но потом опять погружался в свою угрюмую думу.

Тяжело бывало Розалии, но все это искупалось, когда он привлекал ее к себе, страстно целовал, называл "своею коханкой".

Свеча стаяла больше, чем наполовину; длинный нагоревший фитиль согнулся дугою, и пламя меркло.

Розалия оторвалась от своих дум, сняла нагар со свечи и заходила по комнате.

"Господи! Что же он не идет!" — думала она и сжимала грудь своими маленькими руками, точно желала сдержать биение своего сердца.

От крыльца донесся шум шагов.

Розалия бегом бросилась к крыльцу.

— Ты? Ты, Григорий?

— Я, люба моя! — послышался голос из темноты.

— О, мой дрогий! О, мой коханый! — дрожащим от радости голосом проговорила она.

IX

ПЕРЕЛОМ

— Опять невесел! Опять сумрачен, как день осенний! — говорила Розалия, заглядывая в лицо Григория.

— Нет, я ничего...

— Ай, не добрый! Зачем обманываешь меня? Вижу, вижу... Что тебя кручинит? Скажи, милый! Скажи, родной!

Ее глаза почти с мольбою смотрели на него.

— Есть ведь кручина? Да? Поведай, о чем кручинишься?

Григорий сжал ее руки в своих.

— Да!.. Да, есть у меня кручина...— заговорил он быстро, и новое, никогда прежде не виданное Розалией выражение появилось на его лице.— Да, есть! Скажи, не кажется ли тебе, что чудно устроен наш белый свет. Почему мы с тобой в маленьких людях и терпим молча обиды и поношенья от сильных мира сего? Хуже мы других? Не хуже! Раскрой мою грудь, вынь сердце да загляни в него, что в нем таится, не найдешь такого и у самого ясновельможного князя Адама! Да что у него! У круля польского не найдешь! Чем виновен я, что родиться мне пришлось в маленьких людях? Судьба ошиблась, не туда меня кинула! Так я исправлю ее ошибку... Я хочу счастья, хочу жизни!.. Понимаешь, о чем я кручинюсь?

Он волновался и до боли сжимал ее руки. Розалия смотрела на него с некоторым испугом. Она тихо высвободила свои руки.

— Понимаю,— промолвила она,— понимаю... Только можно ль об этом кручиниться? Всякому свое. Да и разве уж такое счастье быть паном? У них свои беды... А счастье... Господи! Да разве счастье панством, богатством дается! Сидеть вот этак с коханым своим и речь его слушать, и каждое слово ловить, и в сердце свое укладывать, и знать, что только одна, ты люба ему, как и он один тебе — ах, милый! да разве это не есть счастье? Что нам до панства, что нам до чертогов их золотых? Коханый! Любишь ли ты меня?

— Люблю.

— Так чего же еще нам надо? Ты вон панам можешь завидовать, а мне ничего не надо, ничего, только б век с тобой быть, только б знать, что любишь ты меня... Я счастлива, милый, счастлива! А ну, пан мой, развеселись, скажи, что и сам ты хоть чуточку-чуточку счастлив!

Она обвила руками его шею и, улыбаясь, заглядывала ему в глаза.

Григорий смотрел на нее и думал:

"А что, ведь, пожалуй, ты правду сказала, моя маленькая девунька. Не в любви ли одной и сокрыто истинное счастье?"

И чувствовал он, что в этот миг уже не так его тянет к славе и богатству, и панский блеск как-будто потускнел от другого блеска — от блеска горящих счастьем глаз этой любящей девушки.

Любил ли он ее? Ему нравилось ее худенькое миловидное личико, маленькое стройное тело. Так игрушка занимает ребенка. Если игрушку отнимут, ребенок поскучает, но скоро утешится новой. Если бы вынудили обстоятельства, Григорий, не задумываясь, покинул бы Розалию. Быть может, он посетовал бы на те условия, которые заставляют его расстаться с этой девушкою, но изменить их не постарался бы.

Его сближение с Розалией не было основано на страсти — им руководил расчет получить частый доступ в дом иезуита и, быть может, проведать там что-нибудь полезное для себя.

Если средством для достижения этой цели явилась хорошенькая девушка, то Григорий тем более был доволен.

Бывали, впрочем, моменты, когда он сам начинал думать, что любит Розалию. Один из таких моментов был и теперь. Он привлек к себе девушку, покрыл поцелуями ее зардевшееся личико.

— Милая ты, хорошая...— говорил он.

Потом он посадил ее к себе на колени, как ребенка, взял ее руки и целовал их. Свеча нагорела и коптила.

— Подожди, я поправлю,— сказал Григорий, потянулся и сбросил нагар.

В это время взгляд его упал на недописанное письмо отца Николая.

— Что это? Посланьице? — проговорил он, протягивая к письму руки.

— Нельзя, нельзя! Отец Николай не велел! — воскликнула Розалия и шаловливо закрыла от него письмо.

30

— Даже мне нельзя?

— Даже и тебе. А прочесть хочется? А вот не дам его тебе!

И она, смеясь, отбежала с письмом в руках на другой конец комнаты.

Григорий бросился за нею. Она весело смеялась и змейкой выскальзывала из его рук. Он не смеялся. Его лицо было бледно, на лбу вздулась жила. Он мял руки девушки так; что кости хрустели, но Розалия думала, что он шутит, и продолжала, смеясь, отбиваться от него и не давать письма. Наконец, она запыхалась.

— На, на уж, возьми, Бог с тобой! Все равно немного прочтешь, ведь оно латинское, ха-ха-ха! — сказала она, подавая ему письмо.

И была пора — в его глазах уже начали мелькать недобрые искорки. Григорий жадно схватил письмо, наклонился над ним. Он плохо знал латынь, читал медленно, многих слов не понимал, но смысл письма уловил.

Пока он читал, Розалия что-то говорила ему, но он не слышал. Пальцы его, державшие письмо, дрожали.

Когда он окончил чтение и опустил листок на стол, Розалия, взглянув на него, невольно воскликнула:

— Григорий! Что с тобой?!.

Он был бледен как мертвец, руки его тряслись от нервной дрожи, а глаза горели лихорадочным огнем.

— Что со мной? — невнятно проговорил он бледными губами.— Что со мной?

И вдруг он схватил девушку, приподнял над собой и проговорил, задыхаясь:

— Царем буду! Понимаешь, московским царем!

Потом он опустил испуганную Розалию и взялся за шапку.

— Прощай!

— Григорий! Что ты? Так скоро? — воскликнула она.

Но Григорий уже не слышал ее возгласа, он уже бегом спускался с крыльца.

Он не пошел в челядню, но побежал в поле. Голова его была, как в огне, грудь тяжело дышала. Он сбросил шапку, раскрыл ворот кафтана и подставил грудь ветру. В его мозгу проносилось:

"Значит, буду царем! Решено!"

И ему мучительно захотелось крикнуть на весь мир о своем решении. Он поддался искушению и крикнул среди тьмы и снежных сугробов:

— Царевич я, Димитрий!

Скоро клич этот прокатился из конца в конец по Польше с Литвой и по Московии.

X

БОЛЬНОЙ

Еще только брезжил рассвет, когда Матвей, один из слуг Вишневецкого, проснулся. Ему почудилось сквозь сон, что кто-то громко стонет невдалеке от него. Матвей прислушался. Все было тихо.

— Тьфу! Наваждение лукавого! — пробормотал он.

Голова его уже склонялась к подушке, когда стон явственно прозвучал в тишине, нарушаемой только легким храпом спящих.

— Кто стонет? — спросил Матвей.

— О, Господи! Иисусе Христе! Не приведи умереть без покаяния!

— Это никак ты, Григорий?

— Ой, я! О-ох, моченьки моей нет!

— Недужится?

— Смерть моя приходит.

— Полно тебе, никто, как Бог.

— Ой, нет! Чую! Добрый человек!

— Ась?

— Сделай Божескую милость...

— Ну-ну?

— Сбегай за попом: покаяться хочу...

Матвей поскреб затылок.

— Гм... Рад бы, да ведь ты русской веры, где ж попа-то найдешь? Нет близко. Я сам год уж из-за того в храме Божьем не бывал.

— Позови хоть латинского — все равно поп...

— Разве что... Сходить к езувиту панскому, что ль?

— Сходи, добрый человек! На том свете за тебя буду Бога молить.

— Да уж ладно, схожу... Эх, жизнь! — добавил Матвей, раздосадованный и тем, что приходится оставить надежду на

32

сон, и тем, что вот вдруг, ни с того, ни с сего помирает молодой парень-здоровяк, и тем, что надо идти будить "езувита".

Одеваясь, он с завистью глядел на сладко похрапывающих сотоварищей и излил свое раздражение возгласом:

— Чего, черти, дрыхнете! Тут душа христианская с телом расстаться готовится, а они спят, что безногие!

Почему безногие должны спать особенно крепко, этого, вероятно, не разрешил бы и сам Матвей, но окрик подействовал: кое-кто зашевелился и осведомился, что за шум. Скоро уже вся челядня пришла в движение.

Матвей побежал за отцом Николаем. Любопытствующие и соболезнующие окружили ложе больного.

Григорий, казалось, лежал в полузабытьи. Грудь его поднималась тяжело и неровно. По временам он открывал глаза, обводил взглядом стоявших у постели и вновь закрывал. Иногда он начинал метаться и неясно произносил какие-то слова. Вслушавшись, можно было разобрать: "Царевич... Бежал... Бориска"...

Случайно он шевельнулся сильнее, ворот сорочки открылся, и на груди его сверкнул драгоценными камнями большой золотой крест. Он тотчас же запахнул ворот, причем что-то похожее на испуг выразилось в его глазах, но крест уже был замечен окружающими, и они многозначительно переглянулись. В их взглядах можно было прочесть: "Истинная правда выходит, что он не простого звания — крест-то какой!"

Пришел отец Николай, заспанный, не в духе.

Он не совсем охотно шел напутствовать "еретика". Была еще и другая причина для его неудовольствия: умирал человек, на которого он имел свои виды.

Когда патер приблизился к больному, все отошли от постели. Григорий лежал с закрытыми глазами и не шевелился. Иезуит внимательно вгляделся в его лицо.

"Он еще не так плох",— подумал патер, видавший на своем веку не мало умирающих.

— Сын мой...— проговорил отец Николай, наклоняясь к Григорию.

Больной открыл глаза.

— Отче!.. Час мой приходит! Покаяться хочу...— слабо заговорил Григорий.

— Надо надеяться на милость Божию, сын мой, но покаяться всегда хорошо... Не забудь, кроме того, что тебе приходится исповедаться у католического священника, а не у схизматика, ты должен благодарить Бога за такое счастье: твоя душа, несомненно, попадет в рай.

Григорий кинул из-под полуопущенных век быстрый насмешливый взгляд на патера, но тотчас закрыл глаза и заговорил, тяжело вздохнув:

— Облегчить душу хочу... Тайна великая есть у меня.

— Говори, говори, сын мой. Я слушаю.

Григорий зашептал.

В челядне стояла гробовая тишина. Столпившиеся в углу слуги, притаив дыхание, наблюдали за происходившим.

Они видели, как патер, сперва равнодушно кивавший головой в такт речи исповедующегося, вдруг слегка отпрянул от постели больного, как он поднес руку ко рту, чтобы не вскрикнуть, как изумление выразилось на его бритом, сразу покрасневшем лице. После этого иезуит еще ниже наклонился к Григорию. Теперь он уже не кивал равнодушно головой, он впивался глазами в лицо Григория, делал жесты, не совсем подходящие к торжественности минуты; одним словом, еще никогда никому не приходилось видеть иезуита в таком волнении.

Исповедь продолжалась долго. Когда, наконец, отец Николай приподнялся и скороговоркой, неровным голосом пробормотал по-латыни формулу отпущения грехов, он поспешно спросил у холопов:

— Что, пан Адам еще почивает?

— Почивает.

— Как проснется — немедленно доложите мне! — приказал он.

После этого он ушел из челядни, и все видели, что он, проходя по двору, покачивал головой и размахивал руками, рассуждая сам с собой.

— Должно, сказал он езувиту что-нибудь, ой-ой, какое! — пробурчал в раздумье Матвей.

— Н-да. Надо думать,— ответили ему.

— Как бы еще не напрело,— добавил простоватый мужик.

Вокруг него засмеялись.

— А что ж? — оправдывался он.— Наговорил, может быть, такое, что пан разгневается. Он-то помрет, ему что! А пан князь на мне сердце и сорвет. Вот те и пожалел душу христианскую на свою голову... Э-эх, грехи!

И он сумрачный побрел прочь от хохотавших товарищей.

Григорий неподвижно лежал на своем ложе. Он казался спящим или в забытьи. Лицо его то вспыхивало, то бледнело.

XI

ПАН И ПАТЕР

Князь Вишневецкий проснулся очень не в духе, и причина его дурного расположения была проста: наступающий день обещал быть очень скучным. Последние гости вчера уехали, никаких развлечений не предстояло. Как убить время? Над этим вопросом, лежа в постели, раздумывал пан Адам. Ехать на охоту — что за приятность в весеннюю ростепель? Да и какая в это время года охота? Для этого есть лето, ранняя осень, даже зима — особенно если на медведя, но весна... Да и надоело. Ах, все надоело! Заняться разве ратной потехой? Вывести полки своих гусар, казаков... Но и эта мысль не показалась заманчивой князю, и он опять пробормотал:

— Э! Все надоело! Все!..

Он откинул одеяло и сел на постели. И вся его фигура, обрюзглая, заплывшая жиром, и красноватое лицо, на котором, как два куста, возвышались косматые брови над свиными глазками, и неправильной формы нос, который торчал над огромными усами, падавшими к жирному подбородку,— все выражало полнейшую апатию и недовольство собою и всем окружающим.

Некоторое время пан сидел, все еще продолжая раздумывать, чем бы заполнить предстоящий день, потом зевнул, взъерошил свои редеющие темные волосы и, решив, что ни до чего не додумается, крикнул:

— Одеваться!

Князь одевался медленно, ругал слуг, швырял в них чем попало. Безропотные рабы молчали, появлялись в панской опочивальне и исчезали, как тени. Наконец, когда пан Адам был одет, ему робко доложили:

— Отец Николай хочет повидаться с ясновельможным паном.

— Что ему надо? — ворчливо заметил князь и добавил: — Зови!

Патер не замедлил войти. Лицо его застыло в торжественно-сосредоточенном настроении.

— Добрый день, сын мой.

— Добрый день, святой отец,— ответил князь Адам, подходя под благословение.— Что нового?

— Я должен сообщить тебе удивительную вещь.

— Именно?

— У тебя в доме пребывает царевич Димитрий,— торжественно проговорил иезуит.

Вишневецкий вытаращил глаза от удивления.

— Что?!

— Да, московский царевич Димитрий.

— Сын Ивана Четвертого?

— Да.

— Фу! Это нечто невероятное!

— А, между тем, это — истинная правда.

— Да где же он, этот царевич?

— Позволь, я тебе расскажу все по порядку. Сегодня я был позван к одному из твоих слуг дать ему напутствие.

— К кому?

— К Григорию.

— К Григорию? Мой любимый слуга... Я и не знал, что он болен. Умирает?

— Сказать между нами, он не так плох, поправится.

— Но он ведь схизматик. Как же ты мог?..

— Милосердию католической церкви нет пределов! — опустив долу очи и сложив руки на груди, ответил патер.

— Твое слово — истина. Ну, и что же дальше?

— На духу мне Григорий открыл тайну...

— Ну?!. Не он ли — царевич?!

— Так есть.

Вишневецкий громко расхохотался.

— Чего ты? — холодно спросил иезуит.

— Ой, не могу! Да разве это возможно?

— Почему нет? Ведь слух о царевиче давно ходит. Он мне все подробно рассказал... Я не сомневаюсь, что Григорий — истинный царевич.

Князь Адам перестал смеяться и в раздумье тер себе лоб.

— Но это невозможно! Никогда не поверю! — пробормотал он.

— Я вполне верю Григорию,— заговорил медленно патер,— но если даже допустить, что он лжет, то все-таки нам нужно оставить это на его совести и помочь ему. От этого, как я убежден, кроме пользы для нашей святой церкви и Польши, ничего иного не будет.

— Твоя правда,— задумчиво отозвался на слова иезуита Вишневецкий.

— Ему нужно дать средства достичь престола.

— Гм... А если он — не царевич, а только мой слуга?

36

— Оставь, говорю, это на его совести... Кроме того, у него должны быть доказательства.

Глаза пана Адама сделались веселыми: находилось дело не только на сегодняшний день, но еще и на много других.

— Ладно. Будь по-твоему, святой отец,— промолвил он и вдруг расхохотался так, что его бычья шея побагровела.— Ведь, этак — ха-ха-ха! — ведь этак мой слуга может сделаться царем москалей! Ха-ха-ха! Вот мы каковы! Царевичи у нас в слугах живут! — самодовольно говорил он между приступами смеха.— Знай наших! — добавил он, лихо закручивая усы.— Пойдем, святой отец, поскорее к царевичу.

XII

ВО ТЬМЕ НОЧНОЙ

Уже давно перевалило за полночь, но Лизбета, младшая дочь пана Самуила Влашемского, не спит. Она даже еще и не пыталась ложиться — все равно не уснет, знает по опыту: ей уже не первую бессонную ночь приходится проводить за последнее время. Она тихо бродит по спальне. Свечи Лизбета не зажгла, и комната освещается только лампадой, теплящейся перед иконой Богоматери Ченстоховской. В полусвете ее небольшая фигура кажется еще меньше; длинные черные волосы распущены, падают частью на плечи, и лицо Лизбеты, окруженное ими, как рамкою, выглядит от контраста очень бледным; огромные глазные впадины обведены тонкими, гордыми, приподнятыми к вискам бровями; цвета глаз не разобрать, но можно догадаться, что он черный.

Лизбета медленно прохаживается по комнате. Она то поднимает руки и сжимает ими голову, то заламывает их, то вдруг останавливается перед иконой и начинает часто-часто осенять себя католическим крестом: быть может, молитва поможет унять ту душевную смуту, которая ею овладела. Но, видно, не помогает и молитва, потому что через несколько минут Лизбета уже отходит от иконы и вновь начинает прохаживаться.

Вот она подошла к окну и открыла его. Апрельская ночь

прохладна. Девушка жадно вдыхает свежий воздух, полный аромата распускающейся зелени. Лизбете кажется, что теперь ей легче — по крайней мере кровь не так сильно стучит в висках, и думы, которые беспорядочно проносились в ее голове, как ласточки в ясный день, начинают проясняться и течь более спокойно.

Струя свежего воздуха пробралась в комнату и тревожит спящую тут же старшую сестру Лизбеты — Анджелику. Она проснулась, подняла голову. Свет лампады едва достигает до Анджелики, овал ее полного лица неясно рисуется в сумраке.

— Лизбета!

— Ну? — неохотно откликается девушка.

— Что это ты выдумала? Спать ложись...

— Сейчас,— нехотя отвечает Лизбета, продолжая смотреть в окно.

— Придумает же! Точно жениха поджидает,— добавляет полусонным голосом Анджелика, уже снова охваченная дремотой, опуская голову на подушку.

"Вот и все они так! Все! И матушка, и сестра, и старая няня — все точно за девочку еще считают!.. "Жениха поджидает!" — звучит в ушах Лизбеты насмешливое замечание сестры.— Почему же я не могла бы поджидать жениха? Анджелика ведь может, а мне нельзя? Что я — девочка, в самом деле? Любить не умею? Знали бы вы!"

Слезы подступают к глазам девушки.

"Умели бы вы так любить!" — продолжает думать она.

Да, она любит, любит. Раньше стыдилась сознаться в этом себе самой, а теперь хоть на весь свет крикнуть готова: л_ю_б_л_ю! Он любит ли ее?.. Верно, нет! Он и внимания, пожалуй, не обращает на нее, тоже, может быть, за девочку считает — она ведь такая худощавая, малорослая. А полюбил бы.... Господи! Чего бы она ни сделала, чтобы он полюбил!.. Рабыней его стала бы, только бы полюбил!..

С первого раза он показался ей совсем особенным человеком, не похожим на других... Добрым, хорошим... Запомнился ей тот день, когда она впервые его увидела. Привез он тогда спасенного им пана Максима... Сам ведь ранен был, а привез. А после, когда рана его разболелась и он лежал такой бледный, слабый, исхудалый, сколько раз она украдкой смотрела на него. "Голубчик! Отчего он всегда такой печальный, задумчивый?.. Сам еще молод, а в бороде проседь... Бедный! Верно, много страдал. Он — боярин московский... У них в Московии, говорят, боярам жить тяжело, не то, что нашим панам... Узнать бы, что у него за горе, утешить его... О!

Она сумела бы утешить! Зацеловала бы, заласкала... Быть может он скоро уедет... Расстанемся навеки и знать не будет, что я тут горюю, изнываю в тоске по нем... Где ему знать! Дня через два после разлуки он уж и забудет, что есть на свете панна Лизбета. О, Господи! Господи! Что мне делать! Что мне делать!" — мучительно проносилось в голове девушки.

"Открыть бы ему всю душу мою, все помыслы тайные... Сказать ему: "Москаль коханый! Рвется сердце мое от тоски по тебе! Возьми меня хоть в холопки к себе, только б век с тобою быть!.." Духа не хватит. Нет, хватит, хватит! Решусь, так хватит... И решусь, решусь! А вдруг он оттолкнет меня от себя?.. Не люблю тебя, полячку, скажет... Что тогда? Тогда... Господи! Да неужели так будет? Ведь вон все хоть и за девочку меня считают, а все говорят: "Какая панна Лизбета красавица!" Да я и в самом деле красавица! Чувствую я это. Анджелика красива, а я еще красивее... Знаю я это. Неужели же у него сердце каменное, что и красота не подействует? Человек ведь он, хоть и особенный... Ой, как быть?! Решиться? Либо счастье, либо всему конец..."

Лизбета чувствовала, как краска волнения заливает ее щеки, как сердце колотится часто-часто. Дрожащие губы ее повторяли все одно слово:

"Решиться? Решиться ли?"

Вдруг она порывисто захлопнула окно, бегом бросилась к своей постели, сбросила платье, вся дрожащая, похолодевшая закрылась с головой одеялом, и в ее мозгу проносилось: "Решусь! Решусь!" Она лежала съежившись, не двигаясь, и все прислушивалась к этому слову, и казалось ей, что это не в ее голове мелькает — откуда-то извне идет звук, что вся комната, весь дом полон этим роковым словом. Она легла лицом в подушку, закрыла уши, но: "Решусь! Решилась!" — гудело по-прежнему.

Анджелика крепко спала. Ей снился странный сон. Она видела его — пана Максима, своего жениха, стройного, красивого, веселого, как всегда, и рядом с ним себя — высокую, полную девушку, с темными, но не черными волосами, с темно-голубыми глазами, большими, с поволокой — говорят, ее глаза красивы на редкость, недаром пан Максим так часто любуется ими. Она весела, как и жених, смеется,— он рассказывает ей что-то забавное. Еще бы им не быть веселыми! Они уже сговорены, скоро свадьба, о чем им печалиться? Неподалеку от них сидит ее мать, пани Юзефа, с какою-то работой в руках, а вон подходит отец.

Все они в поле. День летний, ясный. Солнце играет вдали

на волнах речки. Откуда-то доносится запах свежего сена. Хорошо! Почему же не весел отец? Она видит на его добром лице смущенную улыбку — такую улыбку у него ей приходилось не раз замечать в то время, когда пани Юзефа делает ему выговор — а глаза смотрят грустно. Как будто даже слезы в них блестят... Пани Юзефа тоже не разделяет веселости молодых, она углубилась в вязанье и не взглянет на них. Ее желтое, сухое лицо строго, почти сурово.

— О чем ты печалишься, батюшка? — с удивлением спрашивает Анджелика.

Отец не отвечает, а только указывает рукой на что-то вдали. А там вдали, на краю неба, облако, темное, зловещее. Как быстро несется оно! Как быстро разрастается! Вот уж оно не облако, а туча грозовая, уже только край солнца из-под нее выглядывает. Вот уж и совсем закрыла собой туча и солнце, и все небо. Из ясного дня сразу чуть не ночь сделалась.

— Мне страшно! — шепчет Анджелика и крепко держится за руку жениха.

— Не бойся, не бойся! Я защищу,— шепчет пан Максим, а и сам тоже бледен.

— Батюшка! Матушка! Что же это такое? — кричит Анджелика.

Но отец только смотрит печально, а мать не отзывается, не отрывается от работы, как будто ничего не замечает. Вдруг зигзаг молнии прорезал тучу, загремел гром, и черный шар упал на поле и катится прямо на пана Максима и на нее.

— Пойдем! Побежим! — шепчет в ужасе Анджелика, но они не могут сдвинуться с места, словно вросли в землю.

А шар все ближе, ближе... Кроваво-красные буквы из языков пламени сверкают на нем. "Вера" — читает Анджелика.

И в это время пани Юзефа оборачивается к ним, указывает иссохшим пальцем на шар и грозно кричит: "Вера!"

И отец, стоя за ними, тихо шепчет:

— Да, вера!

А шар все ближе, ближе... На них уже несет жаром пламени от огненных букв. Лицо жжет, глазам больно смотреть...

И вдруг распался шар, темная тощая фигура стала между Максимом и ею. Анджелика узнает, кто это — это их патер, отец Пий. Это его сверкающие глаза грозно смотрят на нее, это его сухая рука с бешенством отталкивает от нее жениха.

Опять сверкает молния, опять гремит гром, и фигура патера Пия растет, растет, скоро она достанет головой до грозовой тучи. И чувствует Анджелика, что рука патера отрывает ее с земли, что он уносит ее куда-то...

— Батюшка! Максим! Матушка! — кричит Анджелика.

Но мать не поворачивает головы, отец смотрит растерянно и плачет, а Максим... Максима уже нет, только как будто тень его мелькает вдалеке. Что-то гремит, грохочет. Но это — не гром, это — хохот... Это смеется пан Феликс Гоноровый — вон его лицо видно из распавшегося шара. Лицо не человеческих, исполинских размеров. Как страшно сверкают его белые зубы при багровом свете пламени!

Все дальше, дальше уносит ее отец Пий, все громче, злорадней хохот пана Феликса...

Анджелика проснулась облитая холодным потом. Она не сразу пришла в себя. В ее ушах еще звучал хохот пана Феликса. Она обвела комнату испуганным взглядом.

Все было тихо и мирно. Лампада перед иконой разгорелась, и ее неподвижное пламя освещало спальню ярче прежнего. Лизбета спала или казалась спящей. Ее ровное дыхание долетало до Анджелики.

Девушка успокоилась.

"Что за сон! Что за сон! — думала она с удивлением.— Точно пророческий".

Но тотчас же она успокоила себя: "Что может быть? Мы уже сговорены..."

Спать ей не хотелось больше, да если бы и тянуло ко сну, так она не легла бы, боясь снова увидеть нечто подобное. Ей хотелось освежиться, окончательно прийти в себя. Забыв свое недавнее замечание Лизбете, она подошла к окну и распахнула его.

Предутренний ветерок обдал ее.

"Что может быть?" — с улыбкой снова подумала она, смотря на узкую золотую полоску зари, уже загоревшуюся на краю неба.

XIII

ХРИСТИАНСКОЕ НАСТАВЛЕНИЕ

Пани Юзефа только что вернулась со своей обычной утренней прогулки по саду — к усадьбе Влашемских прилегал большой сад — и собралась приняться за работу, когда ей доложили, что ее хочет повидать отец Пий. Он был немедленно принят.

Пани Влашемская, сухая, одетая во все черное женщина, со строгим лицом, с сильно поседевшими темными волосами, впалыми глазами, серыми, тусклыми и холодными, набожно подошла под благословение отца Пия.

Длинный, одетый в черную суконную сутану, худощавый, с желтою кожей сухого лица, на котором длинный горбатый нос сильно загибался к двум тонким бледно-розоватым полоскам, заменявшим губы, отец Пий выглядел великим постником. Его большие черные глаза горели странным огнем.

Когда он заговорил, его голос оказался слабым и слегка дрожащим.

— В добром ли здоровье, пани Юзефа? — осведомился патер.

— Бог грехам терпит, Бог грехам терпит, отец Пий... Садитесь. Вы здоровы ли?

— Что печься о здоровье? Все это — тлен и суета. Что бренное тело? Надо о душе заботиться.

— Истинная правда, отец Пий! Истинная правда! Вы — святой жизни человек, вы спасетесь, предопределены к блаженству. А вот нам-то как спастись? Во грехах мы, в суете... О-ох! — сокрушенно вздохнула пани Юзефа.

— Господь видит ваше усердие, дочь моя,— заметил патер, помолчал, потом сказал: — А я к вам по делу...

— По делу?

— Да, по важному: дело идет о спасении, направлении на путь истины души заблудшей.

Юзефа удивленно взглянула на него.

— Я говорю о женихе вашей старшей дочери, о пане Максиме из Гнорова,— пояснил Пий.

— Та-ак,— протянула пани.— А что же он?

— И это спрашивает верующая католичка?! — с негодованием воскликнул патер.— Он — преступник! Он губит свою душу и душу вашей дочери!

— Отец Пий! — с испугом воскликнула Влашемская.

— Да, да! Он губит! Или вы забыли, что он — еретик, греческий схизматик?

— Ах, об этом я сама сильно сокрушаюсь!

— Сокрушаться мало.

— Но что же делать?

— Надо направить его на путь истины.

— Я уже пробовала это делать... Не прямо, а намеками.

- — Ну, и что же он?

— Он делает вид, что не понимает их.

— И вы, конечно, оставили попытки! Хорошо, нечего сказать! Дочь моя! Вы обрекаете себя на вечные адские муки! — воскликнул Пий, устремив на пани Юзефу сверкающий взгляд.

Пани побледнела.

— Ах, святой отец! Научите, наставьте меня!

— Вы лишаете вечного блаженства всю семью, готовясь принять в число ее членов еретика! — продолжал отец Пий.

Он уже не сидел, а стоял перед растерянной пани Юзефой, и вся его фигура с поднятыми к небу руками, с откинутой назад головой, дышала фанатизмом и ненавистью.

— Святой отец! Святой отец! — лепетала пани.

— Горе, горе дому сему! — грозно заключил патер и направился к двери.

— Отец Пий! Не уходите! Не покидайте меня! — простонала Юзефа.

Пий остановился.

— Хорошо, я не уйду, но даете ли вы мне слово, что постараетесь загладить свою непростительную небрежность?

— Ах, да, да! Конечно! Научите... Наставьте меня.

— Хорошо, дочь моя, я вижу у вас искреннее раскаяние... Хорошо, я вас научу.

Он вернулся и снова опустился в кресло.

— Видите ли,— заговорил он, помолчав: — когда панна Анджелика была сговорена с паном Максимом, я не протестовал, я полагал, что, благодаря этому браку, спасется хоть одна душа, гибнущая в сетях греческого схизматизма. Более того, я радовался этому, как истинный христианин, желающий добра своему ближнему, хотя бы и еретику. Но времени прошло уже не мало, а пан Максим все еще не думает отказаться от своих заблуждений и вступить в лоно святой католической церкви. Пора действовать. Он должен сделаться католиком возможно скорее, если же этого не будет...

— Если этого не будет?.. — замирающим голосом

спросила пани Юзефа и вся точно съежилась в ожидании ответа.

— То брак этот нельзя допустить! — резко отчеканил патер.

— Нельзя допустить! — как эхо отозвалась пани и выпрямилась.

Глаза ее загорелись.

— Нельзя губить дочери из-за прихоти схизматика! — добавила она.

— Вы правы, дочь моя.

— Я сегодня же переговорю с паном Максимом.

— Нет! — поспешно сказал отец Пий.— Вы этого не делайте!

— Но как же? Поручить мужу?

— И этого не следует делать. Ни вам, ни пану Самуилу, ни даже мне не должно говорить с еретиком по очень простой причине: он нас не послушает, откажет наотрез. Я имею основание думать, что он — ярый еретик.

— Так как же?

— Пусть с ним поговорит по этому поводу сама панна Анджелика.

— Надо ее подготовить.

— Конечно.

— Вы мне поможете в этом?

— Нет,— живо проговорил патер,— им лучше не знать, что в этом деле участвую я. Я должен остаться в тени. Так будет лучше. Не падайте духом, дочь моя! Мы спасем души их от адского пламени.

— Во всяком случае, не отдадим души моей дочери во власть диавола! — воскликнула Юзефа.

— Мы будем стоять на страже ее, как архангелы, и пламенный меч заменит нам наша пламенная вера. Благослови вас Бог! — сказал патер, вставая.

Вскоре после его ухода пани Юзефа приказала позвать к себе панну Анджелику.

XIV

ЧЕТЫРЕ БУКВЫ

Пани Юзефа встретила дочь очень приветливо.

— Садись, Анджелиночка,— сказала она после того, как дочь почтительно поцеловала у нее руку и пожелала доброго утра,— мне надо немножко с тобой поговорить.

Анджелика опустилась в кресло, ломая голову над тем, о чем хочет с нею говорить мать.

Пани Юзефа помолчала. Она затруднялась, как начать, но подумав, решила говорить прямо.

— Ну, вот, душечка, уж скоро и свадьба твоя... Скажи, пожалуйста, когда думает пан Максим присоединиться к нашей святой церкви?

Анджелике невольно вспомнился сегодняшний сон; четыре огненные буквы — "вера" — встали перед ее глазами. Только теперь ей пришло в голову, что различие вероисповеданий может непроницаемой стеной стать между нею и женихом: она — католичка, он принадлежит к греческой церкви, даже не к "соединенной" {После введения в Литве унии существовали две церкви: "униатская" или "соединенная" — признававшая своим главой папу, и "несоединенная", или "благочестивая", оставшаяся чисто православной.}. Как примирить непримиримое?

Мать молча смотрела на нее, ожидая ответа.

— Не знаю, матушка,— ответила, наконец, Анджелика.

— Гм... Ты говорила с ним об этом?

— Н-нет.

— Почему?

— Не пришло в голову.

— Хорош ответ для католички! — резко заметила пани Юзефа, подобно тому, как за четверть часа перед разговором с дочерью патер сделал ей самой похожее замечание.

— Ты должна с ним об этом поговорить.

— Хорошо, матушка.

— И возможно скорее.

— Поговорю. Ну, а если...— начала Анджелика и остановилась.

— Ну?

— Если он не захочет перейти в нашу веру?

— Тогда...— выпрямляясь, начала пани Юзефа.— Тогда...

45

Да нет! Он должен согласиться быть католиком — это счастье! Должен! Так не забудь переговорить...

— Переговорю.

— Можешь идти.

Анджелика вышла из комнаты матери с пылающим лицом. На сердце у нее было невесело, и нечто вроде злого предчувствия закрадывалось в ее душу; а четыре огненные буквы начинали ей казаться роковыми.

Анджелика не заметила, что, едва она на несколько шагов отошла от двери, в комнату матери, как тень, проскользнула тощая фигура отца Пия.

Иезуит казался взбешенным.

— Что с вами, святой отец? — невольно воскликнула пани Юзефа, увидев его лицо.

— Это невозможно! Нас везде окружают враги, еретики! — задыхаясь, проговорил он, бросаясь в кресло.— Положительно, громы небесные не замедлят обрушиться на ваш дом!

— Господи! Да объясните!

— Да что ж объяснять? В вашем доме шагу нельзя ступить, не наткнувшись на еретика! Теперь я почти убежден, что миссия вашей дочери не будет иметь успеха.

— Почему же?

— А вот, не изволите ли узнать, какой разговор мне сейчас пришлось невольно подслушать?

— Я слушаю, святой отец.

— Я думаю, вы не забыли, что в вашем доме живет заклятый схизматик?

— Пан боярин?

— Да, да! Вот этот самый пан боярин, москаль Белый-Туренин! О, это — сосуд диавола! Это — неисправимый грешник, это — волк схизматизма! Когда он лежал больным, я пытался его наставлять в правилах истинной веры, и знаете, что он мне сказал? "Вы,— говорит,— латиняне и с папой своим римским только раздор среди христиан сеете! И слушать я тебя, поп басурманский, не хочу!" А! Каково! Заклятый схизматик! Ну-с, так вот, сегодня этот самый еретик... стоит у дверей своей комнаты и разговаривает... Фу! Отдышаться не могу!

— Да вы успокойтесь, святой отец.

— Стоит и разговаривает с другим еретиком, с женихом вашей дочери. Дверь в комнату закрыта, но голоса слышны. Я проходил в сенях и... невольно слышал.

— Что же они говорили? — спросила пани Юзефа, с напряженным вниманием слушавшая патера.

— Богохульствовали они! Церковь нашу поносили! Вот

что! — вскричал отец Пий.— Слышу, боярин говорит пану Максиму: "Счастлив ты теперь, друже: люб ты девице, и она люба тебе, женишься вскорости на ней — не забудь в своем счастье веру нашу святую православную".— "Что ты, Павлуша,— отвечает пан Максим,— да разве я могу и помыслить о грехе таком?" — "Верю, что не можешь, а только, Максимушка, слаб порою человек бывает, а эти латиняне — мастера сбивать христиан православных на путь ложный: посмотри, в Литве-то много ль истинных православных осталось? Все — либо "соединенный", либо латинянин. Правда, все веры Господу Богу поклоняться учат, а только истинная есть одна — наша, православная: тут тебя никакому папе кланяться не заставят — верь только в Господа Иисуса Христа. Наша вера истинно святая... Бойся особенно этого длинного постнолицего отца Пия — лиса-еретик! Умеет подъехать!" — Дальше я не слушал... Что вы скажете?

— Это ужасно!

— Именно ужасно! Этого боярина необходимо удалить из вашего дома — он вреден, вреден!..

— Не попросить же его уехать, отец Пий.

— Отчего же не попросить уехать? Если не прямо, то дать понять: убирайся, мол.

— Он ведь спас пана Максима.

— Спас тело — губит его душу! Если он будет здесь — пан Максим никогда не покинет своей ереси. Попросите сюда пана Самуила: нам надо убедить его соединенными силами, чтобы он предложил этому схизматику убираться поскорей.

— Пан Самуил вряд ли согласится: он такой нерешительный.

— Должен согласиться! Нам нужно убедить его. Вы, как мать семейства, укажете ему на вред, который он вносит в семью; я, как духовному сыну своему, укажу на зияющую адскую бездну, которая открывается перед всеми Влашемскими. Он — набожный католик. Впрочем, можно найти для удаления москаля-боярина другой предлог...

— Какой же?

— Да хоть, например, то, что он увлекает панну Анджелику и этим грозит расстроить предстоящий брак.

— Но, святой отец, ведь это же — неправда! Анджелика искренно любит пана Максима, на пана боярина смотрит как бы на брата, друга жениха! — вскричала с волнением пани Юзефа.

— Я и не выдаю этого за правду. Впрочем, кто знает этих еретиков? Во всяком случае, это — предлог хороший, и мы его употребим в крайнем случае. Не бойтесь, что приходится солгать.

Пани тяжело вздохнула, потом кликнула холопку.

— Позови ко мне пана Самуила. Скажи, что мне и отцу Пию надо поговорить с ним о важном деле.

Когда холопка вышла, пани Юзефа откинулась на спинку кресла.

— Я, отец Пий, устала от всех этих неприятностей... Точно несколько часов кряду работала...— проговорила она.

— Крепитесь, дочь моя! Мы трудимся для славы церкви! Бог вам воздаст за это, — торжественно сказал патер.

Пан Самуил уже входил в комнату.

XV

УДАЧА ПАНА САМУИЛА

Пан Самуил вошел в комнату жены будто с некоторою боязнью; он почему-то даже ступал на цыпочках. Это был невысокий, кругленький человек с пухлым лицом, на котором маленький красноватый нос напоминал вишню, с редкими седеющими каштановыми волосами и рыжеватыми густыми, но короткими, торчащими, как щетина, усами.

Он подошел под благословение к отцу Пию, поцеловал руку жене, осведомившись о ее здоровье и о том, как она провела ночь, потом спросил, беспокойно моргая своими маленькими выцветшими глазами:

— Ты меня зачем-то хотела видеть, Юзефочка? И вы тоже, отец Пий?

— Садись, Самуил,— сказала ему жена.

Он торопливо опустился на кресло и, смущенно мотая головой, поглядывал то на жену, то на патера.

— Духовный сын мой!.. — заговорил патер после непродолжительного молчания.— Твоему дому грозит несчастье!

— Несчастье? Боже мой!.. Какое? — беспокойно заерзав на кресле, промолвил пан Самуил.

— Дай досказать отцу Пию,— заметила ему пани.

— Я так только, Юзефочка... Так несчастье? Ска-а-жите!..

— Да, несчастье! Твоей семье грозит распадение, твоей и всех твоих домочадцев душам — вечный адский пламень! Ужасный червь подтачивает благополучие твоего дома.

— Но, Господи...

— Червь этот — ересь! — закончил патер.

— Ересь?

— Самуил,— заговорила пани,— пора обратить внимание на то, что наших дочерей может заразить пагубная ересь. За их души придется нам давать Богу ответ!

— Но объясните!

— Погоди. Жених Анджелики — еретик...

— Но пан Максим такой...

— Хоть он и пан Максим, а все-таки еретик... А потом этот боярин.

— Вот оно — зло этого благочестивого дома! — воздев руку, патетически воскликнул патер.

— Пан Белый-Туренин — зло? Помилуйте! Но что он сделал? — отважился запротестовать пан Самуил.

— Вот оно! Вот оно! Еретик уже успел обворожить и твою благочестивую, искушенную испытаниями душу! Каково же бедным неопытным девушкам! Горе им, горе!

Пан Самуил с недоумением смотрел на него.

— Пана боярина следует возможно скорее удалить из нашего дома,— сказала пани Юзефа, наклонившись к своей работе — какому-то вязанию.

— Гм... Почему?

— Он вовлекает твоих дочерей в греческую ересь! — воскликнул отец Пий.

— Может ли быть!

— Я сам слышал.

— Ну, когда так, конечно... А только... Мне, право, не верится...

— Опомнись, Самуил! Кому ты не веришь? — вскричала пани Юзефа, указывая на патера.

Тот имел вид оскорбленной невинности.

— Я верю, верю... Но... Пан боярин...

— Ты должен его попросить удалиться,— сказала пани Влашемская.— Не прямо, а намеками...

— Но ведь он спас Максима!

— Еретик спас еретика! Велика заслуга.

— Что ж, иной еретик лучше другого католика,— расхрабрился задетый за живое пан Самуил.

— Ты богохульствуешь, сын мой! — грозно вскричал патер.

— И, право, я не знаю... Я не могу удалить его! — вдруг решительно выговорил пан Самуил.

Он был робок, нерешителен, но иногда на него находило упрямство, и тогда с ним ничего нельзя было поделать. Это прекрасно знала его жена, она сообразила, что на этой почве вряд ли удастся склонить мужа; приходилось пустить в ход "крайнее средство", о котором говорил ей патер.

— Есть еще одна причина... Я не хотела тебе сообщать, но...— промолвила пани Юзефа.

— Какая, Юзефочка? — чрезвычайно мягко проговорил пан Самуил, уже струсивший своей решительности.

— Он... Он развращает Анджелику...

Лицо пана Влашемского залилось яркою краской.

— Что ты говоришь?!

— Чего ждать от схизматика? — презрительно заметил отец Пий.

— Он хочет отбить Анджелику от Максима,— продолжала пани.

— Гм... Быть может, это — клевета?

— Самуил! Ты хочешь меня вывести из терпения! — воскликнула пани Юзефа.

— Не сердись, Юзефочка! Если говорят, значит, есть что-нибудь похожее на правду... Я постараюсь, во всяком случае, чтобы пан боярин поскорее уехал.

— Слово?

— Слово чести!

— Ну, вот! Давно бы так! — облегченно вздыхая, сказала пани.

— Удалением еретика ты только заслужишь милость Божию,— заметил патер.

Удалившись из комнаты жены, пан Самуил долго ломал голову, как бы удобнее исполнить то, о чем его просили пани Юзефа и отец Пий. Не дай он слова, он, может быть, "отъехал бы на попятный", но слово было дано. Приходилось действовать.

Как нарочно, ничего подходящего пан Самуил придумать не мог, и это его раздражало. Досадовало его немало и то, что приходится расстаться с Белым-Турениным: за протекшее время пан Самуил успел полюбить боярина, как родного сына.

Он в раздумье шагал по своей спальне, куда удалился, чтобы наедине собраться с мыслями, когда к нему вошел сам Павел Степанович Белый-Туренин.

Боярин мало изменился. Он только слегка похудел, да блестков седины прибавилось больше.

— А я тебя везде ищу, пан Самуил,— заговорил Павел Степанович — он по русскому обычаю говорил всем "ты", впрочем, в то время местоимение "вы" употреблялось и поляками еще довольно редко: это была чужеземная новинка, завезенная в Польшу вместе с французскими модами, которые мало-помалу начали вводиться при Сигизмунде среди знати.— Пришел спасибо тебе сказать за хлеб-соль твою, за ласку: завтра в путь-дорогу отправляюсь.

Пан Самуил едва мог удержаться от радостного движения. "Поручение жены исполнено!" — подумал он, но потом ему почти грустно сделалось, что это совершилось так скоро: он надеялся, что боярин проживет в доме еще несколько дней.

— Чего ж ты так торопишься? — спросил он.

— Пора! И то совестно, что загостился. Рана давно зажила.

— Далеко отправляешься?

— А сам не знаю. Я ведь бобыль ныне,— печально усмехнулся Павел Степанович,— где приглянется, там и остановлюсь.

— Поезжай в Краков. У меня есть там много знакомых, дам письма к ним. Они тебя ко двору королевскому представят...

— Спасибо... Пожалуй...

— Новые места увидишь, новых людей. Особенно теперь, такое время... Слышал про царевича-то?

— Слышал малость. Да я думаю, не пустая ль молва только.

— Трудно решить... Так завтра едешь? Пожил бы еще недельку хоть?

— Нет, спасибо, пан. Решил, так поеду.

— Ну, не неволю, как хочешь,— говорил пан Самуил, выходя вместе с боярином из спальни, а сам думал: "Ну, выпала мне удача! И Юзефочка, и отец Пий будут довольны. Один я недоволен. Эх-эх, Господи!"

XVI

ЗА ОБЕДОМ

К обеду в Черный Брод приехал гость. Это был красивый молодой поляк пан Войцех Червинский; он отправлялся в Краков и по пути завернул к Влашемским.

Таким образом, за обед уселось семь человек, общество хотя и небольшое, но довольно разнородное и по костюмам, и по народностям. Пан Самуил был литвин, Червинский — чистокровный поляк, Белый-Туренин — москвич, пан Максим — западный русский и рознился от боярина говором, отец Пий — его национальность было довольно трудно определить, но, кажется, он был итальянец. Тоже и относительно религий: семья пана Влашемского была строго католической, пан Войцех, хотя числился католиком, но склонялся к протестантизму, что было далеко нередким явлением среди панов того времени; что касается Павла Степановича и Максима Сергеевича, то они были, как известно, православными.

Не меньшее разнообразие замечалось и в костюмах. Червинский и Влашемский были в жупанах и кунтушах,— у первого преобладали яркие цвета, у второго — более темные,— в цветных сапогах; Белый-Туренин нарядился в бархатный кафтан вишневого цвета; высокий "козырь" — воротник стоячий, пришитый к задней части ворота — был унизан по бортику зернами жемчуга; это была единственная роскошь, допущенная боярином в своем наряде; Максим Сергеевич был одет тоже в русское платье, но уже несколько измененное в покрое на литовский лад. Что касается отца Пия, сидевшего неподвижно, с глазами, устремленными долу, и всем своим видом выражавшего христианское смирение и незлобие, то на нем была неизменная черная ряса, как на пани Юзефе — неизменное темное платье, несколько напоминавшее костюм монахини; панны Анджелика и Лизбета были в цветных нарядах — одна в голубом, другая в красном; в покрое их платьев уже сказывалось влияние французской моды. Это влияние в то время еще едва начиналось, но затем пошло быстрыми шагами, и в начале второй половины XVII века уже все высшее дворянство Литвы и Польши говорило и одевалось по-французски.

Красный цвет очень шел к Лизбете, но, может быть, от

него ее лицо выглядело матово-бледным. Она была серьезна, почти грустна. Панна Анджелика тоже не была весела: поручение матери не выходило у нее из головы. Она, то и дело, с затаенной тревогой посматривала на жениха.

Вначале веселый, пан Максим, видя, что его невеста чем-то озабочена, тоже притих. Павел Степанович был задумчив. По лицам пани Юзефы и отца Пия трудно было узнать, в каком они находятся расположении духа. Только пан Самуил да гость были веселы. У пана Влашемского глаза так и сияли от радости.

— Надеюсь, что пан сделает мне честь, останется погостить в моем доме? — сказал во время обеда пан Самуил гостю.

— Премного благодарен, пан Самуил,— ответил Червинский,— рад бы, но не могу: надо спешить.

— Напрасно! А куда пан направляется?

— В Краков, ко двору нашего наияснейшего короля Сигизмунда. Завтра же поеду... Переночевать мне пан дозволит?

— Можно ли об этом спрашивать? — воскликнул Влашемский.— А у тебя, пан, будет до Кракова попутчик.

— А! Очень рад!

— Вот, боярин туда же думает ехать... Ты знаешь, Юзефочка, пан Белый-Туренин хочет покинуть нас завтра. — Добавил он, обращаясь к жене и всем своим видом говоря ей: "Что? Ловко устроил? Не ожидали так скоро?"

Посторонний наблюдатель мог бы легко подметить, что сообщение это произвело на присутствующих самое разнообразное действие. Панна Лизбета вспыхнула сперва, потом побледнела еще больше прежнего и опустила глаза; видно было, как нечто вроде легкой судороги пробежало по ее лицу; можно было ожидать, что она заплачет; патер вздрогнул, как от электрического удара; пани Юзефа удивленно взглянула на мужа, потом переглянулась с отцом Пием; Анджелика тоже удивилась — она ничего не знала о предстоящем отъезде боярина; только Максим Сергеевич остался совершенно спокоен: Павел Степанович уже ранее сообщил ему о своем намерении.

— Что же, пан боярин, соскучился, верно, у нас? — пробормотала пани Юзефа.

— Нет, пани, но пора мне и честь знать — и то загостился,— ответил Белый-Туренин.

— Слышал новости, пан Самуил? — сказал Червинский.

— Это о царевиче-то? Слышал немножко. Да я все думаю, не пустой ли это слух.

— Нет, нет! — с живостью возразил пан Войцех.— Царевич действительно появился.

— Не так тут что-нибудь,— промолвил Павел Степанович, — может быть, и взаправду царевич какой-нибудь объявился, а только чтобы это был Димитрий — это вряд ли.

— Почему пан боярин так думает? — спросил Войцех.

— Потому что Димитрия, говорят, в живых нет. О смерти его я многое слыхал: одни рассказывают, что царевич сам закололся в припадке недуга, другие — что будто бы его Борис зарезать приказал, а все вместе — что Димитрия в живых нет.

— В том-то и дело, что царевич избежал смерти! — вскричал гость.

— Избежал смерти?

— Да! Вместо него убили другого мальчика. Изволь послушать, что мне рассказал приятель. Был у вельможного князя Вишневецкого в Брагине слуга именем Григорий. Это был странный человек, вечно задумчивый, сторонившийся от всех своих товарищей. Многие подозревали, что в его прошлом есть какая-то тайна. Случилось этому Григорию тяжело заболеть. Позвали священника, и Григорий на духу ему открыл, что он не простого звания, и просил в случае смерти погребсти его так, как прилично особам царственного рода. Священник не счел возможным сокрыть от князя Адама Вишневецкого то, что сообщил таинственный слуга. Князь пришел к ложу больного, и так как больной лежал в забытьи, то обыскали его постель, осмотрели все его вещи. Под подушкой нашли рукопись, где было сказано, что Григорий — никто иной, как царевич Димитрий. В этой же рукописи было подробно изложено, как несчастный царевич избег ножа убийц, благодаря помощи некоторых добрых бояр и дьяков Щелкаловых, был удален потом в Литву, где и скрывался в неизвестности, опасаясь преследований Бориса. На груди Григория нашли золотой крест, осыпанный драгоценными камнями. Скажи, откуда простой слуга мог бы достать такой крест? Григорий или, вернее, царевич Димитрий после объяснил, что это — подарок его крестного отца, князя Ивана Мстиславского. Нашлись, наконец, люди, удостоверившие сходство Григория с царевичем Димитрием, которого им довелось некогда видеть. Особенно один из них, некто Петровский, поклялся, что приметы у Григория — родимые бородавки на лице и короткая рука, суть именно такие же, какие были у царевича-отрока. Одним словом, не остается сомнения, что он — истинный царевич.

— Все может быть.— Промолвил Белый-Туренин.— Этого слугу звали Григорием?

— Да.

— Ты говоришь, пан, у него на лице две бородавки и рука одна покороче?

— Да, да.

— Гм... Дивно! Я знаю одного такого же Григория,— задумчиво проговорил боярин.— С ним вместе мы вот Максима Сергеевича сюда довезли из лесу, когда на него там злодеи напали. Долго он у Вишневецкого в слугах жил?

— Нет, несколько месяцев.

— Гм... Уж не он ли это и есть! — вскричал боярин.

— Теперь царевич все еще у князя Адама? — спросил Влашемский.

— Нет. Князь Адам дождался, когда царевич поправился, и свез его сперва к своему брату, князю Константину Вишневецкому, потом к Юрию Мнишку. В судьбе царевича также принимает участие папский нунций в Кракове — Рангони. Я слышал, что наш наияснейший король пожелал повидать царевича и хочет помочь ему добыть престол.

— Значит, опять будет воевать с Москвою? — сказал пан Самуил.

— Очень может быть.

— Царевич — римский католик, полагаю? — прервал свое молчание отец Пий.

— Нет, он, как вы называете,— "восточный схизматик". Говорят, склоняется, впрочем, к латинству.

— Он, вероятно, только орудие небесного промысла для обращения в истинную веру многих миллионов еретиков,— сказал патер.

Пан Войцех насмешливо посмотрел на него.

— Захотят ли еще они перейти в латинство! Для них латинство — ересь. И мне кажется, они более правы! — улыбаясь, проговорил Червинский.

— Ужасно слышать подобное из уст католика! — заметила пани Юзефа.

— Ну какой я католик! Я более уважаю Кальвина и Лютера, чем папу римского.

— А уж что наши русаки вере отцов не изменят — голову дам порукой. Покажись только поп латинский, да начни им сладкие речи говорить, так они покажут ему себя! Не поздоровится! — громко сказал Павел Степанович и засмеялся.

Усмехнулись заодно с ним только пан Войцех да Максим Сергеевич, остальные сделали вид, точно не слышали резкого замечания. Патер, весь багровый от злости, глядел в свою тарелку.

Остаток обеда прошел довольно натянуто. Все вздохнули облегченно, когда встали из-за стола.

XVII

ЗВЕРЬ ПОБЕДИЛ

Тихий весенний вечер уже наступил. Где-то там, далеко за лесом, догорает солнце, и на вершинах деревьев сада Влашемских лежит розовый отсвет. Немного сыро. Земля еще не успела обсохнуть как следует после таяния снега, и влажные, теплые токи тянутся от нее вверх. Зелень еще не вся распустилась, но пушок уже весь пооблетел, и тонкий ароматный запах от только что проглянувших на свет Божий клейких листочков наполняет сыроватый воздух.

В этом запахе весны есть что-то возбуждающее деятельность нервов; точно страстью веет от земли-невесты, ожидающей горячих объятий своего жениха — знойного лета.

Весна справедливо зовется порою любви, и если вы, мой благосклонный читатель, ненавистник любви, как враг всякого рода "глупостей", бесцельных, "смешных" для вас, для "человека рассудка",— а под "глупостями" вы разумеете все то, что не имеет ясно выраженной материальной пользы: зачем, например, по целым часам проводить перед картиной, статуей? Стоит ли читать стихотворение и стараться вызвать в своем воображении намеченные в нем образы? Не смешно ли серьезному человеку зачитываться романом, повестью, если ваша жизнь течет так же размеренно-неуклонно, как ход хронометра, тогда советую вам плотнее запирать в весеннюю пору окна вашей комнаты, чтобы раздражающий аромат не пробился в нее, не заставил быстрее вращаться вашу кровь, учащеннее забиться холодное сердце и даже, пожалуй — horribile dictu! — не заставил вас откинуть ученый трактат, доклад "его превосходительству" или что-нибудь мудреное в этом роде, над чем вы склонили свою преждевременно лысеющую голову, взять трость и шляпу и, в противность вашим привычкам, отправиться на прогулку и не на Невский, не на Морскую, а куда-нибудь дальше, за черту города, где распускается липа, где начинает цвести черемуха.

Веяние весны сказалось и на молодом боярине Павле Степановиче Белом-Туренине, гулявшем по саду в этот последний вечер своего пребывания в усадьбе Влашемских.

Он казался задумчивым. Рой воспоминаний о пережитой любви наполнял его мозг. Ему было грустно, но эта грусть была нежна, как весенний лепесток; это не была гнетущая, отчаянная скорбь земная, "ночь души", знакомая ему прежде, это была дочь неба, светлая, чистая, как та слеза, которая готова была упасть с его глаз; все горькое, мрачное, что дала любовь, было забыто, все, что заставляло некогда замирать от счастья сердце — вспомнилось. Он снова жил в радостном прошлом, часы ли, мгновенья ли — не все ли равно?

Разве психическую жизнь человека можно измерять периодами времени? Бывают мгновенья — равные часам, бывают часы — равные мгновеньям.

Полумрак наполнял сад. Наступало молчание ночи, лишь изредка с вершины дерева все тише и тише доносился замирающий голосок какой-нибудь птички. Шедший медленно Павел Степанович вдруг остановился: бесплотный образ любимой женщины принял форму: это она — боярин готов был поклясться — сидела на скамье невдалеке от него.

Он узнал ее бледное личико со строгим профилем. Даже голова была так же несколько закинута назад, как она имела привычку. Боярин сделал несколько быстрых шагов, сидевшая повернула голову — и очарование исчезло: в ней не было ни малейшего сходства с тою женщиной, о которой думал Павел Степанович. Это была Лизбета.

Боярин понял, что он обманут сумраком, тяжело вздохнул и подошел к панне.

Лизбета вздрогнула, когда увидела перед собой Белого-Туренина.

"Я не искала... Сам пришел... Будь что будет — судьба!" — подумала она.

— Что, панночка, испугал я тебя? — спросил Павел Степанович, опускаясь рядом с нею на скамью.

Девушка так волновалась, что ответила не сразу.

— Нет.

— А мне показалось, что ты вздрогнула маленько.

— Это так — от сырости, да и прохладно.

Она смущенно мяла в руках бахрому платка, накинутого на плечи. Все, что собиралась она сказать боярину, вылетело у нее из головы; вместо того какой-то хаос мыслей наполнял ее мозг. Ей хотелось говорить, но слова не находились, и она молчала, и негодовала на себя за это молчание, и боялась, что, вот, сейчас боярин соскучится с нею сидеть и уйдет, и тогда уже никогда не придется свершить задуманного: завтра ведь он уже уезжает.

Белому-Туренину было тоже не до разговоров. Прежнее настроение сменилось новым. Когда обманчивый сумрак явил пред ним, а после рассеял образ недавно любимой женщины, боярин пережил в это мгновение резкий переход от радостного восхищения к глубокому отчаянию. Незажившая еще сердечная рана открылась и заструилась кровью. Горечь утраты почувствовалась с новою силою.

Занятый невеселыми думами, он почти забыл про Лизбету, когда ее маленькая ручка легла на его плечо.

— Что так грустен, пан боярин?

Павел Степанович поднял опущенную голову и взглянул на панну: что-то новое послышалось ему в ее голосе — так когда-то говорила с ним его "люба".

— Эх, панночка, тяжело на сердце! — вырвалось у него.

— Ты всегда грустишь, пан боярин... Я заметила... У тебя горе было, да?

— Было,— ответил Павел Степанович, поддаваясь ее ласкающему голосу.— Было,— повторил он.— Али с радости седина-то в бороде проблеснула?

— Да, я всегда удивлялась. Такой молодой, и уж проседь.

— Мало жил — много пережил,— сказал Павел Степанович и опустил голову.

— Пан боярин! — помолчав, заговорила Лизбета слегка дрожащим от волнения голосом.— Говорят, что горе, если им поделиться с... другом или так — с добрым человеком, легче становится... Правда ль, не знаю... Верно, правда... Поделись со мной своим горем — может, тебе легче станет!

Последние слова девушка выговорила быстро, с просьбою в голосе.

Боярин слегка улыбнулся.

— Чистая ты душа, панночка,— ласково сказал он.— Хорошая ты... Спасибо тебе, что пожалела меня. Уж если делиться с кем, так с тобой. Тяжело вспоминать, но будь по-твоему — скажу тебе про мое горе-злосчастье, про судьбину горькую. Завтра вот я уеду отсюда, и никогда мы, быть может, не свидимся. Перед тобой жизнь целая впереди. Много в жизни всяких бед и напастей бывает. Когда придется и тебе переживать черные дни — кому таких дней переживать не случается? — тогда ты вспомяни речь мою, которую я сейчас поведу, и подумай, что и еще горше твоего бывает... Может, от этого тебе и легче станет в ту пору.

Боярин замолк ненадолго, собираясь с мыслями. Лизбета, вся пылающая, не спускала глаз с его лица. Она видела, как глубокая морщина прорезалась на лбу боярина, как он сразу точно постарел и осунулся.

— Недавно все это было, панночка.— Тихо начал Белый-Туренин.— Года не минуло, а вон я с той поры поседеть успел... Удалой был я молодец, огневой! На медведя один на один шел, потехи ради, не труслив был и в бою. Ну и задумали посадить на цепь паренька — женил меня отец.

— Как! Ты женат? — воскликнула Лизбета.

— Да...— ответил боярин, не замечая, что его слушательница вдруг вся как-то опустилась, сжалась под бременем непосильной тяжести.

— Так вот, женили меня,— продолжал Павел Степанович. Девушка перебила его.

— Жена жива?

— Жива, должно быть.

— Скучаешь по ней?

— Скучаю? Вспомню — сердце от злобы загорается! — почти вскричал боярин, и в глазах его мелькнул огонек.

— Так ты не любишь жены своей? А? — промолвила панна, и голосок ее дрогнул от радости.

— Татарина больше люблю, чем ее. Но это после сталось. Сперва жизнь наша с нею текла мирно и ладно. До той поры, пока не повстречался я... с Кэтти...

Голос боярина задрожал.

— Как? С Кэтти?

— Да... По-нашему, по-русски то есть, да и по-польски, это будет Катерина. Иноземка она была, немка аглицкая из Лунда города {Лунд — Лондон.}. Как судьба меня с нею свела, о том долго говорить, да и к чему, одно скажу, полюбилась она мне так, что дороже ее никого и ничего на свете белом для меня не стало. Полюбился и я ей... Панночка! Не знаешь ты еще, что такое значит любовь эта самая!

"Ой, знаю, милый, знаю!" — хотелось крикнуть Лизбете, но она удержалась.

— Смеялся я прежде, думал, любовь такую вот между парнем и девушкой люди измыслили. Ну, а спознался с нею, с любовью, иное заговорил. Захватит она тебя, закружит, завертит, не вырвешься, да и не будет охоты вырываться, потому только через нее и счастье спознаешь. Кроется в ней и скорбь-тоска, ну да о том не подумаешь. Счастлив был я, панночка! Быть нельзя счастливее... Зато потом тяжелей еще горе показалось, когда наступило оно после счастья такого разом, без подготовки, налетело, обрушилось громом.

Боярин внезапно оборвал речь.

Лизбета заметила слезы на его ресницах. Она дала ему несколько оправиться от волнения и спросила:

— А где же теперь Катерина?

Белый-Туренин поднял руку к небу.

— Там! — глухо проговорил он.— Извела жена, погубила. Тоже из-за любви сделала...

Он поник головою.

Лизбета теперь почти каялась, что вызвала его на откровенность: он, казалось, был подавлен вновь нахлынувшим пережитым горем. Можно ли при таком состоянии его духа сделать ему признание?

Она повела издалека.

— Дорогой боярин, отчего ты не попробуешь утешиться?

— Чем? — отрывисто спросил Павел Степанович.

— Забыться...

— В чем? — опять так же проговорил боярин.

— Ну, хотя бы... Ну, хотя бы в любви же.

— Кто мне может заменить Катеринушку? Разве кто может? — со стоном вырвалось из груди Павла Степановича.

— Может!

— Кто?

— Любящая тебя женщина... Найдется такая, которая сумеет полюбить не холодней твоей Катерины.

— Да я-то не могу! Я-то не могу! Любил ее живую, люблю и теперь мертвую... Так и помру с этой любовью.

— Полно, боярин! Ведь сердце твое не перестало биться?

— Бьется, да не так.

Оба замолчали. Лизбета собиралась с духом.

— Пан боярин!

— Что? — спросил он.

Ответа не было.

— Что? — спросил он опять и повернулся к панне.

На него из сумрака, обращавшегося уже во тьму, глядела пара светящихся глаз. Казалось, эти глаза кидали отсвет на все лицо, и овал его белел в темноте. Боярин слышал порывистое дыхание девушки. Вдруг он почувствовал на своем лице теплоту его, потом маленькие ручки обвились вокруг его шеи.

— Забудь все... Будь моим... Коханый!— расслышал он страстный лепет.

60

Светящиеся глаза наклонились совсем близко-близко к его лицу, горячие губы прильнули к щеке.

— Панночка! — растерянно проговорил он.

— Коханый! Коханый! Жить без тебя не могу!.. Твоя, твоя! — лепетали уста Лизбеты, и поцелуи становились все горячее, все учащались.

— Панночка! Опомнись!

Но панночка не опомнилась.

Павел Степанович был молод. Ему становилось не по себе от объятий Лизбеты. Он чувствовал, что его кровь начинает кипеть, что страсть охватывает его, та страсть, которая отличается от любви настолько же, насколько земля от неба.

Однако он пытался бороться с собой, вернуть хладнокровие. Но уже кровь стучала в виски, тело трепетало страстной дрожью. Руки панны, как змеи, обвились вокруг его шеи.

Конечно, в смысле силы, ему ничего не стоило оттолкнуть от себя слабую девушку, но для этого не хватало сил душевных — была прелесть в этой игре с огнем. Кроме того, удерживала мужская гордость — казалось как будто немножко стыдно бежать от объятий красавицы-девушки.

— Панночка! Лизбета!.. Ты губишь себя! — прошептал он изменившимся голосом.

— Гублю... Да!.. Пусть!.. Твоя — ничья... Коханый...— слышался лепет Лизбеты.

— Ты губишь!..— повторил он еще раз и уже сам поцеловал панночку в ее дрожавшие губы.

— Мой! Мой! — замирающим шепотом говорила девушка.

Боярин уже не слышал ее лепетанья.

Он сжимал в своих объятьях гибкое, трепещущее тело Лизбеты.

Пан Войцех Червинский был немало изумлен, когда поутру Павел Степанович заявил ему, что раздумал ехать с ним в Краков, так как намерен погостить в усадьбе еще несколько дней. Не уехал боярин и на следующий день, и через неделю, и через месяц.

XVIII

МЕЖДУ ДВУХ ОГНЕЙ

Со дня беседы в саду между Лизбетой и Павлом Степановичем, беседы, окончившейся так неожиданно, прошло около двух недель. За это время какой-то новый дух вселился в доме Влашемских: чувствовалась натянутость в обращении между членами семьи. Пани Юзефа дулась на мужа за то, что "еретик", как она называла боярина, до сих пор еще жил у них; отец Пий допекал бедного пана Самуила предреканиями всяких бед из-за пребывания в их доме того же "еретика". Пан Самуил, замечая косые взгляды жены или слыша ворчание патера, только разводил руками, пыхтел, краснел и смущенно мигал. Он сам не знал, чему приписать, что Белый-Туренин, так внезапно собравшийся уезжать, теперь, кажется, оставил всякую мысль об отъезде.

Влашемский пробовал намекать, заговаривал о Кракове — Павел Степанович отмалчивался или, ответив коротко, сводил разговор на другое.

Впрочем, пану Самуилу редко приходилось разговаривать с боярином: Белый-Туренин, по большей части, сидел затворясь в своей комнате; можно было подумать, что он даже избегает встречаться с хозяином дома; по крайней мере, гуляя, например, в саду и заметив вдали фигуру пана Самуила, Белый-Туренин круто поворачивал и скрывался в доме.

Нельзя сказать, чтобы и Анджелика вносила "живую" струю в это расстроенное общество; она ходила грустная и молчаливая и, как боярин с паном Самуилом, так она избегала встречи с матерью и с патером.

Одна Лизбета, казалось, чувствовала себя превосходно и была весела.

Конечно, ни пан Самуил, ни пани Юзефа, ни даже сама Лизбета не могли подозревать, как страдал Павел Степанович. Туман страсти давно прошел, и совершившийся факт предстал перед ним во всей наготе. Он проклинал себя за то, что забылся и разбил честь девушки. Люби он ее, как любил в былое время Катеринушку, он меньше раскаивался бы: сердцу любить или не любить не прикажешь; судьба, значит. А тут любви, по крайней мере с его стороны, не было — их связала только страсть. Часто боярин пытался вызвать в своем сердце любовь к Лизбете, но не мог. Он жалел ее, правда, считал хорошей девушкой, ценил ее привязанность, но "огонь любви" не зажигался, и образ умершей Катеринушки был для него дороже живой любящей Лизбеты.

"Как загладить сделанное?" — вот вопрос, который напрасно пытался разрешить Белый-Туренин.

Был бы он холост — иное дело, ну, а теперь... Теперь дело казалось непоправимым. Бросить на произвол судьбы несчастную девушку? Против этого возмущались все силы души боярина. Постепенно он, впрочем, стал смутно сознавать, что маленькая лазейка есть, но для этого нужно было прибегнуть к ужасному средству — к отступничеству. Конечно, католическая религия или, как называл ее боярин, "латинская вера" — не "басурманство", отрекаться от Христа не требуется; кроме того, боярин знал, что в католичестве есть много общего с православием, но — это "но" становилось преградою — но это не была вера отцов, она заставляла чтить папу, почти как земного бога, как наместника Христа, она выдавала верующим Святые Дары под одним видом... А латинский язык? А музыка в храме? А исхождение Святого Духа "и от Сына"? Правда, части этих противоречий можно было бы избежать, вступив не в римско-католическую, а в греко-католическую, иными словами — униатскую или соединенную церковь, однако боярину для достижения его цели — расторжения ранее заключенного брака — казалось необходимым вступить именно в чистое католичество.

Затем, если бы он помирился даже с мыслью об отступничестве и допустил, что тогда можно будет жениться на Лизбете, являлся новый источник для мучения: женившись на панне, боярин не мог бы не сознать себя двоеженцем. Собственно, ведь развод не допускался ни в православной, ни в католической церкви потому, что, как в той, так и в другой, брак — таинство. Кроме нарушения таинства, в разводе скрывался еще и второй грех. Павлу Степановичу приходили на память слова Спасителя: "Сказано также, что если кто разведется с женою своею, пусть даст ей разводную. А Я говорю вам: кто разводится с женою своею, кроме вины любодеяния, тот подает ей повод прелюбодействовать; и кто женится на разведенной, тот прелюбодействует" (Матф., гл. V, 31, 32.)

Так мучился Павел Степанович все эти две недели, забываясь только на мгновения в жарких объятиях Лизбеты.

На панну он немало дивился. Казалось, ее нисколько не тяготил совершенный проступок. Она была весела, болтала, шутила, и смех ее прерывался только для поцелуев. А боярин ожидал слез, раскаяния, сетований.

Однажды он не вытерпел и спросил ее, неужели она не сожалеет о совершившемся, не боится будущего, казалось бы, такого безрадостного для опозоренной девушки? Она на минуту задумалась, потом воскликнула:

— Нет! Теперь я счастлива, а что будет... Э! Да пусть будет, что будет!

Будь на месте Белого-Туренина наш современник, то он, пожалуй, после такого ответа Лизбеты позабыл бы про всякие угрызения совести.

"Э! Если она так к этому относится, так чего же я-то буду на стену лезть, в самом деле?" — успокоил бы он себя подобным рассуждением.

Но Павел Степанович был сыном XVII века, он еще не умел входить в компромиссы со своею совестью, не умел, когда нужно, увидеть черное белым, а грех называл грехом, добро — добром, ставить же первое на место второго и наоборот не имел способности.

Как-то, когда Лизбета в обычное время пробралась в его комнату, он встретил ее бледный как смерть с лихорадочно блестящими глазами.

— Что с тобой? — спросила она.

— Что со мной? Порешил судьбу — женой моей будешь! — ответил он.

Голос его дрожал.

Панночка не стала его расспрашивать, как он это устроил, она только припала долгим поцелуем к его щеке, но читателю автор расскажет — для этого пусть он потрудится пробежать следующую главу.

XIX

ЧУДО

Отец Пий занимал в доме Влашемских самую маленькую каморку вблизи домашней капеллы. Ему хозяин дома предлагал лучшее помещение, большую, светлую комнату, но патер наотрез отказался.

— Монаху неприлична роскошь. Древние подвижники

жили в подземных пещерах. Даже и эта комнатка слишком хороша для меня.

Так он и остался в своей каморке.

Вещей там было немного. Простой стол и такая же скамья, другая, более длинная и широкая, скамья у стены — на этой скамье отец Пий устраивал себе на ночь жесткое ложе — да темное металлическое распятие в углу составляли все убранство жилища патера. Маленькое узкое окно пропускало мало света, а потому в комнате был всегда полумрак. Когда отцу Пию нужно было заняться чтением или письмом, ему приходилось зажигать свечу даже и во время дня.

Впрочем, патер мало чувствовал неудобства от этого — как чтение, так и письмо были для него редкими занятиями. Его главнейшее и постоянное занятие была молитва. Он молился без перерыва по целым часам.

Говорили, хотя и никто не знал этого достоверно, что на полу, против распятия, были два углубления: они были выдавлены коленями отца Пия.

Когда он уставал молиться, он опускался на скамью и отдавался благочестивым размышлениям, не забывая в то же время перебирать четки.

Иногда же долгая молитва не удовлетворяла его, ему хотелось подвигов мученичества.

Тогда он брал бич, и сильные удары оставляли красные рубцы на теле отца Пия. При усиленных движениях патера слышалось что-то похожее на звяканье железа — это звенели тяжелые вериги, которые он постоянно носил.

Так изо дня в день тянулась эта суровая жизнь, а Пий был доволен ею и счастлив по-своему. Он был аскет, в полном смысле слова и, как аскет, честолюбив.

Быть может, это покажется странным: честолюбие и аскетизм не вяжутся одно с другим. Но разве в том, чтобы мечтать попасть в лик святых, изнурять свое тело и видеть в этом средство к свободному доступу в рай, рисовать себе пленительные картины райской жизни, где праведник равен ангелам, и добиваться этого, стремиться к тому всеми помыслами — разве тут не скрывается громадное честолюбие, такое, что земная слава и блеск кажутся для него слишком ничтожными?

Таким честолюбцем и был отец Пий. Когда он бичевал себя и бич до крови просекал ему кожу или когда вериги врезались в тело и постепенно стирали мясо и обнажали кость, и каждое движение отзывалось невыносимою болью, тогда патер мысленно сравнивал свои муки с райскими наслаждениями и находил свои страдания ничтожными. Погружаясь в благочестивые размышления, он видел чудные райские сады, сонмы лучезарных ангелов и не менее лучезарных святых, и между ними себя. Везде он и он.

Мысль о себе не покидала его ни на минуту. Если он обращал неверного в католическую веру — этим он приобретал для себя новый шанс попасть в лоно праведников; если он на собранные с доброхотных католиков деньги воздвигал капличку, опять-таки это он делал ради себя: за труды свои он получит награду сторицей.

Каждое свое малейшее деяние на пользу католической церкви он оценивал и ценил не дешево. Он был похож на раба, который трудится как будто бы и безвозмездно, а на самом деле — спит и видит получить за свое усердие щедрое вознаграждение от доброго домовладыки.

Чувство христианского смирения было ему чуждо, душа его была полна гордыни. Он любил только себя. Правда, случись мор или иное несчастие, он первый кинулся бы помогать несчастным, проводил бы целые ночи у постелей больных, обмывал бы их гнойные раны, но все это он делал бы не из-за любви к ближнему: сами по себе эти несчастные были в его глазах ничем, сердце его оставалось спокойным при виде их страданий, но они служили прекрасным средством для него вплести новый цветок в свой венок подвижника. В основе тут лежал самый беспощадный эгоизм.

Любя вплетать новые розы в свой венок, он не любил, когда удобный для этого случай ускользал от него, а потому был фанатиком. В основе здесь был опять злобный эгоизм.

Если купец, производя торговый оборот и рассчитывая на хорошие барыши, не получил их, а только вернул сполна свои капиталы, он от этого не обеднел, но все же разве он останется доволен? Конечно, нет! Будет рвать и метать.

Так и отец Пий рвал и метал, когда претерпевал неудачу: сокровищница его благих деяний не потерпела ущерба, но прибавка к ней ускользнула. Как же в таком случае не пламенеть гневом? Если же могли найтись средства воротить потерянное или исправить ошибку, хотя бы даже средства безнравственные, тогда отец Пий, не раздумывая, приступал к ним: ведь цель оправдывает средства, чего же еще? Это правило применялось им в самых широких размерах.

С молоком матери патер всосал убеждение, что католическая религия — единственный путь ко спасению, и неуклонно шел по этому пути; всех "еретиков" он страстно ненавидел и эту ненависть к чужому верованию считал тоже одним из цветков своего венка. Поэтому можно себе представить, как встретил он "заклятого еретика", "проклятого схизматика" боярина Павла Степановича, когда тот однажды появился на пороге его комнаты.

Белый-Туренин не обратил внимания на краску в лице и злобный блеск в глазах патера, спокойно вошел в его келью, притворил плотно за собою дверь, потом опустился на скамью.

— Я к тебе, поп.

— Ну? — недружелюбно буркнул отец Пий.

— Да, вишь, дело какое, хочу в твою веру переходить.

Патеру показалось, что боярин пришел издеваться над ним. Это его взорвало.

— Ты смеешь смеяться?! Поганый еретик! Вон! — не своим голосом закричал он и даже, схватив лежащий поблизости свой бич, замахнулся им над боярином.

Тот отвел его руку.

— Поп! Обезумел ты, что ли?

Патер пыхтел, как бык.

— Я к нему с делом, а он драться лезет,— продолжал спокойно Павел Степанович.

Отец Пий смотрел на него, вытаращив глаза, недоумевая, шутит боярин или говорит серьезно.

— Да ты правда?..— буркнул он.

— Да как же неправда? Зачем же я пришел бы к тебе? Садись-ка лучше да потолкуем.

Патер послушно опустился на скамью.

— Я тебе, поп, не соврал: решил я веру латинскую принять.

Патер хлопнул себя руками по бедрам.

— Чудо! — воскликнул он.

— Истинно чудо,— со вздохом промолвил боярин.— А только я ведь недаром хочу веру сменить.

— Недаром? Как же так?

— А так — ты за это должен мне устроить одно...

— Говори, говори! Все сделаю.

— С женой меня развести.

— Да ще же твоя жена? Я думал, ты холост.

— Жена в Москве живет. Так вот, можешь ли?

— Зачем нужно это тебе?

— На другой хочу жениться.

Патер покачал головой и задумался.

— Гм... Твоя жена еретичка?

— Православная.

— Так,— протянул патер.

Он уже успел решить, что просьбу боярина надо исполнить во что бы то ни стало. В крайнем случае, он готов был повенчать боярина и без всякой разводной, просто игнорируя его первый брак, как схизматический. - Глаза патера весело заблестели. Он понял, что Белому-Туренину теперь без него не обойтись, что боярин попал в некоторую зависимость от него, ему захотелось воспользоваться этим и, припомнив былые оскорбления, нанесенные ему Павлом Степановичем, Пий решил теперь поглумиться над ним.

— Благое дело ты задумал, сын мой, что отрешаешься от ереси. Я вижу в этом Промысл Божий... Но все ли ты обдумал?

— Все.

— Ведь ты, если выпадет случай, должен будешь, преклонив колени, целовать ногу у святого отца папы.

— Знаю,— глухо ответил боярин, и тень пробежала по его лицу.

— Перстень у кардинала...

— Знаю! — еще глуше проговорил Павел Степанович.

Отец Пий во всю жизнь свою не бывал более весел, чем теперь.

— И даже у меня, смиренного, должен будешь целовать руку.

Боярин гневно взглянул на патера.

— К делу, поп, к делу!

— А это — разве не дело? Я должен тебе разъяснить, чего потребует от тебя наша святая церковь.

— Не церковь, а попы с монахами.

— Ты вольнодумствуешь — наша религия запрещает вольнодумство. Ты должен выучить латинское "Верую".

— Выучу,— ответил Белый-Туренин, ставший совсем мрачным.

— Признать наше Filioque — "и от Сына"...

Павел Степанович быстро поднялся со скамьи.

— Прощай, поп!

— Куда же ты?

— Я вижу, мне с тобой толковать нечего. Найду другого попа.

В глазах патера мелькнула тревога.

— Постой, постой! Напрасно ты сердишься, я только исполнял свой долг. Подойди ко мне!

Боярин подошел.

— Наклонись.

Тот исполнил.

Патер благословил его и протянул ему руку для поцелуя. Белый-Туренин слегка коснулся до нее губами.

— Благословляю тебя на благой путь. Иди с миром и будь спокоен: я все устрою.

Как сказал отец Пий, так и сделал — устроил все.

Скоро по всему дому разнеслась весть, что совершилось чудо: "заклятый еретик" покаялся и готовится вступить в лоно католической церкви.

Пани Юзефа была в восхищении, пан Самуил был тоже доволен: теперь, знал он, от него никто не потребует удаления из дома боярина.

Однако они несколько призадумались, и чудо утратило в их глазах часть своего блеска, когда, несколько времени спустя, Павел Степанович посватался за Лизбету. Породниться с "москалем", которого они, правду сказать, и знали-то очень немного — могло быть, что он совершил преступление на родине, потому и убежал в Литву — ничего особенного не представляло. Только заявление боярина, что он купит землю вблизи их усадьбы — "казна" была захвачена Белым-Турениным из Москвы — и поселится там с молодою женой да убеждения отца Пия заставили их согласиться.

В начале зимы состоялась свадьба. Боярин был похож скорее на преступника, ведомого на казнь, чем на счастливого жениха, когда стоял под венцом, зато отец Пий сиял и с особенною торжественностью читал латинские молитвы. Лизбета казалась религиозно настроенной, и ее бледное личико было задумчивее обыкновенного.

Ни Анджелики, ни Максима Сергеевича, который, едва разнеслась весть о переходе Белого-Туренина в католичество, совершенно порвал с ним дружеские отношения, не было в числе присутствовавших на свадьбе. Причиною того были события, разыгравшиеся еще задолго до венчания Павла Степановича и Лизбеты.

XX

НЕПРЕКЛОННЫЙ

Пани Юзефа довольно долго не спрашивала у Анджелики, переговорила ли она со своим женихом. Медлить заставляла ее боязнь, что ответ дочери будет неблагоприятным, и тогда нужно будет приступить к решительным мерам. Наконец, однажды она велела позвать к себе старшую дочь.

— Что, Анджелиночка, говорила ты с паном Максимом, о чем я тебя просила? — сказала она, когда Анджелика пришла.

Девушка стояла смущенная и не смотрела на мать.

— Говорила,— тихо ответила она.

— Ну и что же?

В ожидании ответа пани Юзефа насторожилась и даже на время оставила свою работу — она, по обыкновению, сидела за вязаньем.

Анджелика подняла голову и в упор посмотрела на мать.

— Он не согласен,— медленно выговорила она.

Что-то новое показалось пани Юзефе в глазах дочери; казалось, Анджелика, несмотря ни на что, гордится непоколебимой твердостью своего жениха.

Пани Юзефа несколько минут молча смотрела на неё, потом взялась за работу и проговорила:

— А, не согласен!.. Можешь идти.

Больше она ничего не добавила и даже не взглянула на дочь.

Анджелика помедлила немного, потом удалилась.

Тотчас же после ее ухода пани Влашемская послала за отцом Пием.

— Еретик отказался вступить в лоно истинной церкви,— встретила она его такими словами.

— Я это предполагал. Он погряз во грехах,— ответил патер.

— Что же теперь делать?

— Я еще попытаюсь сам вразумить еретика, а если он и тогда не согласится...

— Тогда?

— Тогда нельзя допускать этого брака!

— Анджелика, любит его и, пожалуй, решится пойти против нашей воли.

— Ее на некоторое время следует удалить из дому.

— Разве это поможет? Когда она вернется, можно будет ожидать того же, чего мы опасаемся теперь.

— До тех пор может многое перемениться. Пан Максим, например, может охладеть к панне Анджелике, уехать, умереть... Мало ли что...

— Гм... Куда же нам удалить Анджелику?

— Об этом уже я позабочусь. Подготовьте только пана Самуила.

Через несколько дней после этого разговора патер, встретясь с Максимом Сергеевичем, остановил его словами:

— Любезный пан, мне нужно с тобой поговорить.

— Я слушаю, отец Пий,— ответил молодой человек.

— Пойдем сядем в уголок, чтобы нам никто не помешал, и побеседуем.

— Сын мой! — ласково начал патер, когда они отошли в угол комнаты и сели там.— Я слышал, что ты хочешь вступить в брак с панной Анджеликой?

— Да, мой отец.

— Хвалю твое намеренье: добрая жена спасает от многого. А она будет тебе доброю женой.

— Уверен в этом.

— День свадьбы уже назначен?

— Нет еще.

— Еще нет? Что же так? Надо бы! Ну, а когда думаешь ты присоединиться к нашей святой церкви?

— Я этого совсем делать не думаю! — резко ответил молодой человек.

— Гм... Вот как! Почему же?

— Потому что наша церковь не менее свята, чем латинская. Незачем менять веру.

— Сын мой! Не подобает мужу и жене веровать розно.

— Этой розни у нас не будет: мы оба будем веровать в Иисуса Христа.

— Печально уж и то, что вам придется молиться в разных храмах. А будут дети — как вы станете наставлять их в законе Божьем? Каждый по-своему!

— Мы будем учить их верить в Бога.

— Этого мало, сын мой. У нас есть таинства, обряды, догматы — наши рознятся от ваших. Кроме того, не забудь, что ваша церковь еретическая. Вон боярин Белый-Туренин это осознал и хочет вступить на истинный путь. Хвала ему!

— Я думаю, верней, у вас ересь, а у нас истинная вера. Что о том спорить?! А боярин мне — не указ; мало ль отступников есть на белом свете? Есть такие, что и в басурманство перейдут, не то что в вашу веру.

— Гм... Так ты твердо решил не переходить?

— Твердо!

— А если панна Анджелика потребует?

— Она не потребует: она знает, что спастись можно в каждой вере, нужно только веровать всем сердцем.

— Так.

Патер поднялся.

— Ты это верно сказал, сын мой, что спастись можно во всякой вере. Ты веруешь — ты спасешься... Ты спасешься!

И он отошел от Максима Сергеевича, ласково кивнув ему головой. На бледных губах его играла улыбка.

Молодой человек заметил эту улыбку и призадумался, смотря вслед медленно удалявшейся темной тощей фигуре патера. Улыбка эта и ласковость отца Пия его тревожили; он лучше желал бы видеть его рассерженным.

— Э! Что тревожиться! — решил он наконец.— Захочет этот поп помешать мне жениться на Анджелике — силой возьму ее! Увезу тайком да и обвенчаюсь. Не стоит тревожиться!

И он уже с самым беспечным видом поспешил в сад, где, знал он, поджидает его невеста.

XXI

РАДИ СПАСЕНИЯ ОТ КОГТЕЙ ДЬЯВОЛА

— Ах, как же так, Юзефочка, ах, как же так! Обещались, к свадьбе готовились, и вдруг...

— Виновато его упорство, закоснелость в ереси.

— Все-таки...

— Послушай, ведь нельзя же ради него губить душу нашей дочери.

— Конечно, конечно, но...

— Ну так и нужно принять решительные меры.

Она замолчала. Пан Самуил прошелся несколько раз по комнате.

Он был смущен, подавлен; он никогда не думал, что дело примет такой оборот; в душе он твердо надеялся, что пан Максим пожертвует православием ради невесты, как это сделал Белый-Туренин, и вдруг сегодня пани Юзефа объявляет ему, что Максим решился остаться в схизме, что поэтому брака его с Анджеликой нельзя допустить, и нужно возможно скорее на неопределенное время удалить дочь из дому.

Добрый пан совсем потерялся от такого сообщения. Будь его воля, он охотно бы согласился на брак своей дочери с "еретиком"; одно мгновение у него даже мелькнула мысль крикнуть: "А ну вас! Пусть поженятся молодые, если любят друг друга"! Но эта мысль только мелькнула и тотчас же пропала: слабовольный пан струсил — пани Юзефа так сурово смотрела на него. Приходилось поневоле соглашаться.

— Юзефочка...— робко заговорил он опять.

— Ну что?

— А скажи... того... Куда же мы удалим Анджелиночку?

— Я и сама не знаю хорошо. За это дело берется наш святой отец Пий. Он устроит ее в благонадежном месте. Я думаю, ему можно доверить?

— Гм... гм... Конечно, Юзефочка, конечно!..

Когда пан Самуил вышел из комнаты жены и встретился с Анджеликой, он отвернулся, чтобы скрыть влагу на своих глазах.

Девушка не заметила расстроенного вида отца и ничего не подозревала о заговоре против нее и Максима Сергеевича.

За последнее время она даже стала спокойнее; смутное беспокойство за будущее совершенно покинуло ее: мать не вспоминала более об "ереси" пана Максима, отец Пий стал с нею чрезвычайно любезен и ласков и тоже ни слова не говорил о религии ее жениха — чего же было тревожиться? Все, по-видимому, шло по-старому, пан Максим по-прежнему приезжал к ним ежедневно, встречали его приветливо; при таком положении можно ли было думать о чем-нибудь другом, как ни о предстоящем, уже недалеком, казалось, счастье? И спокойная духом девушка отдавалась радостным мечтам.

Однажды поутру, едва забрезжил рассвет, Анджелику разбудила мать.

— Одевайся! — приказала она.

— Зачем? Так рано!

— Нужно,— лаконически ответила пани Юзефа.

Анджелика взглянула на нее — лицо матери было холодно и сурово.

Еще не совсем пришедшая в себя от сладкого предутреннего сна, девушка торопливо оделась.

Вошли пан Самуил, отец Пий, какие-то темные фигуры.

Анджеликой начинал овладевать страх.

"Зачем они собрались сюда? Чего они хотят?" — думала она в беспокойстве.

— Ты не того, не очень тоскуй, Анджелиночка: тебя не на всегда... Так, на время...— забормотал отец.

Он не мог говорить, его душили слезы.

— Что? Что на время? — воскликнула девушка в страшной тревоге.

— На время... того... увезут...— начал было опять пан Самуил.

Его прервал сладкий тенорок отца Пия.

— Тебя на некоторое время удалят из родительского дома, дочь моя...

Анджелика испуганно вскрикнула, а патер спокойно продолжал:

— Для твоего блага. Дело идет о спасении и защите твоей души от сетей лукавого, и твои родители, как истинно благочестивые католики, решились принести эту жертву, желая лучше перенести тягостную разлуку с дочерью, чем видеть ее в когтях диавола. Они твердо решились свершить христианский подвиг, и ты напрасно плачешь — слезы не помогут. Покорись необходимости, простись с твоими родителями и поблагодари их за заботу о тебе.

— Да, слезы не помогут! Мы твердо решились,— проговорила пани Юзефа.

Пан Самуил громко всхлипнул.

— Но что же это? Господи! Я не хочу, не хочу! Не поеду! — говорила, заливаясь слезами, панна Анджелика.

— Дочь моя! Не заставь употребить насилие! — сказал патер.

— Покорись. Это для твоего же блага,— заметила пани Юзефа, лицо которой слегка побледнело, но не потеряло своего сурового выражения.

— Ах, какое там благо! — простонала несчастная девушка.— Отец! Хоть ты, хоть ты защити меня! — кинулась она на грудь отца.

Пан Самуил сжимал ее в объятиях, плакал, но молчал.

Отец Пий подал знак.

Темные фигуры — две монахини — хранившие все время неподвижность статуй, приблизились к Анджелике и взяли ее под руки. Девушка вырывалась от них, но они держали ее крепко и потащили к выходу.

— Прощай, Анджелиночка! Прощай, дочка моя! — плача, воскликнул пан Самуил.

— Исправляйся,— сказала мать, холодно поцеловав ее в лоб.

— Постарайся поскорей позабыть своего жениха! — промолвил вслед ей отец Пий.

Девушка быстро обернулась к нему.

— Не забуду! Не забуду! Знаю, чего ты хочешь! Злые!.. Нехорошие! — крикнула она вне себя и вдруг бессильно опустилась на руки монахинь, лишившись чувств.

Ее подхватили и понесли быстрее. У крыльца уже ждал рыдван {Нечто вроде тарантаса с каретным кузовом.}, запряженный тройкою коней, рывших копытами землю.

Через мгновение тройка рванулась. Звякнули бубенцы.

— Прощай, дочка моя, прощай! — прозвучал последний скорбный вопль пана Самуила.

Когда к панне Анджелике вернулось сознание, край солнца уже показался над горизонтом. Сперва девушка не могла понять, где она и что с нею, но скоро молчаливые фигуры сидевших рядом с нею монахинь напомнили ей все.

— Куда меня везут? — спросила она у одной из монахинь.

Та, худощавая, морщинистая, даже и не пошевельнулась, а другая, более молодая, проговорила:

— Дочь моя! Не задавай праздных вопросов.

Панна поняла, что расспрашивать бесполезно. Холодное отчаяние наполнило ее душу. Она чувствовала себя как бы заживо похороненной.

А тройка мчалась все быстрее, все дальше уносила Анджелику от родного дома, от ее счастья.

Лизбета и Павел Степанович были немало изумлены, узнав об исчезновении Анджелики.

Лизбета всплакнула по ней, но потом довольно скоро утешилась: у этой девушки всякое чувство быстро загоралось, быстро и потухало.

Белый-Туренин, напротив, скучал по ней, как по сестре, и, подозревая, кто виновник всего этого, едва удерживался от желания "вздуть" отца Пия. Он не раз допытывался, куда увезли Анджелику.

Раскрыть эту тайну ему удалось не скоро, но все-таки удалось, и он порешил сообщить Максиму Сергеевичу, как только увидит его.

Однако, пока он увидел жениха Анджелики, прошло времени очень и очень немало.

XXII

ОПЯТЬ В ЛЕСНОЙ УСАДЬБЕ

— Так ты говоришь, отец мой, что приехал ко мне по делу? Послушаем, послушаем, какое такое дело! — с усмешкой говорил пан Феликс Гоноровый, не отводя своего тяжелого взгляда от лица собеседника. Этим собеседником был не кто иной, как сам патер Пий. Быть может, от тусклого, неровного света сальной свечи, стоявшей на столе, лицо патера выглядело еще бледнее обыкновенного. В глазах его виднелось что-то похожее на смущение.

— Да, да! Есть у меня до тебя дело, сын мой.

— Вот никогда не думал дел с тобой водить! Чего не бывает! — смеясь, промолвил пан Феликс.— Ну, говори, говори.

Отец Пий немного помолчал, потом начал:

— Я знаю — хоть и ходят про тебя глупые слухи, но я им не верю, — что ты — верующий католик.

Пан Гоноровый только гмыкнул и закусил усы, чтобы не расхохотаться, а патер продолжал:

— Поэтому я уверен, что ты не осуждаешь подобно многим вольнодумцам тех некоторых суровых мер, к которым иногда вынуждена прибегать наша святая церковь...

— Молодцы вы, патеры, молодцы! Лихо спасаете еретиков! На костры их, на костры! Ха-ха!

— Именно спасаем! — с жаром проговорил патер.— Не лучше ли претерпеть краткие земные мучения, чем терпеть вечные муки? Через очистительный огонь мы проводим их к вечному блаженству!

— Ну-ну, конечно! У вас цель благая!

Отца Пия коробило от насмешливого тона пана Феликса, но он не давал ему заметить это и спокойно продолжал:

— В настоящее время я тоже вынужден прибегнуть к суровой мере: дело идет о спасении двух душ, и задумываться нельзя. Неподалеку от тебя, в Гнорове, живет заклятый еретик.

— А! Вот оно что! Не пан ли Максим?

— Он самый.

— Та-ак! — протянул Гоноровый.— Ну, говори, говори.

— Он хотел жениться на панне Анджелике...

— Знаю! Мимо это! Вспомнить не могу спокойно, что ускользнул он тогда из моих рук! — крикнул пан Феликс и стукнул кулаком по столу так, что патер вздрогнул.

— Эта свадьба не должна состояться...

— Вот это любо!

— Еретик не хочет отрешиться от своих заблуждений: я не могу допустить, чтобы он заразил ересью чистую душу панны Анджелики. Вот я и пришел просить тебя помочь мне в этом.

— Как могу я тебе помочь?

— Нужно уничтожить этого еретика! — отчеканил патер.

— Без следа и без остатка? Ха-ха!

— Так именно.

— Как видно, ты очень заботишься, чтобы его грешная душа попала в рай! — с хохотом заметил пан Феликс.

— Я не желаю вечной погибели даже грешной душе,— скромно опуская глаза, промолвил патер.

Гоноровый продолжал хохотать.

— Тебе, верно, было бы приятнее всего,— сказал он между приступами смеха,— чтобы этот грешник прошел через очистительный огонь?

— Ты понял мою мысль, сын мой.

— А костер нужно устроить, полагаю, из его собственного дома?

— Именно.

— Ты мне нравишься, поп! Ты — молодчина! — вскричал пан Феликс, хлопая патера по плечу.

Пий от этой ласки весь как-то съежился.

— Ты не прочь мне помочь?

— Пожалуй.

— Я вижу, что ты — добрый сын церкви.

— Эти глупости ты, поп, лучше оставь: сказать правду, начихать я хочу на всю вашу братию с самим папой вашим.

— Грешно, сын мой...

— Мимо, мимо! Знаю, ты сейчас про бесов да пекло толковать начнешь, так ты это припрячь для баб — авось, они испугаются, а меня этим не больно испугаешь. Помочь тебе, говорю, не прочь, а только даром работать не буду.

— Я не могу понять, сын мой,— растерянно пробормотал отец Пий.

— Сейчас поймешь. Что это, попик, так у тебя пазуха

оттопырилась? Фу, как ты схватился за нее! Можно подумать, что у тебя там кошель с деньгами лежит,— сказал, насмешливо улыбаясь, пан Феликс.

— Что ты, что ты, сын мой! — беспокойно вертясь на скамье, пролепетал патер.

Дело в том, что у него там действительно лежал кошель. Собираясь отправиться к пану Гоноровому, он захватил с собой деньги на случай, если встретится надобность подкупить пана, не уладив дело безвозмездно. Он рассчитывал выдать лишь в задаток несколько червонцев, отнюдь не показывая кошеля. Теперь он каялся, зачем привез с собою весь свой капитал; благоразумнее было взять нужных пару-другую монет и только. Он проклинал свое неблагоразумие, но уже делать было нечего.

— Та-ак,— протянул Гоноровый.— И то сказать — откуда у тебя могут быть деньги? Так ведь?

Патер вздохни с облегчением.

— Я только бедный монах.

— Верю тебе, поэтому я не возьму за это дело с тебя много.

— Но я думал, сын мой...

— Думал, что я так, из одной чести? Ха-ха! Нашел дурака! Шум, поди, по всему повету поднимется, как молва об изжарении пана Максима разнесется; догадаются, кто это учинил, мне и стар, и мал проходу не даст, удирать отсюда придется поскорей — хорошо, что теперь скрыться можно, время удобное, вся Польша колобродит: москаль-царевич объявился и полки набирает, — а ты останешься голубком чистым да, поди ж, меня будешь честить и так, и сяк, и за это за все ты мне одно благословенье свое поднесешь? Ха! Не-ет! Ты, брат, вижу, гусь, но только ведь и я не гусенок! Вот что, попик: хочешь, чтобы все было сделано? Сделаю отлично, но за это мне ни мало ни много — три тысячи злотых отсчитай.

— Сын мой...

— Врешь! Никогда я твоим сыном не был.

— Три тысячи! Ты просишь очень много!

— Без торгов, поп!

— Но откуда мне взять столько?

— Будешь торговаться — пеню возьму!

— Сбавь хоть половину.

— А, так?.. Знаешь, я очень любопытен. Будь другом, покажи, что это лежит у тебя за пазухой?

Патер смущенно захлопал веками.

— Там... книги.

— А! Книги? Тем лучше! Верно, божественные? Покажи, покажи! Я очень люблю божественное чтение.

Отец Пий быстро сорвался со скамьи.

— Вот что... Хорошо. Я согласен, даю три тысячи. Принимайся за дело. Завтра привезу в задаток половину... Теперь пора, спешу...

— Нет, брат, постой! Уж если на то пошло, не надо мне и трех тысяч. Плюю на них! Что деньги? Прах! Я предпочитаю им божественное чтение. Да, да! Ты мне должен показать книги, которые при тебе. Непременно! Ну же, ну! Вытаскивай скорее! Что же ты?

У патера руки не поднимались вынуть кошель.

— Стефан! — позвал пан Феликс.

Тот вырос, как из земли. Раны, которые он получил на лесном побоище, оказались довольно легкими, и он уже давно был здоров по-прежнему.

— Что треба, пане?

— А вот, видишь ли, попик не может достать из-за пазухи сверточка, так ты помоги ему.

— Нет, я сам, я сам,— забормотал патер, но уже было поздно: рука Стефана ловко вытащила кошель.

— Ага! Вон у тебя какие книги! И не стыдно тебе обманывать друга? А? Ведь, я тебе — друг? Да? — говорил пан Гоноровый, принимая из рук Стефана кошель.

Патер только тяжело вздохнул.

— О, тут куда больше, чем три тысячи! Раза в четыре клади.— Продолжал пан Феликс, раскрывая туго набитый кошель,— А ты еще торговался. Стыдно, стыдно! Я тебе говорил, что возьму пеню, если станешь торговаться, ты не унялся — вини себя. Потом ты меня еще обманул — за это нужно другую пеню. Пеня да пеня — выходит две пени, а попросту — кошель мой!

Патер сделал движение руками.

— Что? Не по вкусу это? Еще бы! Но слушай, так и быть, сделаю для тебя, ради дружбы нашей, уступочку: возьму половину... Стефан! Отсыпь половину, а остаток спрячь ему за пазуху. Мы со Стефаном, попик, честные люди, не разбойники какие-нибудь: те бы все взяли, а мы только половину. Живей, живей, Стефан! Что же ты молчишь, отец мой — будь моим отцом, если это тебе нравится! — не похвалишь нашу честность? Похвали! Скажи: добрые мы люди или нет?

— Добрые, добрые...— пролепетал, едва шевеля губами, отец Пий.

— Правду сказать, терпеть я не могу вашего брата — патеров. Признаться, не будь ты мне другом, тебе отсюда целым не пришлось бы уйти. Ха-ха! Чего ты задрожал?

Отсчитал, Стефан? Клади ему кошель назад. Помнится мне, что, когда я езжал к Влашемским, ты на меня волком всегда смотрел, пани Юзефе наговаривал... Ну, опять задрожал! Фу! И трус же ты, погляжу я! Хотел бы я тебе отплатить, уж давно бы отплатил. А я не хочу, я ведь — христианин немножко. Христианин я? Как по-твоему?

— Христианин, христианин! — поспешил подтвердить отец Пий.

— Что ты кланяешься? Уже уходишь?

— Надо... Поздно уж,— бормотал патер, двигаясь к двери.

— Посидел бы, побеседовал с приятелем! Ха-ха-ха! Все-таки идешь? Эх, какой ты! Ну, иди, иди! А это дело, будь спокоен, я исполню как следует. И костей не доищутся его. Ишь, тебе не терпится уйти! Ступай уж, Бог с тобой. Проводи попа, Стефан.

— Ну вот, мы двух зайцев разом убьем,— говорил пан Феликс по уходе патера своему слуге и верному другу.— Одного-то зайца уж и убили — заполучили денежки, а другой заяц — расплата с женихом этим проклятым — тоже не уйдет от нас. Ты знаешь,— продолжал Гоноровый, вперив свой мертвый взгляд в лицо Стефана,— я хочу стереть с лица земли гнездо его со всем добром, со всеми людишками, какие в нем находятся! Вот как я хочу расплатиться. Понял ли?

— Как не понять, вельможный пан!

— Так давай потолкуем, как устроить это получше.

И они стали обсуждать план действий.

XXIII

ДЛЯ МИЛОГО ДРУЖКА — И СЕРЕЖКА ИЗ УШКА

Родовое имя Максима Сергеевича было Златояров, но это имя мало кто знал из соседей; чаще называли его по месту нахождения усадьбы — Гнорова — Гноровским. Название Гнорово было старинное. Основанием для него служило предание.

Говорили, что некогда жил в лесу, у глубокого оврага, вблизи того места, где позже появилась усадьба, некий добрый муж, именем Гнор или Нор. Он прославил себя различными подвигами, а под старость, бросив буйные ратные потехи, первый во всей округе принял христианство, чем навлек на себя ненависть язычников, и, не желая отступить от своей новой веры, принял мученическую кончину. Насколько правдиво было это сказание — неизвестно, но окрестные жители нисколько не сомневались в его правдивости и даже указывали на берегу оврага большой камень, на котором, как говорили, Гнор был убит язычниками.

Дед Максима Сергеевича, убежав из России в малолетство Иоанна IV, построил здесь усадьбу и поселился. Ему нравилось, что это место находится в стороне от проезжей дороги: у старика были основания считать себя в большей безопасности среди дремучего леса, в безлюдье, чем в каком-нибудь густонаселенном местечке или городе.

По смерти деда отец Максима Сергеевича не захотел покинуть насиженное гнездо, несмотря на то, что получил от короля Стефана Батория богатые поместья. Когда он погиб в одной из битв, многочисленных при воинственном Стефане, Максим Сергеевич остался жить в Гнорове со старухой-матерью и сестрою, которая была года на три младше его.

Через год по смерти отца сестра вышла замуж и уехала с мужем, мать вскоре скончалась, и Максим Сергеевич остался одиноким в усадьбе. Молодой и свободный, он мог бы поселиться в любом городе, мог бы отправиться ко двору короля, мог бы, наконец, переехать в свое богатое поместье в одной из лучших частей Литвы, но он предпочел всему одинокую жизнь в лесной тишине. Не малую роль играла тут, конечно, близость поместья Влашемских — близость относительная: в сельской глуши люди, живущие друг от друга верстах в двадцати-тридцати, считаются соседями — где жила Анджелика, красота которой уже возымела на сердце молодого человека свое действие.

Кроме самого хозяина, обитателей в усадьбе было немного, всего с десяток человек. В Гнорове не было поселка. Был только обширный дом, окруженный двором с изгородью из толстых дубовых кольев. На дворе, неподалеку от дома, были разбросаны служебные постройки. Дом был двухэтажный. Верх занимал Максим Сергеевич, внизу жили холопы.

Гнорово было чисто русским уголком: все — и хозяин, и слуги, — были русскими и православными.

Православною была и холопка Анна, что, однако, не мешало ей любить католика-поляка Стефана, слугу пана Гонорового. Анна представляла из себя дебелую девушку, кроме здоровья, которое, казалось, рвалось вон из тела, ничем не отличавшуюся. Круглолицая, вечно румяная, с большими мало выразительными голубыми глазами, она производила впечатление хорошо откормленного добродушного животного.

В Стефане Анна души не чаяла, была "по-собачьи" привязана к нему. Любовь эта доставляла Анне немало страданий. Кроме постоянного опасения, что "какая-нибудь там" отобьет у нее ее "ненаглядного красавчика", ее мучила холодность Стефана: ей все казалось, что он ее недостаточно любит.

Ловкий парень знал это и умел играть на этой струнке, когда ему было надо. Он обходился с нею сурово, даже грубо; зато за одно его ласковое слово простодушная девушка готова была кинуться и в огонь, и в воду.

Особенно тяжело пришлось Анне после того, как Стефан был поранен боярином Белым-Турениным во время лесного побоища. Когда он не пришел к ней подряд несколько дней, обеспокоенная девушка, улучив минутку, тайком сбегала в лесную усадьбу и нашла Стефана лежащим на постели, страдающим от ран. Ей вздумалось причитать над ним, он рассердился, приказал ей "не нюнить" тут, а поскорей убираться восвояси. А напутствием ей было:

— Да смотри, не вздумай опять прибежать сюда: я тебя тогда спроважу по-свойски, и дружбе нашей конец. Поправлюсь — сам приду, а нет меня — жди.

Анна ушла от него, горько плача и сетуя на злую свою судьбу и его "нелюбье". Она нетерпеливо ждала его выздоровления. Однако, проходили месяцы, а Стефан не показывался.

— Уж не помер ли, сердешный? — сокрушалась она.— А я тут сижу, знать ничего не зная, да толстею.

Действительно, тоска странно отражалась на Анне: она не худела, а полнела не по дням, а по часам.

— Эк, тебя развозит! — говаривали, глядя на нее, холопы: — инда щеки лопнуть хотят от жира. Что свинья кормленая, ей-ей!

А Анна слушала подобные замечания и тяжело вздыхала. "С тоски все это у меня, с тоски!" — печально думала она.

Миновало еще несколько месяцев, а Стефана все нет, как нет. Девушка мало-помалу начала уже не толстеть, а "спадать с тела". Ее часто так и подмывало сбегать в лесную усадьбу, разведать про Стефана, да удерживала боязнь его гнева. Постоянно занятая мыслью о своем "красавчике", она стала даже как будто немножко заговариваться, стала "маленько придурковатой", как говорили холопы.

Поэтому можно понять, как велика была ее радость, когда она после столь долгих волнений неожиданно получила весточку "от него".

Однажды, когда она случайно вышла за ворота, к ней подбежал какой-то маленький чумазый парнишка и шепнул ей, чтобы она шла за ним, что Стефан поджидает ее тут, в лесу, близехонько. Конечно, она побежала за парнишкой со всех ног.

Стефан встретил ее очень ласково, сказал, что он тоже тосковал по ней и все собирался прийти, да нельзя было урваться, а потом пришлось уехать со своим господином на некоторое время. Он принес ей даже кое-какие подарки: кусок алой "дабы" {Даба — бумажная материя.} на сарафан, красные чоботы, посоветовав подальше прятать подарки от глаз холопов, чтобы не стали расспрашивать, откуда взяла, да не дознались бы, грехом, что знакома с ним.

"Господа-то наши не в ладах, ведь, друг с другом,— и чего не поделили? — так пан Максим, пожалуй, осерчает за ее знакомство со слугой пана Гонорового",— пояснил он ей.

Прощаясь, он сказал, что завтра опять будет поджидать ее на том же месте и намекнул, что постарается устроить так — "надумает что-нибудь" — чтобы им без помехи вволю нацеловаться-намиловаться.

Анна была на седьмом небе от радости.

На следующий день свидание повторилось, на третий день тоже. С каждым разом Стефан становился все ласковее. Минула так неделя. Однажды слуга Гонорового пришел очень веселым.

— Ну, голубка! Нашел, как устроить нам, чтоб без помехи нацеловаться. Только тут помощь твоя нужна. Поможешь — пробуду у тебя ночку целую,— сказал он.

— Ай, желанный! Я ль не помогу. Что хочешь — сделаю, только б так состроилось! — воскликнула Анна.

— А вот, вишь, дам я тебе травку... Травка самая, что ни на есть, пустяковинная, а только, если человек поест малость ее, то спать, страсть, захочет. И, как он ни три глаз своих, все равно сон его сморит...

— Так, так! Ну и что же, родной?

— А то же, что вот ты эту травку высуши да разотри, а после подсыпь холопьям в питье. День надобно выбрать подушней, пожарче, чтоб пить, значит, им больше хотелось.

83

Вот только и всего. Попьют они вволю, захрапят, а я к тебе и проберусь. Понимаешь?

— Понимать-то, понимаю...— протянула холопка.

— Ну, и что же? — нетерпеливо воскликнул Стефан.

— А только мне, милый ты мой, будто боязно что-то...

— Дура!

— Чего же ты серчаешь? Я, ведь, к тому, что подсыпать зелья этого не трудно, а только вдруг да они заснут и не проснутся совсем?

— Пустое! Проснутся!.. А то... делай, как знаешь.

— Лучше уж по-другому как-нибудь нельзя ли?

— Твое дело, твое дело. Ну, прощай.

— Что же ты так скоро?

— А что мне тут делать?

— Осерчал? А?

— Зачем серчать? Обидно только: ей же хотел угодить, а она и то, и се.

— Когда придешь?

— А не знаю. Может, через годок и заверну.

— Стефанушка! Голубь ты мой! Да что ж это ты? Ну, я подсыплю зелья... Ну, не сердись.

— Я тебя не неволю.

— Вестимо, не неволишь! По доброй по своей охоте я это сделаю.

— И каяться не будешь?

— Отошло ли сердце, соколик?

— Отошло. Ты смотри, меня предупреди заранее, в какой день вершить это самое будешь.

— Беспременно, беспременно.

— Да сама того питья и глотка не пей.

— Смекаю, смекаю. Ах ты, голубь ты мой сахарный! Она заключила Стефана, который едва доставал головой до ее плеча, в свои могучие объятия.

XXIV

СТРАШНОЕ ДЕЛО

Вечер и наступившая за ним ночь были очень жаркими.

Солнце закатилось, окруженное багровыми тучами, при полном безветрии. Было душно так, что трудно становилось дышать. Все предвещало близкую грозу.

От духоты и жары холопам было невмоготу. Они собрались было уже на покой, да мучила жажда. То один, то другой из них поднимался со своего убогого ложа и, зачерпнув полный ковш воды, жадно припадал к ней. Странное дело! Жажда была какая-то особенная: только ковш опростает, смотришь, уж опять пить станет. Налились водой до того, что тяжело делалось, а горло все пересыхает.

После новое началось: вдруг кто-нибудь из холопов, нет-нет, да и охнет.

— Что с тобой?

— Да, вот, брюхо что-то... Ой-ой!

— Батюшки! Да и у меня что-то неладное зачинается!

Но уж первый холоп не отвечал: он лежал белый, как мел, с ввалившимися глазами, тихо стонал, потом сразу умолкал и переставал шевелиться.

Скоро по челядне пронеслись глубокие вздохи, стоны и оханье, потом их сменила мертвая тишина. Казалось, холопов охватил глубокий сон, только обычные спутники его: храп и сопенье отсутствовали. Если бы в челядне не было так темно, то можно было бы заметить сидящую в углу, бледную, как снег, Анну, беспрерывно осеняющую себя крестным знаменьем дрожащею рукою. Когда наступила полная тишина, Анна тихонько выбралась из дому.

Луна слабо просвечивала сквозь тучи. Анна окинула взглядом темный двор. Фигура сторожа белела у ворот.

— Петра! — окликнула она его.

Сторож не шевельнулся.

Она подошла ближе и разглядела, что сторож сидит на земле, прислонясь спиной к забору.

Анна наклонилась над ним и снова окликнула:

— Петра!

Сторож не отозвался.

"И он опился... Ах, грехи! Уж не померли ли они все?.." — с тревогой подумала холопка и отворила ворота.

— Ну, что? Спят? — послышался шепот над ее ухом. Анна отбежала на несколько шагов, крича:

— Чур меня, чур! Пропади нечистая сила!

— Чего орешь? Ошалела? — грубо остановил ее Стефан.

— Ах, это ты, Стефанушка! Испужал — страсть. Я только вышла звать тебя, а ты как шепнешь над ухом, я и...

— Ладно, ладно. Что, спят?

— Спят, спят, Стефанушка! Я и то боюсь,— сокрушенно ответила Анна.

— А ну тебя к бесу с твоими страхами!

— Не серчай на меня, глупую. Боюсь я, не отдали ли они души свои Богу, вот что. Пойдем, Стефанушка, я уж нам гнездышко изготовила. Куда ты?

Стефан, вместо того, чтобы следовать за нею, поспешно направился к крыльцу дома. Вбежав в сени, он громко крикнул:

— Эй! Хлопцы!

Какой-то шорох послышался невдалеке от него, но никто не отозвался.

— Травка подействовала! — смеясь, пробурчал он и вышел обратно на двор.

— Стефанушка! Зачем ты туда ходил? Я не туда тебя хотела вести.

— Посмотреть хотел, спят ли?

— Ну, что же, спят?

— И-и как! Никогда больше не проснутся.

— Как так?! Ай-ай!

— Так. Где у вас тут сено да солома?

— А на что тебе?

— Мое дело!

— Вон, тут сеновал, а в этом сарае солома.

— Заперты сараи?

— Нет, только приперты. Стефанушка! Да что ж это? Куда ты опять?

Стефан молча направился за ворота и сильно свистнул. Из лесу в ответ донесся тихий свист.

Стефан засвистал снова, и вдруг тихий лес ожил. Возгласы и смех сменили недавнюю тишину. Быстро движущиеся фигуры людей направились к усадьбе, и скоро на темном дворе стало людно.

— Заваливай двери-то на крыльце, мигом, да тащи сено и солому, вон оттуда! — приказывал голос Стефана.

Фигуры заметались туда и сюда. Прошло с полчаса.

— Пан вельможный! Все готово, только огня подложи,— сказал Стефан.

— Сейчас.

Брызнули искры из кремня от удара огнивом, затлелся трут, пробежала огненная змейка по пучку соломы, и вдруг вспыхнуло яркое пламя и озарило дом, кругом обложенный грудами сена и соломы, и осветило двор. Выступили из мрака фигуры нежданных пришельцев, бледное лицо пана Феликса, улыбающаяся физиономия Стефана. Все ярче пламя, все выше поднимаются огненные языки и лижут стены. Слышится треск загорающегося дерева.

— Ах, Боже мой! Да что же это, что же это, Стефанушка?! — слышится вопль Анны.

— Уйми бабу, чего орет! — приказывает пан Феликс.

— Молчи! — грозно шепчет Стефан Анне.— Молчи, если тебе жизнь не надоела! Чего ревешь? Бога благодари, что погибнуть в пожаре не пришлось. А теперь здесь не брошу, с собой возьму.

— Ах, я — душегубка, Стефанушка! Ведь это все я наделала! Непутевая!

— Молчи! — еще грознее повторяет Стефан.

— Не могу молчать, грех тяготит! Побегу в Черный Брод о пожаре сказать.

— Не смей!

— Как не сметь! Может, и поспеют на помощь, вызволят господина моего из пламени...

— Ах, так? — свирепо шепчет Стефан.— Вот же тебе!

Блеснула сабля. Анна упала с раскроенным черепом, даже не охнув.

— Дурой жила, дурой и померла,— пробормотал Стефан, вытирая окровавленную саблю о платье Анны.

А на дворе становится все светлее, все громче слышится треск горящего дерева. Багровое зарево виднеется на темном небе. Но в пылающем доме все тихо, там все погружено в страшный непробудный сон, из которого переход только в вечность.

XXV

ПОСЛЕДСТВИЯ "СТРАШНОГО ДЕЛА"

Бежит сон от глаз Максима Сергеевича. Душно. Грудь часто поднимается, кровь стучит в виски. Тишина такая, что слышно, как слегка потрескивает лампада, зажженная перед иконой Спасителя. Но Златоярову-Гноровскому в этой тишине слышится шепот злобный, прерываемый не менее злобным смехом. Кажется ему, что это шепчет патер Пий... Разве это не он выглядывает вон там из темного угла? Максим Сергеевич даже видит, как белеют его зубы из-за растянутых злорадной улыбкой бледных губ.

— Моя взяла, еретик! Я победил! Я победил! — шепчет Пий.

— Проклятый! Я тебя задушу! — вне себя кричит Златояров-Гноровский и вскакивает со своей постели.

И все пропало. Озаренная слабым светом лампады комната пуста; нет никакого патера Пия.

— Да и как мог бы он попасть сюда? — бормочет Максим Сергеевич, понимая, что это был только кошмар, навеянный душною ночью да тою тоскою, которой полна душа.

До сих пор он еще не может прийти в себя после того ужасного дня, в который он узнал об исчезновении Анджелики. Он хотел бы забыться хоть на миг и не может, и все растравляет свою больную рану воспоминаниями счастливого прошлого, воспоминаниями "того" дня. Запомнились все мельчайшие подробности... Он помнил, что, отправляясь в то утро к Влашемским, он был особенно радостно настроен. Накануне он беседовал с Анджеликой, и они вдвоем порешили не медлить со свадьбой, а обвенчаться поскорее, благо вопрос веры, по-видимому, пока оставлен в покое.

— Торопиться надо, а то отец Пий что-нибудь да надумает,— сказала Анджелика.

Он согласился с невестой.

Потом они условились, что он завтра же переговорит о дне венчания с паном Самуилом и пани Юзефой.

Подъезжая к усадьбе Влашемских, Максим Сергеевич был почему-то почти уверен, что сегодня ему предстоит радость: день свадьбы будет назначен, и таким образом, всякие сомнения рассеются. Он испытывал то легкое, бодрящее волнение, которое овладевает человеком, знающим, что ему скоро предстоит пережить один из важнейших и счастливейших моментов своей жизни. Когда он поднялся на крыльцо Влашемских, его несколько удивили смущенные лица встретившихся холопов и их переглядывания друг с другом; однако, он не придал этому значения и со спокойным сердцем прошел в покои.

Там первым попался ему навстречу патер Пий. Он ласково улыбнулся Максиму Сергеевичу, низким поклоном ответил на его поклон и удалился в свою каморку.

Затем вышла к нему пани Юзефа, а потом пан Самуил. Пани поздоровалась с ним, как обыкновенно. Ему только показалось, что на лице ее лежит еще более строгое выражение, чем всегда.

Влашемский выглядел совсем расстроенным. Веки глаз его были красны, цвет лица стал каким-то сероватым.

— Что с тобою, пан Самуил? — спросил Златояров-Гноровский.

— Так, ничего...— буркнул, не глядя на него, пан.

— Я полагаю, что невеста моя здорова?

— Ах, Анджелиночка, Анджелиночка! — Прошептал Влашемский и смахнул набежавшие слезы.

— Что с ней? Что? — с беспокойством спросил Максим Сергеевич.

— Пан Максим, мне нужно с тобой поговорить,— промолвила Юзефа.— Ты твердо решил не менять своей веры?

— Твердо, пани.

— Наша Анджелика не может выйти Замуж за... за человека другой веры, а потому...

— А потому? — беззвучно проговорил Максим Сергеевич, чувствуя, что у него сердце холодеет.

— А потому мы ее удалили от соблазна,— резко отчеканила пани.

Несчастный жених простоял несколько мгновений, как бы окаменев. Он мог ожидать всего, но не этого. Если бы сказали просто, что свадьба не может состояться, он менее был бы огорчен: он тогда сумел бы выкрасть Анджелику и обвенчаться с нею тайком, но теперь произошло нечто непоправимое.

— Удалили? — наконец прошептал он.

— Да! Отняли у меня мою Анджелиночку, увезли ее сегодня утром,— пробормотал, всхлипывая, пан Самуил.

— Но куда? Куда? — крикнул Максим Сергеевич.

— Зачем тебе это знать? — улыбаясь, заметила пани Юзефа.

89

Несколько минут он еще безмолвно постоял перед Влашемскими, потом, не попрощавшись, медленно направился к двери, прошел сени, так же медленно спустился на крыльцо, вспрыгнул на коня и поскакал.

Он не правил конем, не сознавал, куда едет. Конь сам направился по знакомой дороге к дому. В это время Максим Сергеевич не думал ни о чем, он только чувствовал, что страшная тяжесть налегла на него и давит. Горе захватило его всего, не оставило ни малейшего луча надежды. Душу наполнила какая-то тупая, ноющая боль, дать имя которой не мог бы и сам Златояров.

Прошло несколько недель. Максим Сергеевич жил затворником в своей усадьбе. Время исцеляет всякое горе, но не всегда; это испытал на себе Златояров.

С каждым днем его горе разрасталось; рана иногда меньше болит вначале, чем спустя некоторое время, так было и с душевною раной Златоярова. Иногда находили на него периоды мрачной тоски, потом они сменялись порывами жгучего отчаяния.

Теперь, пережив в своей памяти все, что перенес он в роковой день, Златояров встал с постели и оделся. Он не мог лежать. Ему хотелось движения, хотелось уйти, убежать от своего горя, от жизни, от всего света, от самого себя. В тишине своей опочивальни он слышал скорбный зовущий его голос Анджелики. Он готов был крикнуть: "Иду, иду, к тебе!" — и тотчас же сам остановил себя грустным вопросом: "Куда идти?" А его мозг, потрясенный горем, продолжал болезненно работать, продолжал вызывать то милый образ Анджелики, то ненавистную тощую фигуру патера Пия.

Его рассудок был в опасности. Нужно было новое потрясение, чтобы вернуть погибающий мозг к правильной деятельности, заставить Максима Сергеевича не медленно сгорать от горя, а жить, жить хоть и с горечью в душе, как живут тысячи людей.

Занятый своими печальными думами Златояров-Гноровский шагал по своей опочивальне и не слышал, что уже довольно давно кто-то стучит в запертую дверь комнаты. Наконец, он услышал, подошел и отворил. Перед ним предстал Афоня, тот самый мальчик, которого Григорий и Белый-Туренин застали во время лесной схватки плачущим над трупом "тятьки".

Несмотря на полумрак спальни, Максим Сергеевич разглядел, что на пареньке, как говорится, лица не было.

— Чего ты? — спросил Златояров.

— Ой, батюшка!

— Да ответь же!

— Тот там! Тот самый, что в лесу...

— Ну?

— В лесу, как батьку убили моего, воеводил!

— Неужели сам пан Феликс?!

— Нет... Того не видал, а холоп евонный. Батюшки светы! Испужался я страсть...

— Да где ты его видел?

— А в сенях самых. Темно там очень было, но у меня глаз-то, значит, приобвык, а у него нет, он-то меня и не увидал... Над самым ухом, это, значит, как заорет: "Гей, хлопцы!" Я так и обмер, а наши хлопцы хоть бы один пошевелился: лежат, что померши.

— Ну, а потом что же?

— А потом он что-то пробормотал себе под нос и ушел, а я сюда побег, да не скоро тебе достучался.

— Пригрезилось это тебе все во сне, должно быть.

— Как же во сне, коли я и не спал? Душно в челядне стало, я и вышел в сени, думаю, там попрохладней, там сосну. Ну, еще там у меня...

Парень замялся.

— Досказывай, что ж ты?

— Бранить, боюсь, будешь.

— Разве что нехорошее учинил?

— Нет, не то чтобы, а квасок там у меня...

— Какой квасок?

— Да, вишь ты, смерть люблю я квас студеный, а в бочонке-то у нас квас — теплынь одна, вот я и ухитрился. Как квас свежий варили, стащил жбан добрый его да в землю и зарыл от крыльца недалече. Пить захочется — я сейчас мой квасок вытащу и напьюсь, потом опять в ямку назад и прикрою. Так он у меня совсем малость и нагревался, почитай совсем студеный... У нас уж и квас весь выпили, сегодня водицу одну потягивали, а у меня еще половина осталась. Ну, и боялся я, как бы про мой студеный квасок не проведали, тайком бегал. А что крадью квас взял, каюсь, виноват...

И Афоня смущенно заморгал глазами.

— Ты, Афоня, кажись, смышленый паренек, а? — улыбаясь, сказал Златояров; это была его первая улыбка со дня исчезновения Анджелики.

Афоня просиял. От своего страха он уже успел оправиться.

91

— Ну, пойдем, посмотрим, кто тебя там напугал,— проговорил Златояров.

Афоня боязливо съежился.

— Боязно.

— Глупости! Пойдем.

Они спустились вниз, прошли мимо челядни — там была тишина.

— Эк их, спят! — с некоторою завистью проговорил Максим Сергеевич.

Потом они вышли в сени.

— Батюшки! Кто ж это дверь закрыл?! — испуганно воскликнул Афоня.

— Да, верно, и была закрыта...

— Нет, нет! В этакую душину нешто закрыли б двери. Открыта она была!

— Ну, мы ее сейчас откроем,— сказал Златояров и попробовал открыть дверь.

Он нажал посильнее — дверь не подавалась. Можно было думать, что она снаружи чем-то приперта.

— Что такое? — недоумевал Максим Сергеевич, продолжая напирать на дверь.

Со двора долетели голоса. Он вслушался и быстро отошел от двери: он ясно расслышал знакомый голос Стефана.

"Наезд на меня учинил пан Феликс!" — подумал он и крикнул Афоньке:

— Чего стоишь? Беги, поднимай холопов! Вороги наехали!

Афоня побежал в челядню, а Максим Сергеевич поспешил наверх к себе, чтобы захватить саблю и "пистоли". Он еще только собрался спуститься обратно вниз, когда прибежал Афонька.

— Они не поднимаются!

— Плохо будил, значит.

— Какое! И тряс, и орал, и хоть бы тебе что!

Златояров сам прошел к холопам.

— Вставайте! — крикнул он.

Никто не шелохнулся.

— Вставайте! — повторил он оклик и, шагая в темноте, споткнулся об одного из них.

— Не на месте улегся! Вставай! — крикнул Максим Сергеевич и взял его за руку.

Почти сейчас же он выпустил ее: рука была холодна, как у трупа. Он поспешно попробовал лоб лежащего — тот же холод, наклонился, чтобы послушать сердцебиение — сердце не билось. Перед ним лежал труп.

Взволнованный, он перешел к другому, тронул руку — и что-то похожее на суеверный ужас наполнило его сердце: перед ним лежал второй труп. Ощупью он нашел третьего и наклонился над ним — холоп дышал едва слышно; очевидно, и этот скоро должен был разделить участь сотоварищей.

Максим Сергеевич перешел к четвертому, к пятому и далее — все были мертвы. Когда он вернулся к тому, который за минуту подавал признаки жизни, тот был уже мертв и холодел.

Тогда Златояров понял, что произошло что-то необычайное и что оно находится в связи с наездом пана Гонорового.

Вдруг в челядне посветлело. Свет шел со двора, через окошко. Максим Сергеевич вдохнул в себя воздух и расслышал запах дыма.

— Горим! Горим! — воскликнул испуганный Афоня и прижался в ужасе к своему господину.

Златояров готов был расцеловать мальчика, хоть он и сообщил ужасную истину, за эти слова, потому что в эту минуту живой голос, близость живого существа были ему всего дороже.

— Да, горим,— подтвердил Максим Сергеевич и добавил:— Божья воля!

Свет все больше проникал в челядню. Багровый отблеск пламени ложился на лица мертвецов. Теперь картина смерти предстала перед Златояровым во всем ужасе. Сведенные судорогами или распластанные, трупы лежали по всем направлениям. С посиневшими от предсмертных мук лицами, с оскаленными зубами; мертвецы были страшны.

Максим Сергеевич содрогнулся. Ему захотелось поскорее убежать куда-нибудь от этого ужасного зрелища. При пожаре ищут спасения в нижней части дома, но Максим Сергеевич и с ним Афоня побежал к себе, наверх, потому что он не в силах был оставаться внизу, рядом с этими мертвецами.

Сверху был виден ярко освещенный двор. Златояров-Гноровский ясно различил огромного всадника — Феликса Гонорового, узнал Стефана, увидел толпу весело пересмеивающихся холопов-разбойников.

Пламя уже пробиралось в комнаты. Облака дыма сгустились у потолка. Становилось жарко; дым опускался все ниже, окутывал Максима Сергеевича и Афоню, ел глаза, затруднял дыхание.

Нервно сжимая руку своего дрожащего товарища по

несчастью, Златояров пошел вдоль окон. Сквозь все пробивался зловещий свет. Казалось, погибель была неизбежна.

Вдруг он, Максим Сергеевич, еще за час перед тем тяготившийся жизнью, чуть не проклинавший ее, едва не вскрикнул во весь голос от радости: в маленькой комнате, в которую он вошел случайно с Афоней, в задней части дома, в комнате, почти забытой им, служившей складочным местом для разного хлама, два окна были темны. Златояров заглянул на двор. Огонь был недалеко, но под окнами его не было. Должно быть, у осаждающих не хватило соломы и сена, и это место осталось свободным. Вблизи на дворе не виднелось никого из разбойников: они все столпились у передней части дома, где пожар был сильнее. Выбить раму было нетрудно, иное дело спрыгнуть: приходилось прыгать более, чем с двухсаженной высоты. Но задумываться было некогда.

Сперва он помог выбраться Афоне, потом прыгнул сам. Суставы слегка хрустнули, когда он коснулся земли, но он даже не ушибся. Афоня лежал и стонал: он расшиб себе плечо и ногу. Максим Сергеевич подхватил его на руки и побежал к забору. Подбежал и остановился в отчаяньи: перелезть да еще с Афоней на руках было невозможно. Выходило так, что они попали из огня да в полымя. Максим Сергеевич уже решил про себя, что будет биться до последней капли крови, но не отдастся в руки врагов живым, когда его выручил Афоня:

— Лазейка тут есть... Как ворота на ночь запирали, а надобность была в лес зачем-нибудь, так холопы через нее выбирались... Кол один вынимается.

"Да вот этот, кажись", — подумал Максим Сергеевич.

На счастье, кол оказался тем самым, однако, он поддавался не очень легко, и, пока он был достаточно приподнят, прошло несколько долгих минут. Со стороны дома слышались приближающиеся голоса. Но Максим Сергеевич теперь уже не сомневался в удаче: Афоня уже кое-как выбрался, слегка стеная от боли, за частокол, оставалось пролезть ему. Он с некоторым усилием протиснулся через довольно узкое отверстие и вовремя: несколько человек, со Стефаном во главе, показались из-за дома. При свете пожарища Стефан даже заметил отверстие и сказал своим сотоварищам:

— Ну, уж и строят же эти москали изгороди! Гляньте, лазейка какая!

И он совсем близко подошел к "лазейке".

В это время Афоня и Максим Сергеевич были уже в чаще леса — в безопасности; в безопасности, конечно, сравнительной, потому что в лесу были медведи, волки, рыси и иное зверье, но все же это были только злые звери, но не злые люди: последние страшнее!

Лежа в лесу, Златояров смотрел на зарево пожарища и думал, за что преследуют его эти люди? Что он сделал Гоноровому? Ведь он и встречался с паном Феликсом всего раза два у Влашемских, и вот тот однажды уж едва не убил его, теперь разорил родное гнездо и тешился мыслью, что Златояров погиб в пламени... За что? За что?

Горе не умерло в душе Максима Сергеевича, но оно несколько улеглось под напором нового чувства. Это чувство была злоба. Теперь Максим Сергеевич не стал бы в уединении отдаваться печальным думам, ему хотелось борьбы, шума, жизни полной опасности, полной запахом крови убитого врага.

Поутру он вернулся на пожарище. Из слуг Гоноровского уже никого там не было.

Мертвый сторож Петр так и закоченел, сидя прислонившись к забору. Когда Максим Сергеевич и Афоня, крестясь, подошли к нему, на них пахнуло запахом тления: он уже начал разлагаться.

Груды обгорелых, дымившихся балок, груда мелких углей, перемешанных с полусгоревшими человеческими костями — останками несчастных холопов — вот все, что осталось от дома Златоярова.

Служебные постройки были почему-то пощажены врагами и не тронуты огнем. Златояров, с радостным изумлением расслышал донесшееся до него ржание любимой лошади. Лошадей у него было несколько — они все оказались налицо. Его удивила такая забывчивость или бескорыстие пана Феликса. Конечно, ему и в голову не могло прийти, что это сделано для отвода глаз кому следует: ничего не похищено, значит, пожар произошел по вине самих пострадавших.

Златояров поспешил воспользоваться "забывчивостью" Гоноровского и, взяв себе одну из лошадей, другую отдал Афоне, который, ежась от боли, кое-как взобрался в седло, и отправился в путь. Он не заехал ни к кому из соседей рассказать о своем несчастии и преступлении Гоноровского, а поехал прямо в свое другое поместье, где запасся деньгами, оружием и дорожными припасами, и с неизменным своим оруженосцем Афоней да десятком холопов направился туда, куда стекался тогда и стар, и млад, и удалый молодец, и обездоленный жизнью, и разбойник, и честный человек, туда, где развевался стяг царевича Димитрия — в Галицию, в Самбор.

XXVI

ПРИЗНАН

Комната перед кабинетом короля в краковском дворце была переполнена придворными. Давно уже они не съезжались в таком количестве в королевские палаты; всех их собрал исключительный случай: сегодня должен представляться наияснейшему Сигизмунду "московский царевич"; сейчас должно решиться — истинный ли он сын царя Ивана или наглый обманщик, достойный плахи.

Несмотря на многолюдство, в комнате давки нет; нет и шума, слышатся лишь сдержанный говор, полушепот.

— Ты знаешь, пан Войцех,— говорит какой-то залитый золотом вельможа стоящему рядом с ним пану Червинскому,— носится слух, что этот царевич — просто-напросто ловкий проходимец, расстриженный диакон Григорий Отрепьев.

— Откуда взялся этот слух?

— Царь Борис сообщал, говорят, нашему наияснейшему королю.

— Гм... Король разрешит сейчас все сомнения. Если он признает его царевичем, значит, этот, якобы Григорий, и есть истинный царевич. Полагаю, слово короля имеет больше значения, чем какие бы то ни было доказательства?

— Конечно! — поспешил согласиться царедворец.— Во всяком случае, любопытно на него взглянуть.

— Тсс!.. Идет!..— пронесся и замер возглас.

Гробовая тишина наступила в комнате. И среди этой тишины все явственнее слышался топот ног, по-видимому, более привыкших ступать по мягкой почве полей, чем по лоснящемуся полу королевских палат.

— Топочет, как мужик! — соображали придворные, прислушиваясь к этому топоту.

Глаза всех были устремлены на входную дверь.

Ближе, ближе топот... Через минуту предшествуемый королевским чиновником в дверях появился "царевич".

Первое впечатление, произведенное им на придворных, было неблагоприятно.

Правда, кто знавал Григория-слугу, тот вряд ли узнал бы Григория-царевича: богатый наряд изменил к лучшему его наружность. Но все-таки опытные глаза царедворцев сразу подметили все недостатки его внешности: и рыжеватые волосы, и бородавки на лице, и короткую руку.

Однако, первое впечатление быстро заменилось новым, когда "царевич" вступил в их толпу. Он шел медленно, быть может, несколько тяжеловатой походкой, но величаво. Голова его была гордо закинута, на обыкновенно бледных щеках играл румянец от волнения, прежде тусклые глаза теперь лихорадочно светились. Чувствовалось что-то властное и мощное в этом человеке, чувствовалось, что это — господин, а не раб толпы.

Григорий скользнул взглядом по толпе придворных, и надменные вельможи от этого взгляда почувствовали что-то похожее на робость провинившегося школьника перед строгим учителем, и головы их невольно склонялись несколько ниже, чем следовало перед еще непризнанным окончательно царевичем.

Предшествуемый и сопровождаемый королевскими чиновниками, секретарем короля Чилли, Юрием Мнишком — величавым стариком с лукавыми глазами, — Вишневецким и еще несколькими магнатами, "царевич" направлялся к кабинету короля, слегка кивая на поклоны придворных.

Видно было, как легкая судорога пробежала по лицу "царевича", когда все сопровождающие его отошли, и он, выжидая, пока доложат королю, на мгновение остановился перед дверьми кабинета.

В королевском кабинете находилось в это время двое людей. Один из них — худощавый старик, с гладковыбритым лицом, одетый в шелковую фиолетовую епископскую рясу, что-то торопливо говорил, прерывая свою речь иногда легким старческим покашливанием, другому, одетому в темный бархатный кафтан и маленькую круглую бархатную же шапочку, пожилому человеку, с холодным лицом, с тупым, тусклым взглядом.

Духовное лицо был апостольский нунций в Кракове, Рангони, его собеседник — король польский Сигизмунд.

Король сидел, откинувшись на спинку кресла, и молча слушал нунция, лишь изредка наклоняя голову в знак согласия.

Наконец, он прервал молчание.

— Да, да, святой отец, польза тут и для церкви, и для королевства несомненна, если... если только он не лицемерно выказывает преданность нашей церкви.

— Я уже говорил с ним: в его искренности сомневаться невозможно! — с жаром возразил Рангони.

— В таком случае...— начал король.

В это время ему доложили о приходе "царевича".

Король принял его стоя и, хотя не снял шапки, но приветливо улыбнулся.

Григорий-Димитрий, переступая порог королевского кабинета, побледнел, как снег.

Он низко поклонился королю и поцеловал его руку.

Король разглядывал "царевича". В свою очередь, Григорий некоторое время молчал и смотрел прямо в глаза Сигизмунду. В тусклых глазах короля трудно было что-нибудь прочесть, но зоркий "царевич" успел уловить мелькнувшую в них искру любопытства, и это его ободрило.

"Интересуются мною, стало быть, я им нужен!" — вот, смысл того, что подумал в эту минуту Григорий.

— Итак, я вижу перед собой сына царя Иоанна? — вымолвил король.

— Да, государь! — с живостью проговорил Григорий-Димитрий.— Да, я — истинный сын Иоанна, лишенный отечества, престола, даже пристанища, сохранивший только крест святой на груди своей, данный при крещении, а в груди веру и надежду на Бога да на людей, которые помнят завет Господа помогать страждущим и угнетенным!

Потом Григорий стал рассказывать, как он избег смерти, скрылся в Литву, жил в нужде в постоянном опасении козней со стороны Бориса Годунова. Рассказывая, он сам увлекся, он сам почти верил той вымышленной истории, которую передавал.

Воображение рисовало ему картину преследования, страданий несчастного царевича, и он описывал их своим слушателям в сильных образных выражениях. Он сам в это время переживал все бедствия, о которых говорил, как переживает писатель все душевные движения своих героев прежде, чем изобразит страдания и радости их перед читателем, как должен "прочувствовать на себе" художник или ваятель те людские муки или горе, которые хочет нанести на полотно или иссечь из мрамора, как, наконец, актер на подмостках переживает все волнения героя пьесы.

Речь свою Григорий закончил так:

— Государь! Ты выслушал правдивую историю моих бедствий... Ты сам родился в темнице, тебе также в детстве грозили опасности, и только Бог Милосердный помог тебе... Теперь такой же обездоленный, сирый, бесприютный скиталец, единый потомок царского рода, прибегает к твоей защите и помощи... Государь! Не откажи несчастному!

Последние слова он проговорил дрожащим голосом, со слезами на глазах.

Григорий был предупрежден, что после речи он, по знаку стоявшего у дверей царедворца, должен будет удалиться из кабинета, чтобы оставить короля и нунция посоветоваться наедине.

Знак не замедлил последовать.

Григорий вышел из кабинета, едва держась на ногах от волнения: следующая минута должна была решить его судьбу — или престол, или ничтожество, даже смерть.

Рангони и Сигизмунд совещались недолго.

— Убедились ли вы, государь, что он — истинный царевич? — спросил Рангони.

— Если он даже и не истинный царевич, но умеет так убеждать, то он достоин быть царевичем,— с живостью ответил король.

— Итак?

— Итак, он — царевич! — воскликнул Сигизмунд и подал знак позвать Григория.

При появлении его король приподнял свою шапочку.

— Да поможет вам Господь Бог, Димитрий, князь московский! — торжественно произнес Сигизмунд.— Мы рассмотрели все ваши доказательства и убедились, что вы — истинный сын царя Иоанна. В знак же нашего искреннего к вам благоволения определяем вам ежегодно сорок тысяч злотых {Около 55 000 рублей золотом.} на содержание и всякого рода издержки. Кроме того, вы, как верный друг Речи Посполитой, можете сноситься с нашими панами и пользоваться их помощью.

Григорий, теперь уже признанный царевич Димитрий, приложил руку к сердцу и только кланялся. По лицу его текли слезы. Он не мог говорить. За него поблагодарил короля Рангони.

Хотя из кабинета ничего не могло донестись до слуха толпившихся перед дверьми придворных, но, должно быть, у царедворцев есть особенное чутье различать, кто осчастливлен милостью правителя, кто нет, потому что едва новопризнанный царевич появился в дверях, как головы всех низко склонились, и единодушный крик: "Виват, царевич!" — огласил дворец.

Димитрий, теперь мы его будем звать так, величественно поклонился. У него сердце замирало от счастья. Он в эту минуту уже видел себя обладателем необъятной Руси, забыв, что у него еще нет войска, что на московском престоле еще крепко сидит царь Борис Федорович.

XXVII

КАПЛЯ ПОЛЫНИ

После представления королю Димитрий поехал или, вернее, его повезли в палаты сандомирского воеводы Юрия Мнишка. Обед был роскошен, вина лились рекой, и гости были веселы и наперерыв старались чем-нибудь угодить "будущему русскому царю".

У недавнего слуги, попавшего в царевичи, кружилась голова от тех знаков внимания и почтения, от тонкой лести, которыми он был осыпан.

Любезны были все, но всех любезнее — апостольский нунций Рангони. Он прямо называл Димитрия "царем московским", уверял, что в удачном исходе нечего сомневаться, советовал возможно скорее воссесть на прародительский престол.

После обеда он обнял, поцеловал Димитрия и, отведя в сторону от гостей, что-то долго говорил ему. В ответ "царевич" только кивал головой, подносил руку к сердцу и, вообще, всем видом показывал свое полнейшее согласие с речью папского нунция.

Краков спит. Улицы пустынны и тихи. Ночь лунная; длинные тени домов укрывают узкие улицы; только местами, там, где ряд домов прерывается, полоса лунного света врезается в темь — издали, глядя на дорогу, кажется, что там бежит какая-то светящаяся река — зато дальше, за полосою, мрак еще черней.

Тяжелые, мерные шаги гулко звучат в тишине. Это идет ночная стража. Вон в полоске света блеснула сталь солдатских алебард, блеснула и уже никого и ничего не видать: тьма улицы скрыла отряд, только шаги звучат еще, но все глуше, глуше.

Едва замолкли шаги, две человеческие фигуры вынырнули из тьмы и вступили в освещенное луною пространство.

Это — мужчины; один высок, другой гораздо ниже. На них платье простолюдинов, У обоих лица закрыты плащами.

— Торопись, царевич,— промолвил высокий,— пожалуй, опять наткнемся на обход.

— Далеко еще, Мнишек? В этих проклятых улицах темно, как в аду — того и гляди, что наткнешься на что-нибудь и разобьешь лоб. А синяки, мне кажется, не совсем-то пристали сану царевича.

— Успокойся, царевич,— отвечал Мнишек, уже скрывшийся во тьме.— Вон дворец иезуитов.

— Ты, кажется, думаешь, что у меня кошачьи глаза?

— Неужели ты не видишь огонька, который там мерцает?

— Ах, вот эта-то желтая точка? Еще не близко!

— Святые отцы нас ждут. Пойдем скорей.

— Как ты думаешь, Рангони уже там?

— Да, наверно.

Путники замолчали и прибавили шаг. Скоро скрип калитки возвестил, что они вступили в обитель отцов-иезуитов.

Свет лампады падал на аналой с лежащими на нем крестом и евангелием, на коленопреклоненного "царевича", на пробритую макушку головы склонившегося к нему иезуита.

— Ты мне исповедал грехи свои, сын мой, и Бог, по милосердию Своему, через меня, Его смиренного служителя, отпускает тебе их.

Димитрий перекрестился. По привычке он хотел, совершая крестное знамение, отнести руку от груди на правое плечо — по-православному, но спохватился и перенес ее на левое плечо — по-католически. От глаза иезуита не укрылась эта оплошность.

— Всем ли сердцем отрекся ты от схизмы, сын мой?

— Всем!

— Всем ли сердцем возлюбил ты истины нашей святой католической церкви?

— Всем! — повторил Димитрий.

— Благо тебе, чадо! С усердием ли будешь служить ей?

— С усердием!

— Будешь ли стараться пролить свет истинной религии во тьму ереси?

— Это станет целью моей жизни!

— Прочти "Credo" {Символ веры.}.

— Credo in Unum Deum Patrem...— торжественно начал читать "царевич".

Иезуит слушал, наклонив голову.

— Amen! — заключил Димитрий.

Патер взял с аналоя крест и евангелие и поднес его обращаемому.

— Поклянись над этим святым крестом Господним и над святым Его евангелием, что не ради суетной славы...

— Не ради суетной славы...— повторял за патером Димитрий.

— Не ради корысти...

— Не ради корысти.

— Не ради иных ничтожных благ земных...

Царевич повторял.

— Но ради спасения души своей вступаешь ты...

— Вступаю я...

— В лоно истинной, апостольской, вселенской, католической церкви. В том целуешь ты святой крест.

— Целую святой крест...

— И святое евангелие. Аминь. Теперь следуй за мной, сын мой, я проведу тебя в церковь,— сказал духовник "царевича", когда клятва была закончена.

Что-то щемило сердце Димитрия, когда он следовал за своим духовником. Он смутно начинал сознавать, что то, что он совершает, есть преступление большее, пожалуй, его самозванства: можно обманывать людей, шутить над ними, но нельзя дерзновенно играть именем Божиим, делать крест и евангелие орудиями низменных целей.

В церкви у алтаря уже ждал Рангони в полном облачении. Несколько поодаль стоял Мнишек.

— Чадо! — сказал Рангони "царевичу".— Церковь приняла тебя в свое лоно. Остается только укрепить этот союз — согласно выраженному тобою ранее желанию — таинствами святого Миропомазания и Евхаристии. Приступим же с благоговением к сему, сын мой!

Царевич опустился на колени. Вокруг него раздавалось чтение и пение латинских молитв, псалмов и возглашений, но он мало прислушивался к ним, он рылся в тайниках своей души, силясь понять, что это, новое, прежде незнакомое, копошится в ней? Он так ушел в созерцание себя, что опомнился только тогда, когда Рангони подошел к нему со святым миром.

Нунций помазал святым миром части тела Димитрия, как требуется по правилам религии, потом, согласно уставу католической церкви, слегка ударил миропомазанного по щеке со словами:

— Мир ти!

Димитрий не знал этого обычая. Он вздрогнул, краска стыда покрыла его лицо; этот легкий символический удар, обозначающий только то, что отныне миропомазанный должен со смирением претерпевать все удары судьбы, показался ему заслуженной пощечиной.

Он пересилил волнение, с благоговейным видом принял Святые Дары, улыбался радостно, когда его поздравляли со

102

вступлением в лоно католической церкви, но он чувствовал на щеке след пальцев нунция, этот след жег щеку; минутами ему казалось, что этот след — клеймо, и каждый, кто взглянет на него, узнает отступника.

"Что ж делать! Цель оправдывает средства!" — думал успокоить себя Димитрий, покидая в сопутствии Мнишка дворец иезуитов, и тотчас же сознал, что этот девиз, которым пользуются последователи Игнатия Лойолы — да и не одни последователи Лойолы! — не может принести успокоения, потому что он — ложь: никакая цель не может оправдывать средства. Преступное всегда преступно, ради чего бы оно ни делалось. И понял "царевич", что отныне на дне его души всегда будет таиться горечь, и — станет ли он царем, обратится ли в прежнего Григория — всегда она будет каплею полыни в ложке меда.

XXVIII

В ГЛУШИ

В Галиции, верстах в полутораста от Самбора, находилось поместье пана Иосифа Щерблитовского.

Это был "прелестный уголок". Большой панский дом тонул в зелени фруктовых садов. С пригорка, где он стоял, виднелись полосы полей и лугов, пересекаемые неширокой, но глубокой и быстрой речкой.

Обитателей в панском доме, исключив холопов, было всего четверо: сам пан Иосиф, его жена Домицила, сын Станислав и троюродная племянница пани Домицилы — Маргарита.

Вот уже пятнадцать лет, как пан Иосиф не только не переезжал через границы своего поместья, но и не переступал за порог своего дома: жестокая болезнь ног приковала его к креслу. Пан Иосиф очень страдал, но не жаловался на судьбу; тайною же молитвою его было всегда, чтобы Бог послал поскорее ему избавленье от мук и чтоб ему привелось умереть на руках жены и любимого сына.

Но год проходил за годом, а старик все сидел в своем

кресле, полуживой, полутруп, в тягость себе самому, обуза, как он думал, для окружающих.

Станислав, младенец в начале отцовской болезни, успел превратиться за это время в красивого стройного двадцатилетнего юношу, панна Маргарита, взятая в дом маленькой девочкой, выросла в семнадцатилетнюю девушку.

Болезнь пана Иосифа была единственным темным пятном на светлом фоне жизни Щерблитовских. Жизнь их текла тихо и мирно.

Днем пани Домицила хлопотала по хозяйству, панна Маргарита сидела за каким-нибудь вязаньем, пан Станислав объезжал поля, охотился или, сидел за латинской книгой, а старый хозяин, больной только телом, но не духом, каждое утро просил пододвигать свое кресло к столу, заваленному рукописями, книгами, и отдавался работе.

Потомок одного из древнейших родов, некогда блестящий придворный кавалер, теперь оторванный от прежней шумной жизни, он не жалел об этом: он нашел себе иную жизнь в научных трудах. Лишенный всяких удовольствий, занятый только наукой, он жил в ином мире, недоступном для его домашних, в мире, полном гармонии.

Пани Домицила и "маленькая Маргаритка", как звал старик племянницу по старой привычке, благоговели перед его ученостью, но этим и ограничивались: постичь "премудрость пана Иосифа" им казалось чем-то невозможным. Старик посмеивался над ними и утешался тем, что, по крайней мере, нашел себе помощника в лице сына.

Станислав, действительно, мог радовать сердце старого ученого: он любил науку, казалось, не меньше отца. Но, мало-помалу, по мере того, как пан Станислав мужал, в нем начала совершаться перемена. Он все меньше и меньше просиживал с отцом, все больше и больше времени стал отдавать охоте; иногда он по целым дням пропадал из дому и приходил домой усталым, забрызганным грязью, но довольным. Его глаза светились удовольствием, грудь дышала свободно, а на молодом лице лежало выражение какой-то молодецкой удали.

Если в это время пан Иосиф говорил ему: "Поди-ка сюда, Станислав, я тебе скажу кое-что новенькое", сын нехотя отвечал: "После, батюшка, я теперь устал, не до наук мне".

Наконец, настало такое время, когда Станислав совсем перестал являться к отцу для занятий; вместе с тем перестал он и пропадать надолго из дома — он забросил охоту, как и науку. Он сделался мрачным и неразговорчивым, худел и бледнел.

Прежде, бывало, по вечерам он любил болтать с Маргаритой, теперь эти беседы прекратились.

Отец наблюдал за ним и тяжело вздыхал. Когда Станислав встречался с упорно устремленным на него взглядом отца, он краснел и отворачивался.

Однажды пан Иосиф позвал к себе сына.

— Мне надо поговорить с тобой, Станислав,— сказал он.— Не бойся, не о науках,— добавил старик с грустной улыбкой.

— Я слушаю, батюшка,— пробормотал смущенный юноша.

Отец начал без предисловия.

— Тебя манит жизнь, Станислав?

Сын потупился и отрицательно качнул головой.

— Не отрицай! К чему лгать? — строго заметил отец.— Ничего преступного тут нет, твое желание вполне естественно, и, если кто виноват, что тебе пришлось немножко пострадать, так это один я.

— Ты?

— Да, я. Я был недальновиден: я должен был понять, что то, что может удовлетворять больного старика, у которого жизнь позади, а перед ним — одна могила, не удовлетворит полного сил юношу. Молодость просит жизни. Я был недальновиден... Нет, вернее, я это давно сознавал, но заглушал такое сознание потому, что слишком любил себя: мне страшно было решиться на разлуку с сыном. Теперь я решился.

Старик замолчал и поник головою. Молчал и Станислав. Он переживал теперь странное душевное состояние.

Да! Его, конечно, манила жизнь. Это скучное, однообразное житье в деревне ему надоело. Он чувствовал, что кровь его закипает, когда ему приходили на память рассказы отца о битвах, о шумных пирах, о блеске придворной жизни, о красавицах паненках; он негодовал при мысли, что ему придется, быть может, весь век свой провести вдали от всего этого в глуши родового поместья. Поэтому первым чувством, которое овладело им после слов отца о его готовности на разлуку с сыном, была радость. Но она быстро сменилась другим чувством. Ему вдруг стало страшно той неизвестной, желанной, шумной жизни, которая ожидает его.

Он мысленно представил себя вдали от родного дома и почувствовал себя одиноким, покинутым среди чуждой ему толпы. Сердце его сжалось.

— Нет, батюшка! — воскликнул он под влиянием этого чувства.— Я всю жизнь буду с вами! Зачем нам расставаться?

Пан Иосиф грустно улыбнулся и покачал головой.

— Нет, милый Станислав, я не хочу жертв. Поезжай, посмотри жизнь и, если вблизи она покажется тебе не такой привлекательной, как издали, тогда... тогда возвратись к своему старому, больному отцу...

Голос старика дрожал, когда он говорил это.

Пани Домицила, сидевшая неподалеку, рядом с племянницей, за какой-то работой, только теперь поняла, что пан Иосиф толкует с сыном не о научных "премудростях".

— Как! Ты хочешь, чтоб Станислав уехал? — воскликнула она.

— Да. Ему надо немного отведать жизни.

— Но куда же ты его отправляешь?

— Я отправлю его к своим дальним родственникам, Мнишкам. Они живут богато, не чета нам. Там Станиславу будет, что посмотреть. К тому же у них теперь этот царевич, о котором кричит вся Польша и Литва. Я слышал, что пан Юрий отправился с ним в Краков к королю. Не знаю, вернулся он или нет. Но это все равно, пани Мнишкова и без него радушно примет Станислава... Снаряжай сына в путь, Домицила.

— Когда же он уедет?

— Чем скорее, тем лучше, что ж ему тут томиться. Так, через недельку... Э! Да ты плачешь, старая!

По лицу пани Домицилы текли слезы. В ответ на слова мужа она только отмахнулась.

— Да, старая, дожили мы... Вот, и сына в путь собираем... Да... Старое старится, молодое растет...

— Полно тебе! — говорил пан Иосиф, а у самого губы дрожали.

Панна Маргарита почему-то с чрезвычайным вниманием наклонилась к своей работе; если бы пани Домицила не была так взволнована, то она, наверно, удивилась бы, что искусная в рукодельях ее племянница могла навязать какую-то невообразимую путаницу. Заметила бы она также, верно, и то, что девушка была бледна, как полотно.

За сборами быстро пролетела неделя. Все это время Станислав жил, как в чаду. Недавний страх его совершенно исчез, и он весь был полон ожидания чего-то необыкновенного, чудесного.

В последний вечер, когда сборы были окончены и даже вещи его были уже сданы на руки трем старым холопам, которые должны были его сопровождать, он почувствовал себя грустно настроенным.

Он мысленно прощался с обстановкой своего родного

дома, где всякая мелочь ему была с детства знакома. Теперь будет все новое — и люди, и вещи.

В последний раз пошел он посидеть на свою любимую скамью в яблочном саду. Там он встретил Маргариту.

Юноша был рад этой встрече. Ему давно хотелось поговорить перед разлукой с подругой детства. Но всю неделю ему это не удавалось: Маргарита словно нарочно избегала его.

Когда он подошел, она не повернула головы и вертела в руках какую-то травку.

— Ты на меня и взглянуть не хочешь, Маргарита? — шутливо сказал Станислав, опускаясь на скамью.

— Ты так тихо подошел... Я и не слышала...— ответила Маргарита и все-таки не повернула головы.

— Ну, разве так тихо? — проговорил Щерблитовский в замолчал.

Целую неделю он собирался побеседовать с Маргаритой, а теперь, когда настало время беседы, он, как это часто бывает, не знал, что говорить.

Маргарита тоже, по-видимому, не была расположена к разговору.

Станислав, задумавшись над тем, о чем бы побеседовать, мало-помалу отвлекся и стал думать о завтрашнем отъезде, о том, как его примут в доме Мнишка, и тому подобном. Его оторвали от задумчивости слова Маргариты:

— Вот, завтра ты уже и уезжаешь.

— Да. Как быстро прошла эта неделя!

— Ты рад отъезду?

— Гм... Как сказать? Пожалуй, рад.

— А разлука не страшит?

— Что ж делать! Рано ли, поздно ли — придется расставаться.

— Забудешь ты нас всех там!

— Как забыть!

— Да, да, очень легко забыть. Там ведь жизнь иная, людей много... Много паненок красивых.

— Что же из того?

— А то, что забудешь. Особенно меня.

— Это почему?

— Меня забыть легче всего... Я тебе ни мать, ни сестра.

— Полно, Маргариточка! Чего ты глупости говоришь? Ведь, ты обо мне скучать будешь?

— Конечно!

— Ну, и я буду.

Они помолчали.

— Помнишь, Станислав, как мы детьми с этой яблони незрелые яблоки срывали и как нам за это попадало от тетушки? — промолвила Маргарита.

— Как же! Еще ты тогда, помню, не хуже меня умела лазить по деревьям. Весело мы тогда жили с тобой! Хорошее было время!

— Да! Пролетело безвозвратно. Все переменилось. Вот и ты теперь уезжаешь. Бог знает, вернешься ли? — печально проговорила Маргарита.

— Ну вот, не вернусь! Не Бог знает, как далеко я и уезжаю-то.

— Ах, мало ли что может случиться! Тяжело мне, Станислав!

Станислав взглянул на Маргариту: у нее на глазах блестели слезы.

— Полно! Что ты!

Девушка припала лицом к его плечу.

— Нет, ты видно, не так меня любишь, Станислав, как я тебя. Я тебя очень люблю, очень! — говорила она сквозь слезы.

— И я тебя люблю.

Маргарита не слушала его.

— Я бы никогда с тобою не рассталась, не уехала бы ни с того, ни с сего, как ты. Всю бы жизнь готова была провести вместе.

— Ах, Маргаритка, Маргаритка! Какая ты еще глупенькая! Да разве возможно всю жизнь вместе!

— Можно, можно! Любил бы, так бы и было.

— Эк, ты рекой разливаешься!

— Да потому, что люблю! Ах, ты не знаешь, как я тебя люблю! — воскликнула она, подняв голову.— Смотри, голубчик, не забудь свою Маргаритку! — добавила она.— Не забудь, хороший мой!

Она встала со скамьи, быстро наклонилась к нему и поцеловала.

— Не забудь меня, хороший мой! — еще раз крикнула девушка, отбегая.

— Маргаритка! Куда же ты? Ах, какая ты глупенькая! Ха-ха-ха! Ну, чего ради так плакать? Ах, Маргаритка! Ты совсем еще девочка! — крикнул Станислав ей вслед, стараясь поспеть за ней.

Но панночка бежала, как серна, и скоро скрылась за деревьями темнеющего сада.

"Хорошая она, а только совсем еще ребенок. И чего она расплакалась? Ах, Маргаритка, Маргаритка!" — думал юноша.

XXIX

"ДИКАРЕК" И КРАСАВИЦА

В Самборе ожидали прибытия царевича Димитрия. Вчера прискакал нарочный от пана Юрия с известием, что в обеденную пору следующего дня они прибудут.

В доме сандомирского воеводы шли деятельные приготовления к встрече и приему "высокого" гостя. Все, начиная от самой пани Мнишковой и кончая последним холопом, были в хлопотах.

Молодому Станиславу Щерблитовскому надоело видеть эту суету и беготню, и он спустился в сад. Конечно, мало кто признал бы в этом изящном молодом человеке того деревенского увальня, каким он был недавно в глуши отцовского поместья. За короткое время пребывания Станислава в доме Мнишка его успели перевоспитать, и молодой человек быстро усвоил наставления опытных людей. Не малую роль в его старании поскорей превратиться из "деревенщины" в светского молодого человека играло желание не казаться смешным в глазах прекрасной панны Марины. Ее подшучиванья над ним уязвляли пана Станислава в самое сердце. Когда он первый раз увидел Марину, и красавица, окинув его насмешливым взглядом, смеясь, воскликнула: "Э, кузенчик! Да какой ты еще дикарек!" — он готов был от стыда провалиться сквозь землю. Он стоял перед нею красный от смущения, глядел в пол и ерошил свои густые, плохо подстриженные волосы.

В это время он проклинал и свой непомерно большой рост, и широкие не по летам плечи, и эти руки — ах, эти руки! он их особенно ненавидел — такие длинные, как будто совсем лишние; он не знал, куда их деть, и то закидывал за спину, то оставлял висеть плетьми, то подносил к голове и ерошил волосы.

Красавица, улыбаясь, смотрела на него.

— Ничего, не печалься! Хочешь поступить ко мне под начало? Я живо переделаю тебя в придворного кавалера.

Он несвязно пробормотал, что, конечно, хочет.

— Только, смотри, слушаться меня, — заметила Марина и шутливо погрозила ему пальцем.

Между Станиславом и Мариной установились странные отношения. Высокомерная со своими блестящими поклонниками дочь Юрия Мнишка держала себя совершенно иначе со Станиславом. Привлекал ли этот "дикарь", как она его называла, своим простодушным преклонением перед нею или так, в силу каприза, но она обходилась с ним, как старшая сестра.

Пан Станислав благоговел перед нею и ловил каждое ее слово. Свою робость он давно забыл, беседовал с нею обо всем, что приходило в голову, а недостатка в вопросах среди новых условий жизни не было, и успел выказать перед "сестричкой", как велела ему себя звать Марина, весь оригинальный склад своего свежего ума, полного всякого рода теоретическими сведениями, вынесенными из отцовского кабинета, но совершенно незнакомого с бытовою стороною жизни.

Поклонники Марины, изящные, надушенные, изнеженные, с некоторым своего рода страхом поглядывали на гигантскую фигуру Станислава, когда он во время бала неизменно стоял за креслом красавицы, как верный страж у трона царицы. С этими панами Станислав мало сходился: Марина научила его презирать "этих людишек".

Едва молодой Щерблитовский успел пройти по саду несколько шагов, как встретил Марину.

Дочь Юрия Мнишка была красавицей в полном смысле слова, но это была красота мраморной богини, величественно-холодная.

Иногда Станислав мысленно сравнивал эту свою "сестричку" с другою "сестричкой", с панной Маргаритой, и бедная "Маргаритка" со своими светленькими голубыми глазами и миловидным, круглым лицом казалась такою ничтожной рядом с этой царственной красавицей, что Станиславу становилось стыдно за нее.

— Что, сестричка, и тебе, видно, надоело в доме сидеть да смотреть на беготню холопов,— сказал Щерблитовский, поздоровавшись с Мариной.

— Мне все надоело...— лениво протянула панна.

— Неужели уж все. А балы?

— Балы всего больше.

— Ты чем-то недовольна?

— Пожалуй, ты прав: я, действительно, недовольна. Сегодня приедет царевич, опять начнутся пиры да балы...

— Удивила ты меня, сестричка! Я думал, что довольнее тебя нет человека на белом свете!

— Нет, ты ошибся. Иной жизни мне хочется.

— Верно, мирной, деревенской?

— Ой, нет! В глуши я умерла бы со скуки.

— Так какой же? Кажется, вы живете не скучно.

— Не скучно? Да разве это — жизнь? — презрительно надув губки, промолвила красавица.— Слышать вечно одни и те же льстивые слова, видеть одних и тех же надушенных, завитых мальчишек-панов... Ха-ха! И это ты называешь не скучной жизнью? Нет, милый мой! Я хочу иного. Это — поддельный блеск, а я хочу настоящего. Что мне из того, что предо мной склоняется десяток-другой глупцов? Мне хочется, чтобы предо мною склонились тысячи... Больше! Сотни тысяч.

Станислав еще никогда не видал Марины такою. Грудь красавицы поднималась неровно, на щеках загорелся яркий румянец, а глаза смотрели вдаль каким-то вдохновенным взглядом. Теперь она уже не казалась холодною статуей, это было живое существо, полное сильных и бурных страстей. Молодой пан смотрел на нее с удивлением.

— Так вот ты какая! — проговорил он задумчиво.— Тебе бы царицей быть, сестричка.

Панна как-то странно взглянула на него.

— Да. Я была бы недурной царицей,— тихо промолвила она.

— Вот, выйди замуж за русского царевича! Чего же лучше? — шутливо заметил он.

Марина ничего не ответила.

— Разные люди бывают на свете,— заговорил, помолчав, Станислав.— Мне, вот, все хотелось вырваться на волю из отцовского дома, хотелось жизни отведать, а теперь... теперь мне кажется, что лучшая жизнь — это та, которою я жил в глуши нашего поместья... Там приволье, тишина, мирные занятия науками...

— Фу, что за жизнь! Может ли она привлекать? — воскликнула Марина.

Юноша пожал плечами.

— Как кого. Я бы был счастлив. Особенно, если б подле меня была...

— Кто?

Станислав покраснел, как вареный рак.

— Моя сестричка Марина,— пробормотал он.

Красавица звонко рассмеялась.

— Ха-ха! Уж не влюблен ли ты в меня? А? Признаться, я не думала, что победила твое одичавшее в деревне сердце. Влюблен? А?

— Я люблю тебя... Кто же может тебя не любить? Всякий, всякий! — с жаром вскричал юноша.

— Я вижу, что я на свою голову сделала тебя светским: ты

уж и в любезности пустился,— смеялась Марина.— Но за откровенность вот тебе награда... Целуй!

Она поднесла к его губам свою маленькую белую ручку.

Станислав страстно припал к ней. Какое-то новое чувство, похожее на умиление, наполнило душу Марины, когда она увидела вспыхнувшее лицо и полные счастья глаза этого гиганта-"дикарька". Она уже без улыбки слегка коснулась губами до его высокого лба и проговорила почти нежно:

— Ах, ты, мой славный дикарек!

Думали ли они, что мгновение, которое теперь переживали, будет единственным истинно светлым моментом в их жизни?

Сразу несколько холопов прибежали в сад.

— Царевич едет! — кричали они.

Панна Марина и Станислав поспешно покинули сад. Холодная жизнь опять вступила в свои права.

XXX

ОНА ВСЕ ЖДЕТ

Димитрий въехал в Самбор торжественно. Слух, что Сигизмунд признал его истинным сыном царя Иоанна, успел распространиться, и на поклон к "московскому князю", несомненно, будущему царю Руси, съехалось в дом Мнишка немало знати.

Уже успели собраться сюда и любители всякого рода событий, дающих им возможность побуйствовать, пограбить и покичиться своим молодечеством. У этих людей был своего рода нюх, который их редко обманывал, и они чуяли, что из-за этого "царевича" загорится дело немалое и они получат полную возможность половить рыбку в мутной воде. Они составляли ядро той рати Димитрия, которая образовалась спустя некоторое время.

Крики "Виват, Димитрий!" — оглашали воздух, музыка гремела. Все ликовало, лица у всех были такими радостными, будто обладатели их сами готовились занять царский престол.

Димитрий, подбоченясь, сидел на белом коне и горделиво

раскланивался. Лицо его выражало удовольствие, глаза сияли. Почему же вдруг он вздрогнул и потупился? Почему вздрогнул и сидевший рядом с каким-то вельможей в карете патер Николай? Их обоих смутило одно и то же.

За толпой народа, у забора, они увидели одиноко стоявшую девушку. Она была еще очень молода; что-то детское замечалось в ее маленькой фигурке. Но черты бледного личика выражали недетскую грусть. У нее были золотистые распущенные волосы; густые и длинные, они спускались на ее плечи, падали до земли. Венок из полевых цветов украшал ее голову. Это была ее единственная роскошь: одета она была в жалкие лохмотья. Быть может, пестрота и блеск поезда царевича привлекли ее внимание, но она смотрела безучастно до тех пор, пока не увидела Димитрия. Словно электрический ток пробежал по ней; она вздрогнула, румянец вспыхнул на исхудалых щеках, глаза радостно заблестели. Она хотела что-то крикнуть, но ей мешало волнение.

Между тем, царевич, вдруг побледневший, успел отъехать далеко, даже карета патера Николая, указавшего жирным пальцем на девушку и пробормотавшего: "Се — наказанная Богом блудница!" — успела миновать ее.

Улыбка счастья сбежала с лица девушки, крупные слезы заблестели в ее глазах.

— Ах, Григорий, Григорий! Да когда ж ты придешь? — скорбно прошептала она.

И долго, пока можно было видеть хоть верх шапки "царевича", пробиралась она в толпе. Ее толкали, бранили — она ничего не замечала и продолжала продвигаться вперед.

И только когда Димитрий спрыгнул с коня и вошел в дом сандомирского воеводы, она остановилась.

— Буду ждать! — прошептала девушка.— Ах, опять ждать! Когда же, когда же? — добавила печально она.

Это была Розалия.

Когда Григорий неожиданно ушел от нее, прочтя письмо патера Николая, она не могла понять, что с ним сталось. Тех нескольких фраз его, могущих ей открыть истину, она не разобрала хорошо. Прошел день, другой, неделя — Григорий не показывался. Потом всем стало ведомо, что Григорий — никто иной, как русский царевич. Она сперва не верила, но после должна была поверить своим глазам: она видела, как гордый князь Вишневецкий беседовал, как с равным, со своим бывшим слугой. Несколько раз она хотела попасться на глаза царевича-Григория. Он взглядывал на нее мельком и отворачивался. Она не хотела допустить мысли, что он нарочно ее не замечает. Она каждый день ждала, что Григорий, хоть и царевич, придет к ней: "разве мог он забыть свою Розалию?" Но он не приходил. Мысль о нем постепенно стала единственной ее мыслью. Розалия стала рассеянной, отвечала невпопад. Наконец, даже отец Николай заметил перемену в Розалии, старался допытаться, что с нею. Девушка упорно отмалчивалась.

Это было началом ее душевной болезни. Потом развитие недуга пошло быстрыми шагами.

Когда патер Николай собрался уезжать с царевичем к князю Константину Вишневецкому и Мнишку, она упросила взять ее с собою.

— С чего это ты вздумала? — изумленно спросил патер.

— Мне... мне будет скучно здесь...— ответила девушка.

Отец Николай взял свою "экономку" с собою. Во время пути болезнь Розалии развилась вполне.

Как-то на привале, в поле, патеру Николаю доложили холопы, что с его "экономкой" творится что-то неладное. Он пошел взглянуть на нее.

Розалию он нашел сидящею на берегу ручья. Целая груда полевых цветов лежала рядом с нею. Она плела венок и напевала какую-то грустную песенку.

— Розалия! — окликнул ее патер. Девушка не шевельнулась.

Патер подошел ближе, тронул ее за плечо и снова позвал. Она с досадой посмотрела на него.

— Не мешай! — проговорила она, снова берясь за свою работу.

— Что ты делаешь?

— Плету венок. Цветы скрасят меня. Я такая худенькая, некрасивая; он может меня разлюбить. Ты знаешь, ведь он сегодня придет! — добавила она таинственным шепотом.— Да, да! Только солнце закатится, он придет сюда, сядет рядом со мной. Мы опять, как прежде, будем с ним беседовать... Я буду целовать его очи...

Отец Николай густо покраснел: он начинал догадываться, что в словах Розалии скрывается не совсем приятная для него тайна.

— Кто он? — пробормотал патер.

— Тот, кого я люблю. Его зовут Григорием... Говорят, он теперь стал царевичем — не знаю, правда ли, знаю лишь одно, что я его люблю, и он меня любит. Что ты так смотришь? Ты думаешь, он меня разлюбил? Разве он может разлюбить свою Розалию? Ха-ха! Да ведь он мне клялся!

Патер пыхтел, как рассвирепевший бык.

114

— Бог отнял у ней рассудок... Господь покарал нечестивую блудницу... Оставьте ее...— пробормотал он холопам, отходя от Розалии.

Когда царевич с панами тронулся после отдыха в дальнейший путь, среди путников Розалии не было.

С этих пор "экономка" патера перестала существовать: ее заменила бледная, безумная девушка. Она бродила по полям, по лесу, собирала цветы и плела из них венок, напевая какую-то неизменную грустную песню. По временам она останавливалась, подносила руку к груди и грустно шептала:

— Григорий! Григорий! Когда же ты придешь?

Ее вечная грусть невольно всех располагала в ее пользу. Крестьяне, в избы которых она заходила ночевать, не глумились над нею, давали ей пищу и пристанище. Миновало лето и осень, настала зима, но морозы и вьюга не остановили Розалию. Она все так же бродила целыми днями, прикрывшись от стужи лохмотьями истрепанной овчины. Венок из завядших цветов не покидал ее головы. Она шла, не зная куда. Она искала Григория. Весною 1604 года Розалия случайно забрела в Самбор. Имя Мнишка и связанное с ним имя "царевича Димитрия" пробудили в ее мозгу какое-то смутное сознание. Она осталась в Самборе: ей стало казаться, что здесь, именно здесь, она дождется "его".

Розалия, как мы видели, дождалась "его". Он, ее Григорий, промчался перед нею, как приятное видение, а потом... потом она опять стала его ждать.

— Ах, Григорий, Григорий! Когда же ты придешь? — скорбный вопль ее остался без ответа.

XXXI

"ТОЛЬКО МАЗУРКУ!"

У Мнишка был бал. Хотя денежные дела пана Юрия были изрядно запутаны, но, когда нужно, тщеславный пан не жалел затрат, и редко у кого балы бывали более блестящими.

Панна Марина была царицею вечера. Ее величественная красота еще более выигрывала от вечернего освещения.

Неудивительно, что вокруг красавицы теснилась целая толпа блестящей молодежи. За креслом по обыкновению стоял гигант-"дикарек".

Станислав был не в духе — его сердили назойливые ухаживатели. Что-то похожее на ревность шевелилось в его юной душе. Он почти не танцевал, а если припадала охота отплясать мазурку, то он избирал своею дамой только Марину. Поляк умеет танцевать мазурку чуть ли не со дня рождения, и Станислав, хотя вырос вдали от света, умел исполнять родной танец не хуже записного танцора.

Марине мало приходилось сидеть. То один, то другой седоусый пан или безусый юнец просили у нее, как счастья, протанцевать с ним. Красавица поднималась все с тем же неизменным гордо-холодным лицом, опускала свою ручку на руку кавалера и уносилась в вихре мазурки.

"Царевич" был мастер на все руки. Он равно умел и красно говорить, и лихо рубиться, и танцевать мазурку, как кровный поляк. На этом балу он танцевал немало. Но несся ли он в мазурке, разговаривал ли с какою-нибудь миловидной паненкой, его глаза, нет-нет, да скользили по прекрасному лицу Мнишковой панны. В его голове зарождались мысли.

Ледяная красота панны не заставляла сильнее биться сердце "царевича", он любовался Мариной так же спокойно, как любовался бы прекрасною статуей. Но он восхищался величественною холодностью дочери пана Юрия, ее гордою поступью, несколько высокомерно закинутой головкой. Ему казалось, что Марина самой судьбой предназначена не для скромной доли быть дочерью сандомирского воеводы или супруги какого-нибудь польского пана — драгоценный алмаз нуждается в подобающей оправе. Он воображал ее сидящею на троне, величаво прекрасною с гордо поднятою головой, украшенной золотою короной, и нашел, что там, на троне, она будет на своем месте. Есть люди, созданные для господства и всеобщего поклонения — ему казалось, что красавица панна принадлежит к ним. Он старался проникнуть в духовный мир красавицы и решил, что в гордом теле должна заключаться и гордая душа. Своим зорким глазом он подметил на лице Марины искусно скрытую скуку и утомление; в ее взгляде, который она кидала на своих поклонников, он заметил что-то похожее на презрение. Да! Она страдает от той скромной роли, которую ей приходится играть на житейской сцене, она хочет иного, она жаждет славы, блеска, блеска настоящего!.. Да, да! Он не ошибается!

Так думал Димитрий и находил духовное сродство между

Мариною и собою. Если ему, как будущему московскому царю, нужна подруга жизни, то именно такая, прекрасная, как богиня, честолюбивая не меньше его самого. Она поймет его стремления. Вряд ли она полюбит его — способна ли вообще любить эта красавица? — Она будет женою не такой, какую он желал бы иметь, если б был простым смертным, но она будет великолепною царицей.

Но он так мало еще говорил с нею — всего несколько слов, когда открыл с нею бал первой мазуркой, он собственно говоря, судил только по наружности. Неужели он ошибается в ней? Быть не может! Надо убедиться.

Только что оттанцевали. Музыка смолкла ненадолго. В зале слышались говор, легкий смех. Хорошенькие паненки, запыхавшиеся и разрумянившиеся от танцев, отдыхали и кокетливо улыбались или деланно-сердито хмурились, слушая комплименты и тонкую лесть своих кавалеров.

Марина тоже немного утомилась. Утомление придало особенный блеск ее глазам. Она чуть-чуть раскраснелась. Обольстительно хороша была в этот миг сандомирская панна! Она равнодушно слушала восхищенный шепот своих поклонников, равнодушно отвечала на их льстивые замечания и смотрела в противоположный угол залы, где находился "царевич".

Димитрий был ей хорошо виден. Он сидел и оживленно говорил с какой-то хорошенькой паненкой, слегка наклонясь к ней.

Улыбка не сбегала с лица царевича. Белые зубы его так и сверкали.

"Как он некрасив,— думала Марина,— но в лице его есть что-то особенное... Он может нравиться. Вон, панна Стася не спускает с него глаз. По-видимому, она охотно слушает его, а, ведь она горда, она очень высокого мнения о себе, думает, пожалуй, что красивее ее здесь никого нет".

Легкая усмешка мелькнула на губах Марины.

Один из стоявших подле нее панов — высокий, жирный, с круглым, глуповатым лицом, пан Чевашевский — просиял и самодовольно закрутил усы: он приписал улыбку красавицы только что сказанной им довольно плоской шутке. По его мнению, это был шаг к победе. Надлежало ловить момент. Он, стараясь возможно изящнее изогнуть свой слоноподобный стан, наклонился к ней.

— Быть может, прелестная панна снизойдет до своего нижайшего раба, осчастливит его...— проговорил Чевашевский.

— Что? — отрываясь от дум, спросила красавица.

117

— Ваш нижайший раб, прелестная панна, просит у вас подарить ему мазурку, которая, кажется, сейчас начнется.

Марина еще не успела ответить, как вмешался пан Станислав.

— Панна Марина обещала эту мазурку мне... Так ведь, сестричка? — довольно нелюбезно заметил "дикарек" Чевашевскому: он всегда терпеть не мог этого чванного пана, теперь же злился, что "этакий глупый бык" смеет ухаживать за "его сестричкой".

Марина с легким удивлением взглянула на Щерблитовского: она вовсе не обещала ему мазурки. Красавица догадалась, что это не более, как военная хитрость с его стороны. Но, во всяком случае, она предпочитала "дикарька" "увальню Чевашевскому", над тупоумием которого всегда насмехалась. Поэтому она поддержала Станислава.

— Да, пан, я танцую эту мазурку с паном Станиславом,— промолвила она.

— А следующую?

— На следующую у сестрички тоже уже есть кавалер,— резко проговорил Щерблитовский.

— А...— начал Чевашевский.

— И на третью, и на четвертую, и так до самого конца бала, пан,— отрезал Станислав и повернулся к нему спиной.

Чевашевский надулся.

— Дерзкий мальчишка! — проборомотал он сквозь зубы.

— Что-с? — спросил, быстро повернувшись к нему, Станислав, и в его добродушных глазах блеснул огонек.

— Де...— начал Чевашевский и оборвал, взглянув на рассерженное лицо "дикарька".— Ничего-с,— проговорил он и быстро отошел от Марины и Щерблитовского.

"Этот медведь способен переломать кости!— трусливо подумал он.— У красивой панны что-то есть с этим смазливым мальчишкой. Да, да! Есть грешок!" — заключил он свои размышления и, подойдя к какому-то пану, начал с ним беседовать на эту тему.

Музыка заиграла.

К панне Стасе, с которою беседовал Димитрий, подошла ее мать — ей нужно было что-то сказать дочери — "царевич" воспользовался этим и отошел. Он начал пробираться в ту часть залы, где сидела Марина.

— Итак, танцуем, сестричка? — улыбаясь, сказал Станислав Марине.

— Танцуем, хитрый дикарек,— ответила красавица.

Она готовилась встать, когда перед нею остановился царевич.

— Дозволь, панна, просить на мазурку?

Отказать царевичу казалось невозможным. Марина хотела выдернуть свою руку из руки Станислава. Тот не пустил.

— Панна танцует эту мазурку со мной. Пойдем, сестричка! — раздраженно сказал Щерблитовский.

Марина была смущена дерзостью "дикарька" и колебалась.

Димитрий смерил Станислава гневным взглядом. Он заметил его молодость, заметил, что юный пан ни за что не хочет выпустить руки Марины, и понял причину раздражения Станислава.

— Хорошо,— медленно проговорил он, глядя в загоревшиеся глаза "дикарька".— Хорошо! Я уступаю тебе эту мазурку... но только мазурку, ничего более!.. Следующую я танцую, надеюсь, с вами, панна?

Марина слегка наклонила голову.

Димитрий отошел в сторону.

Следующую мазурку танцевал с Мариной "царевич". После этого он уже во весь вечер не отошел от нее.

Пан Юрий, видя свою дочь, беседующую с "царевичем", довольно поглаживал усы: он был бы далеко не прочь, чтобы его Марина стала московской царицей.

Уже свечи догорали и бледный свет утра смотрел в окна, когда бал окончился.

— Ты, кажется, довольна сегодняшним балом, сестричка? — прощаясь, сказал Станислав, угрюмо смотря в глаза Марины, в которых он подметил новый, прежде невиданный в них огонек.

— Да, ничего... Царевич умеет занимать...— холодно ответила красавица.

"Дикарек" тяжело вздохнул.

XXXII

НЕВЕСТА ЦАРЕВИЧА

Пан Юрий радостно потирал руки: сегодня царевич просил Мнишка отдать за него в замужество Марину. Гордый вельможа был в сущности торгаш в душе: он сразу оценил те выгоды, которые сможет извлечь из своего будущего царственного зятя. Замужество Марины он всегда считал хорошим средством для поправки своих запутанных дел, но в данном случае он мог рассчитывать на большее: ему грезились уже не только разные маетности и изрядный куш злотых, но даже маленькое княжество — разве для русского царя есть что-нибудь невозможное? Ему стоит сказать слово — и сандомирский воевода — уже не просто ясновельможный пан, а владетельный князь... ну, положим, Смоленский, что ли. Славно! Правда, захочет ли еще Марина выйти за "царевича"? Э нет! Она должна согласиться, должна, она слишком умна, чтобы не оценить всех выгод. Кроме того, отец Андрей, которому он поручил переговорить с Мариной, умен и ловок, он устроит.

Однако, пан Юрий все-таки несколько беспокоился и с нетерпением ожидал, когда окончится разговор иезуита с красавицей панной.

Но вот скрипнула дверь, отворилась и пропустила улыбающегося патера и бледную Марину.

— Радуйся, счастливый отец! Ты видишь перед собой будущую московскую царицу! — улыбаясь, сказал иезуит.

Мнишек сжал дочь в объятиях.

Пани Мнишкова, вышедшая из той же комнаты, откуда вышли Марина и патер, и помогавшая отцу Андрею усовещать дочь, радостно улыбалась и смотрела на мужа и дочь умиленным оком.

Отец Андрей глядел, как победитель; победа оказалась не такою легкой, как можно было ожидать: будь красавица немного менее честолюбива, немного менее ревностной католичкой, и дело было бы проиграно.

После бала и разговора с Димитрием Марина долгое время не могла успокоиться. Наружность "царевича" продолжала по-прежнему ей не нравиться, но она поняла, что это — человек такой, каких ей не приходилось встречать: умный, смелый, честолюбивый, не умеющий ни перед чем становиться в тупик, человек, у которого "хотеть" было равносильно "мочь". Ее смущали те взгляды, которые бросал на нее "царевич", когда говорил о своих великих планах и необходимой ему для совершения их помощнице-жене.

— Моя жена должна разделить со мною и все опасности, и труды, и всю мою славу и власть,— говорил он.— Но где найти такую сильную духом девушку? — задумчиво добавлял он и смотрел ей прямо в глаза.

Марина, холодная, гордая Марина, потуплялась под Этим взглядом. Ей казалось, что "царевич" смотрел в ее душу. А там шевелилось нечто такое, чего она не желала бы выдать!

"Выйти замуж за царевича, чего же лучше?" — вспоминалась ей не так давно сказанная шутливая фраза Станислава.

Тогда она ничего не ответила ему потому... потому, что мысль сделаться "русской царицей" уже зрела в ее мозгу. Мысль эта зародилась при первой вести о появлении в Польше "царевича". И вот теперь, слушая этого самого "царевича", понимая его тонкие намеки на то, кого он метит себе в жены, красавица почти трепетала от волнения. Димитрий рисовал ей славу, власть, выше которой только Божеская, могущество Московского царя, неограниченного владыки миллионов послушных подданных — и перед нею проходили картины одна другой великолепнее, одна другой заманчивее. У ней дух захватывало. Она готова была крикнуть:

— Бери меня в жены! Ты не найдешь лучшей помощницы!

Но вот шум бала заменился тишиной ее спальни, говор царевича смолк, вместо ярко горевших сотен свечей маленькая лампада едва освещала комнату.

Здесь наступила реакция. Она вообразила себе будущую спальню русской царицы.

Полумрак... Луч лампады слабо играет на золотой кисти постельного полога... Царское ложе дивной работы! Золото и слоновая кость — вот материалы, из которых оно сделано. Везде парча, бархат, дорогие шелка... Вон там, в глубине спальни, где стоит туалет царицы, даже и теперь, в полутьме, сияет радужными огнями снятый Мариною на ночь головной убор...

Марина лежит на постели... Постель мягка... Она с наслаждением потягивается на ней... Она откинула одеяло и любуется своим телом, она гордится его роскошными формами... "Только богиня может сравняться со мной!" — самодовольно думает она.

Но кто этот безобразный человек? Как он смел очутиться в спальне царицы? Дерзкий!

А он улыбается, кладет свою руку на ее плечи. Она содрогается. Этот человек — ее муж! Богиня досталась безобразному фавну! Так это для него лелеяла она свое тело?! Так это ему должна отдать весь свой молодой пыл?! О, Боже! И как будто вся роскошь царской спальни потускнела, кость и золото кровати кажутся жалкими подделками. Парча потемнела и висит жалкими тряпицами, местами перерезанными нитями мишуры... Бархат жесток... Все, все поддельно! Поддельны и камни в ее головном уборе: они уже не сияют, чуть блестят... Все поддельно! Как и он — поддельный царь, и она — поддельная царица!

Марина вздрогнула теперь уж в действительности. Она сама подивилась силе своего воображения. Но поворот мыслям был дан. Она теперь думала уже не о царстве, не о троне царицы, думала просто о Димитрии, как ее будущем муже.

Кто он? Бывший слуга! Что он не истинный царевич, в этом Марина никогда не сомневалась: она обладала слишком тонким умом, чтобы поверить довольно грубому обману.

"И этот мужик будет ласкать меня своим мозолистыми руками! Он будет моим мужем, моим господином! Фу! Гадость! Нет, даже царство не стоит того! Никогда! Никогда!"

Подобный же ответ пришлось услышать и отцу Андрею с пани Мнишковой, когда они сообщили ей о предложении царевича.

— Нет, нет! Никогда! — воскликнула Марина.

Иезуит улыбнулся.

— Не надо спешить с решением, дочь моя,— промолвил он.— Поговорим.

И он потер свои выхоленные, белые руки.

Отец Андрей был красивый человек, с тонкими, умными чертами лица, с большими, вечно смеющимися глазами. Манеры его были безукоризненны, голос вкрадчивый. Он нимало не был похож ни на эпикурейца и узко набожного отца Николая, ни на фанатика аскета отца Пия. Это был боевой брат ордена иезуитов. Собственно говоря, он был плохим католиком, он презирал в душе грубые суеверия масс и, пожалуй, как человек мыслящий, сочувствовал реформации. Но он избрал себе духовную карьеру и хотел, чтобы она была блестящей. Он служил для себя, а не для пользы папы, о котором он меньше всего думал. Сядь на место папы Лютер или Кальвин, он, конечно, немедленно стал бы ярым протестантом, и духовная карьера его была бы не менее блестяща. Он был карьерист и только. В каких бы условиях он ни находился, он заботился лишь о своей карьере. До убеждений ему не было дела, он, впрочем, считал возможным их иметь, но не считал возможным проявлять.

Он заговорил не торопясь, не упуская ничего, что могло бы послужить ему на пользу, обходя или разбивая все, что было против него. Он умел красноречиво говорить. Начав с того, какая скромная доля ждет Марину, если она, отвергнув царевича, выйдет замуж за какого-нибудь пана, он постепенно перешел к блеску жизни русской царицы. Он сопоставил две противоположные жизни: скромное, почти мещанское существование пана-помещика и роскошный быт московского царя.

Снова перед Мариной проходили картины, сменяя одна другую, то тусклые, бледные, то полные блеска, величия, роскоши, едва доступной воображению; снова красавица колебалась. Те думы, которые посетили ее в тишине полутемной спальни, начинали ей казаться смешными и детскими.

Потом иезуит перешел на другую почву.

Он представил Марину носительницей света в варварскую страну, изобразил миссионершей, взявшей на себя тяжелый подвиг — обратить к истинной вере миллионы еретиков.

Красавица слушала его в глубокой задумчивости. Пани Мнишкова изредка подкрепляла патера одобрительными восклицаниями, всплескивала руками и делала восхищенное лицо, когда иезуит рисовал блеск царского двора, благоговейно складывала руки, когда отец Андрей изображал Марину чуть ли не святою.

— Итак, дочь моя! — закончил он, вставая и смотря на Марину блестящим взглядом: — Примешь ли ты теперь ту высокую долю, которая выпадает тебе? Примешь ли ты на себя видимую славу и честь русской царицы и невидимые великие тяготы, которые возложит на тебя святая церковь, как на свою возлюбленную дочь. Откажешься ли ты от высокого подвига послужить, быть может, пострадать ad majorem Dei gloriam? {Для вящей славы Бога.}

— Да! — ответила Марина, и глаза ее сверкнули фанатическим блеском.

В чем колебалась Марина-девушка, на то решилась без колебаний Марина-католичка.

XXXIII

В ПОХОД

Недаром пан Юрий радовался согласию дочери на брак с "царевичем": все ожидаемые выгоды он получил, пока, впрочем, только на бумаге. Едва лишь он заикнулся Димитрию, что нужно было бы заключить какие-нибудь условия, чтобы царь будущий знал, что он должен дать, Мнишек и его невеста получить, царевич согласился и просил его составить следуемую бумагу, обещаясь подписать ее беспрекословно. И Мнишек составил.

Бумага эта сохранилась и свидетельствует об алчности пана воеводы. Она написана по-польски рукою самого Мнишка и переведена на русский язык. Она скреплена двумя подписями царевича: "Dmitr Carewicz" и "Царевич Димитрий". В ней будуший царь, откладывая бракосочетание до вступления на престол, обязывался выдать перед свадьбой немедленно пану Юрию миллион злотых {Около 1 400 000 рублей.} и прислать для невесты драгоценности из "Московской казны", просить согласия на брак у Сигизмунда, известив его торжественным посольством, отдать в полное распоряжение Марины "два великие государства" — Новгород и Псков со всем уездами и пригородами, предоставить ей свободу держаться католической веры, "которую и мы сами приняли с твердым намерением ввести ее во всем Государстве Московском; в случае же неисполнения обязательств в течение года — развестись с Мариной".

Эту запись Юрий Мнишек взял в конце мая {25 мая 1604 года.}, а в половине июня ему уже и этого показалось мало, и Димитрий выдал новое обязательство {12 июня 1604 года.}, дополнительное, по которому пан Юрий получал в наследственное владение два княжества — Смоленское и Северское. Заручившись такими обещаниями, Мнишек вовсе не желал медлить и торопил своего будущего зятя приступать к решительным действиям. Димитрий, однако, не торопился и только в конце лета порешил выступать. Перед выступлением он сделал смотр своему войску.

Был ясный августовский день. Легкий ветер развевал знамена и заставлял трепетать перья на шлемах. Димитрий в латах и шлеме объезжал войско. Он был задумчив. Воинский наряд более всего шел к нему, и "царевич" выглядел почти красивым.

Сердце Димитрия тревожно билось. Он сознавал, что до сих пор был только праздник, теперь наступали будни, время работы. Каковы-то эти будни окажутся? Лучше было не начинать, чем начать и не добиться: он уже привык к почету и власти; отказаться от этого — равнялось смерти. Но можно ли надеяться? У Бориса сотни тысяч воинов, а у него... И он окинул взглядом свое войско.

Вон хоругви панов. У всякого своя хоругвь, свой полк. Тут есть и "крылатые" гусары, и копейщики, и полки, устроенные по-казацки, и латники. Вон хоругвь Мнишка — тут начальствует сын пана Юрия — вон Дворжицкий, Фредро, Неборский. Это — цвет войска, надежда Димитрия. Дальше серая масса — это сброд, иногда небесполезный, чаще вредящий.

"Голь! — презрительно подумал Димитрий и попробовал приблизительно определить численность годного войска: полоса нарядных, хорошо вооруженных воинов почти тонула в массе голытьбы.— Дай Бог, чтобы набралось тысяч десять, — подумал Димитрий и тяжело вздохнул.— А там сотни тысяч. Э! Что думать!"

Он постарался ободриться.

В поле стояла глубокая тишина. Казалось, эта масса людей и коней окаменела, так она была неподвижна.

— Молодцы! — крикнул Димитрий, остановив коня.

— Виват, царевич! — вырвалось из тысяч уст.

И опять все смолкло. Этот возглас был для царевича лучшим лекарством.

"Э! С такими людьми можно дел натворить!" — подумал он, весело улыбнулся и тихо тронул коня.

— Ба! И ты тут?! Вот, не ждал! — воскликнул Димитрий, поравнявшись с одним из воинов.

На него из-под шлема смотрело угрюмо, почти злобно, красивое молодое лицо Станислава Щерблитовского.

— Не сердишься, значит, за мазурку? Ну, молодец! Служи хорошо, я тебя не забуду,— сказал царевич, отъезжая.

Пан Станислав проводил его недобрым взглядом и мрачно усмехнулся.

— Уж я-то тебе послужу! — пробормотал он сквозь стиснутые зубы.

Царевич в это время всматривался в лицо одного воина. Он положительно где-то его видел, но где — не мог припомнить.

— Где мы с тобой встречались? — спросил царевич воина. Тот покачал головой.

— Нигде, царевич! Я тебя, конечно, видал, но ты меня — вряд ли: я недавно и сюда-то приехал.

— Нет, я тебя видел,— убежденно проговорил Димитрий и на мгновение задумался.

И в это время ему представилась лунная зимняя ночь, вой волков, двое путников, шум побоища.

— А! Вспомнил! — воскликнул он.— Не диво, что ты меня не помнишь — я видел тебя полумертвым. Не знаешь, жив ли боярин Белый-Туренин?

Спрашиваемый с удивлением смотрел на "царевича". Откуда он знает и его, и боярина?

— Да, жив и здоров,— ответил он.

— Увидишь, поклонись ему от... путевого товарища! — с улыбкой проговорил царевич и отъехал.

"Вряд ли скоро я увижу боярина!" — подумал Максим Сергеевич — это был он.

Отъехав недалеко, Димитрий опять остановился.

— Это ты, кажись, слухи пускал глупые про мою нынешнюю невесту, панну Марину, а? — сказал Димитрий, довольно неласково смотря на побагровевшее лицо тучного пана.— Будешь хорошо служить — я все позабуду, ну, а если плохо — смотри, поблажки не дам.

И Димитрий, громко смеясь, отъехал от оторопевшего, испуганно мигавшего глазами пана Чевашевского.

Достигнув середины войска, царевич остановился и скрестил руки на груди.

— Товарищи! — заговорил он с чувством.— Товарищи! Вас немного, но вы храбры — храбрым сам Бог помогает! Помогает Он и тем, кто стоит за правое дело, а вы за него стоите. Мы победим, товарищи, или... умрем. Иного нет. Кто может желать иного, тот пусть выйдет теперь же из этих рядов и удалится: он — не брат вам и мне не товарищ. Можно ли звать товарищем труса?

Он помолчал минуту.

— Никто не вышел? Итак, все со мною к славе и чести, к смерти или победе! Завтра в поход на Русь! И да поможет нам Бог! — царевич поднял руку к небу.

— И да поможет нам Бог! — крикнули тысячи голосов.

Димитрий обнажил саблю.

— Над нею клянусь победить с вами или умереть с вами! Что ваше — то мое, что мое — ваше! — сказал он.

— Клянемся, клянемся! Виват, царевич! Виват,

Димитрий! На Русь, на Москву! — среди звона оружия ревели тысячи голосов.

На другой день 15 августа, войско выступило к Киеву. Там присоединились к войску две тысячи донских казаков, приведенных паном Михаилом Ратомским.

В половине октября самозванец перешел русскую границу.

ЧАСТЬ ВТОРАЯ

I

НЕ ОТ МИРА СЕГО

В соборе Ивана Великого в Москве только что отошла обедня. Был праздник Успения, а потому молящихся было много. Народ густыми толпами выходил из храма и, замешкавшись ненадолго на паперти, в последний раз осеняя себя крестным знаменьем, расходился в разные стороны.

Уже после того как выбрались из храма наиболее усердные богомолки-старухи и даже разбрелись нищие, стеной стоящие подле паперти и на ней, из церкви вышел последний молящийся.

Это был очень высокий и очень худощавый молодой человек. Узкие плечи и впалая грудь не говорили в пользу его здоровья; то же самое можно было сказать и об изжелто-бледном цвете его лица. Вся фигура его, несмотря на большой рост, выглядела какой-то немощной, расслабленной.

Он довольно долго стоял на паперти, истово крестясь, потом, вздохнув, стал спускаться с паперти и, только отойдя на несколько шагов от храма, прикрыл шапкой свои жидкие, прямые, очень светлые волосы. Шел он сгорбившись и при ходьбе неуклюже размахивал длинными, худыми, как щепки, руками. Сколько могло быть, ему лет? Смотря на его лицо, это было довольно трудно определить. Усы его еще только пробивались, на подбородке был лишь едва заметный пушок, но все же молодостью от этого лица не веяло. В нем было что-то старческое. В глазах не было юношеского блеска; светло-голубые, словно выцветшие, они смотрели грустно-мечтательно.

Шедшего звали Александром Лазаревичем. Он был старшим сыном боярина Лазаря Павловича Двудесятина.

Странный он был человек. Всегда задумчивый, грустный, он чуждался своих сверстников, избегал всяких забав. Даже с братом своим Константином он мало дружил. Это не значит, впрочем, что он ссорился — ссориться Александр Лазаревич ни с кем не был способен — но он просто держался в стороне от брата. Всегда почтительный и послушный сын, он в то же время не был связан с родителями тою близостью, какая существует обыкновенно между детьми и отцом с матерью. Домашние интересы были ему чужды. Он жил в ином мире: это был мир молитв, мир аскетических подвигов, мир страданий за веру.

Через полчаса ходьбы Александр уже входил в ворота своего двора. Поднявшись на крыльцо и миновав сени, он вошел в светлицу. Там сидела дородная, уже очень пожилая женщина.

— Здравствуй, матушка. Бог милости прислал,— низко поклонясь, сказал ей Александр Лазаревич.

— Здравствуй, Лександрушка. А где Костенька? — спросила мать.

— А не знаю... Он вышел раньше меня из храма,— ответил Александр и, взяв лежавшую на столе в переднем углу толстую книгу в кожаном переплете, закапанном воском, опустился на лавку и углубился в чтение. Мать смотрела на него печально.

— Погляжу я на тебя, Лександр,— сказала она после долгого молчания,— совсем ты чудной какой-то... Вот Бог сподобил тебя познать грамоту, а что толку с того? День денской только за книгой сидишь; нет, чтобы царю-батюшке послужить. И тебе бы польза была и честь — грамотеи завсегда нужны — и нам радость, и царю прибыль. Слов нет, душеспасительное чтение Богу угодно, а только все ж в меру. Сейчас, вот только из храма вернулся, еще отдохнуть не успел и уж за Святое Писание засел!

— Я не устал...— ответил сын, отрывая глаза от Библии.

— То-то, не устал. У двух обеден побывал, да не устал. И опять скажу: доброе дело — молитва, а только в меру... Был со мной у ранней обедни, ну и довольно, ан нет, и к поздней пошел. Эх, Лексаша! Чудной ты, право! И добрый ты сын, и все такое, а все как-то... будто не от мира сего. Вон Константин — он и грамотей поплоше тебя, и сгрубит иной раз, в озорствах кое-каких с парнями попадался, а все ж, скажу правду, милей он мне — потому человек живой. А ты — этак середка на половинке будто...

Александр молчал. Трудно сказать, слышал ли даже он слова матери. Его глаза так и впивались в страницы.

— И еще скажу: тебе, вот, за два дня до зимнего Миколы без четырех годов три десятка будет, а ты все еще в холостяках болтаешься. Чуть заикнется отец — ты на дыбы.

Александр поднял голову.

— Не тянет меня жениться... — проговорил он.

— А нешто подобает быти человеку единому?

— Могущий в себе вместити да вместит, сказано.

— Ну, да ты, я знаю, начетчик! — с досадой вскричала мать.— А мне, вон, все в уши жужжат: "Что ты, Марья Пахомовна, своего старшего не женишь?" Да, людей стыдно! Ну, да теперь держись! Отец высватать тебе невесту сбирается!.. Вертись — не вертись, порешил — поженит! — раздраженно говорила Марья Пахомовна.

Александр даже побледнел.

— Склонности во мне нет.

— А уж там, есть ли, нет, не спросят! Женись, и шабаш! Что, в самом деле, в монахи ты и впрямь что ли готовишься?

— Точно, матушка, это ты — верно! Точно, желал бы сподобиться чин ангельский принять. О том и все думы мои. Господу хочу послужить — не людям,— проговорил Александр, вставая, и в его тусклых глазах засветился легкий огонек.

— Та-ак! Слыхали мы. Не бывать тому! Женись, вот что!

— Бог мне заступник! — тихо проговорил Александр и, взяв книгу, направился к двери.

— Ладно! Женишься — переменишься... Женим беспременно!— крикнула вслед ему мать.

Он не обернулся.

II

ДВА СОЛНЦА

День стоял чудный. Было бы жарко, если бы легкий ветерок не умерял жары.

Весьма понятно было, что боярышне Пелагее Парамоновне, дочери боярина Парамона Парамоновича Чванного, надоело сидеть в душной горнице да еще без работы, так как день был праздничный, и она спустилась в сад. Впрочем, наше название "сад" тут было едва ли применимо. Ни подстриженных деревьев, ни куртин, ни усыпанных песком змейкой вьющихся дорожек здесь не существовало. Это попросту был остаток леса, некогда росшего на месте Москвы; немного расчищенный, местами вырубленный, он все-таки производил впечатление леса, растущего и ныне в сотне-другой верст от Москвы. Этому впечатлению не мешали даже и гряды с различными огородными овощами, и сильно разросшиеся кусты малины, и посаженные местами яблони: все это утопало в массе великанов-деревьев, подернутых по коре беловатым мхом, словно сединой лет. Дворня боярина, да и сам он, понимали характер этого сада и именовали его не иначе, как "леском, что подле дома растет", или "нашим леском", или, наконец, "леском, в коем капуста и репа понасажена". Будь такой "лесок" у нас с вами, читатель, мы бы его назвали парком, но тогда это слово было неизвестно.

Итак, ничего не было удивительного, что боярышня Пелагея захотела погулять в жаркий день под тенистыми деревьями сада-леска. Но удивительно было то, что она, тихо пройдя по сеням, медленно спустившись с крыльца, вдруг, едва вышла в сад, пустилась бегом с такою быстротою, с какою вряд ли бегивала и в детстве. Не менее удивительно было, что она, прибежав в самую удаленную часть сада, к забору, который выходил на одну из очень скудно населенных улиц Москвы, внезапно остановилась, как вкопанная, и, запыхавшись пробормотала:

— Слава Богу! Успела!

Потом она с этого места ни шага: опустилась на траву и глаз с забора не спускает.

Задумалась боярышня.

Она думала о том, как дивно судьба свела ее "с ним", с ее "соколиком", как она его звала в своих думах, с Константином Лазаревичем Двудесятиным, как звали его все иные люди. Давно слышала она о нем от подруг. Говорили, красавец он лицом, богатырь станом, а только "озорной": что только парни молодые в городе ни напроказят, ищи его — он непременно из первых.

Многие за это его осуждали, разбойником звали, "отпетым парнем", одна она, Пелагеюшка, всегда за него горой стояла: казалось ей, что все эти озорства он не со зла учиняет, а потому, что силы в нем непочатой много,— ну и требует сила эта выхода. И все ей хотелось увидать его хоть глазком одним. А где увидишь? Жизнь боярышни такова, что день за днем в четырех стенах в терему за пяльцами проходит. Разве летом вот в сад погулять пустят, благо в нем народу ни души. В разговорах с подругами только и душу отвести можно, да, ведь, они — такие же затворницы.

Так, может быть, и не пришлось бы ей век повидать молодого боярина, если б случая не приключилось.

Именины отцовские были. Бояр набралось видимо-невидимо. Ну, конечно, как всегда, хозяин с гостями веселится, пьют, едят — пируют, одно слово, а им, "бабам", как и в будни, приходится сидеть в своих горенках. Такова уж доля! Но на этот раз либо гости упились раньше времени, либо сам хозяин шибко захмелел, только захотел он гостей своих ублаготворить по горло: велел кликнуть "баб" и свершить "поцелуйный обряд". Пришлось ей с матерью выйти, обнести гостей кубком вина крепкого и поцеловаться с каждым. Всех обнесла она — ничего; конечно, смущалась немного, а вот, как подошла она к последнему, младшему из всех, сердце у ней забилось так, будто выскочить хочет, и поднос в руках задрожал, и вино расплескалось.

Красавец гость был! Очи — что звезды, лицо белое и румяное вместе... Кто он, она того не знала. Поцеловал он ее — ожег. Всю ночь у ней потом от его поцелуя губы горели, а во сне он мерещился. Утром поднялась она, словно больная. Однако, пересилила себя, нездоровье прошло, а только "он" все ее думы занял. Словно наважденье!

В обеденную пору пошла она в сад-лесок погулять. Идет себе тихонько-тихонько, голову опустив, забрела в дальний конец сада, вдруг слышит окрик негромкий:

— Боярышня!

Оглянулась,— а он стоит перед ней. Пелагеюшка так и обмерла. А он и говорит:

— Не осерчай, боярышня, за озорство мое. Хоть меня, Константина Двудесятина, все озорником славят, а только скажешь ты слово "уйди!" — уйду — не поперечу. Хоть, может, сейчас же отселе и в Москву-реку прямь...

А у боярышни робость немножко прошла. "Так вот он, Констаитин-то хваленый! Сокол!" — думает она.

— Что ж, так уж и в Москву-реку? — спросила она, а сама глаз не поднимает.

— Потому... потому, что приглянулась ты мне очень: прогонишь — и жить не стоит,— ответил он, а у самого голос дрожит.

— Это с одного-то раза приглянулась? Скоро больно! — сказала боярышня и уж настолько смелости набралась, что даже засмеялась.

— С одного? С сотни — это верней будет! Вчерашний-то это последний раз был, а до тех пор я тайком на тебя смотрел, когда ты в лесочке вот в этом гуляла.

— Ишь ты какой!

— Осерчала? Прости! Говорили все, что у боярина

Парамона Парамоновича дочка — красотка. Захотелось посмотреть. Взглянул раз, захотелось в другой... И так до сотого, думать надо, дошел.

Потом Константин прибавил:

— Дозволь, боярышня, с тобой погулять?

— А как увидят?

— Ну вот! Кому увидать? Да я и убегу, коли что.

— Погуляем, что ж,— промолвила боярышня, а сама думает: "Ай, батюшки-светы! Да как же это так!"

Ну и погуляли. А на другой день — то же, на третий — опять. И дошло до того потом, что если два дня подряд повидаться не придется — места ни тот, ни другая от тоски не находят.

Нашлась и пособница, в зимнюю пору она свиданья их устраивала,— холопка Фекла, шустрая молодая бабенка.

Занялась своими думами Пелагеюшка, а все глаз с забора не спускает и ждет с замираньем сердечным, когда же покажется из-за него голова милого.

Вот он!

Поднялась она с травы, кинулась вперед.

И лицо залилось яркой краской.

А он уже сжимает ее в объятьях и не говорит, а шепчет с легкою дрожью в голосе:

— Заждалась, люба моя? Прости! Братан задержал, в церкви со мной был. Но все ж ускользнул... Ах ты, люба моя! Ах ты, голубка милая!

И целует, целует...

В наружности Константина очень мало сходства со старшим братом Александром. Он ростом пониже, но в плечах гораздо шире, сложен крепко. Он строен. У него черты лица, быть может, и не совсем правильные, но это искупается здоровою свежестью и веселым выражением небольших серых глаз. Волосы у Константина темные, почти черные, маленькие, такого же цвета молодые усы прикрывают губу, борода еще чуть пробивается. У него и характер совсем иной, чем у брата. Если Александр удаляется от жизни, то Константин, наоборот, любит жизнь, стремится к ней всем своим существом.

— Как жаль, Костя,— промолвила Пелагеюшка, присев на траву рядом с Константином,— что ты замешкался: теперь скоро обедать кликнут.

— А и не говори! Сам на себя зол! А знаешь, что горю помочь можно...

— Как?

133

— Можно, ведь, и того... и после обеда опять свидеться али вечерком. А? Можно? Так? Ты не прочь?

— Я ли прочь! Я ли! Дорогой мой! И люблю ж я тебя!

И она припала своей русой головкой к его плечу, а он взял ее руку и целует.

И над ними в выси на безоблачном небе сияет солнце и кидает золотой луч на них, пробившись сквозь чащу деревьев, и у них в груди тоже солнце, так же жаркое, как и небесное, такое же светлое... нет, светлее того! Потому что на небесном солнце есть пятна, а на том солнце, которое согревает их молодую жизнь, не приметно ни точки темной.

III

КОЕ-ЧТО О СВАТОВСТВЕ И О ТОМ, КОГО СВАТАЮТ

Слова Марьи Пахомовны Двудесятиной, сказанные ею сыну Александру, что отец сбирается его женить, не были сказаны наобум. Правда, Лазарь Павлович напрямик ей еще ничего не говорил о своем намерении, но она видела, что дума об этом зреет в его голове.

Кроме того, она знала,- что обыкновенно добрый и уступчивый ее муж, когда что-нибудь "крепко надумывал", то становился упрям, как вол, и мешкать с приведением в исполнение своего желания не любил. Туг он был только на надумыванье, а коли надумал, то начнет действовать скоро, не мешкая — полетит, что на тройке.

Так было и в данном случае. Прошло месяца два, а о предстоящей женитьбе Александра не было сказано ни слова.

Вначале обеспокоенный заявлением матери "богомолец" — как звали Александра в семье — совершенно успокоился и с большим, чем прежде, рвением отдавался хождениям по церквам и монастырям и чтению церковных книг.

Однажды, не задолго до обеда, в серенький октябрьский день, Лазарь Павлович отдал холопам приказ позвать Марью Пахомовну к нему из горницы, где она сидела за работой.

— Скажи ей,— наказывал боярин холопу,— чтобы шла не мешкая: потолковать мне с нею надо о дельце не малом.

Марья Пахомовна не замедлила явиться на зов и протолковала с мужем немало времени. Когда же она, наконец, вышла, то имела какой-то таинственно-торжественный вид, а, встретясь в сенях с Александром, очень многозначительно посмотрела на него.

Сына смутил этот взгляд.

"Что-то матушка на меня смотрит? Уж не о сватовстве ли моем с батюшкой толковала?" — подумал он, и яркая краска залила его желтое лицо.

Однако, он ничего не спросил у матери.

Смутило его еще больше то, что отец, хотя был обеденный час, не медля велел оседлать коня и, нарядившись словно в праздник, куда-то уехал.

— Лександрушка! Подь-ка сюда! — прошамкал беззубым ртом "дед Митрич", доверенное лицо Лазаря Павловича.— Надо мне тебе шепнуть кое-что.

Александр был в большой дружбе с этим "дедом", благодаря тому, что Митрич был "богомольцем" не хуже самого Александра, не умея читать, знал на память целые главы из Евангелия и Библии и любил беседовать "о божественном" с молодым, начитанным в святом Писании боярином. Со своей стороны Александр с восторгом слушал рассказы старика о киевских пещерах, о Святой Земле, где Митрич успел побывать за свою долгую жизнь.

— Что, дедушка? — тревожно спросил молодой человек.

— А вот, подь, подь... Скажу,— ответил старик, отводя Александра в угол сеней.— Знаешь, куда батюшка твой поехал?

— Нет, а что?

— А то, что не знаю, радость тебе это либо горе — поехал он свата искать.

— Ну?!.

— Да. И сегодня ж поедет со сватом тебе невесту высватывать.

— Ахти! Вот, напасть! — вырвалось у молодого человека с такою горечью, что даже Митрич заметил:

— Ну, полно, Лександрушка, какая напасть! Точно, теперь ты — вольный казак, а тогда простись с волюшкой, а только все ж напасти тут нет, и коли добрая жена попадется, так лишь радоваться можно.

— Ах, нет! Ах, нет! Напасть это! Напасть! Не земного ищу я счастья... Тлен здесь, суета... Богу служить желаю... Да! Жениться!.. Напасть, напасть! — проговорил Александр так

135

горячо, что Митрич с удивлением посмотрел на него: ему первый раз пришлось видеть всегда спокойного Александра Лазаревича в таком волнении.

А молодой боярин прошел в комнату, взял шапку и, пройдя обратно через сени мимо все еще не пришедшего в себя от удивления Митрича, спустился с крыльца, перешел двор и вышел на улицу.

Часа через полтора быстрой ходьбы он был уже за городом, на берегу Москвы-реки, поросшем небольшим леском. Тут он остановился. Ему нравились тишина и безлюдье этого места. Он часто хаживал сюда, когда "мирская сутолока" вконец надоедала ему.

Набожность может проистекать от разных причин. Она может быть показною, тогда основа ее — фарисейское лицемерие, желание прикрыть наружным благочестием тайные мелкие грешки и крупные грехи; набожность может иметь источником темный, неразвитой разум, и тогда она стоит бок о бок с суеверием: набожный такого сорта с одинаковым усердием будет исполнять и малейшие церковные требования, и какой-нибудь бессмысленный суеверный обряд вроде "опахиванья"; основа такой набожности, конечно, крепкая, слепая вера, но нуждающаяся в очень большой очистке; есть, наконец, третий род набожности, где причиною служит глубокая, светлая вера, захватывающая всего человека; здесь "верить" — равносильно "жить".

Такая вера не навязывается извне, она родится вместе с человеком, это — потребность души, алчущей света. Так верят немногие избранные, и они суть истинно верующие. Это — кроткие мечтатели, которых тяготит "мирская докука", потому что огонек, теплящийся в их душе, тянется ввысь, прочь от земли, к небу, к источнику света — к Богу.

К этим мечтателям принадлежал и Александр. В детстве он чуждался игр, потому что эти игры, основанные на телесной силе, ловкости или хитрости, не интересовали его. Зато он находил интерес в том, в чем не видели ничего занятного его товарищи.

Ребенком пяти-шести лет он наблюдал, как летает птичка, собирает корм, как кормит своих вечно жалобно кричащих птенцов, как она строит гнездо, неся в клюве то засохший листок, то соломинку, то пушинку.

— Кто научил ее? — задавал вопрос недоумевающий ребенок.

— Бог! — отвечали ему взрослые.

Он видел, как отцовские холопы взрыхляли землю,

кидали зерна, прикрывали их, проехав раз-другой с бороною, тонким налетом той же земли и уходили, а через неделю-две темное раньше поле начинало зеленеть, и вот, не по дням, а по часам вытягивалась трава, обращалась в длинный колос.

— Отчего она выросла? — спрашивал мальчик.

— Засеяли... Знамо дело, и выросла. Потому зерно попало в землю, ну и выгнало колос.

— Да как же это? Из такого маленького зернышка и вдруг такой длинный колос?

— А уж про то нам знать не дано. Так Бог-Господь устроил для нас грешных!

И чем бы мальчик ни заинтересовался, у больших ответ был всегда один: Бог! Бог все устроил, Бог весь мир создал. И чувство глубокого благоговения наполняло детскую душу Александра.

Постепенно мысль его исключительно сосредоточилась на Боге. Он старался представить себе Бога и не мог, и чувствовал, что Бог — это нечто непостижимое, необъятное, и что-то вроде священного трепета наполняло его сердце. Ему указывали на иконы, говорили:

— Помолись Боженьке.

Он молился, а в мозгу его шевелился вопрос: "Вот, Бога нарисовали, значит, Его видели? Кто?" Когда он спросил об этом, ему ответили:

— Святые люди.

И ему страстно захотелось быть святым. Чтобы стать святым, думалось ему, надо молиться, молиться...

И он молился. Он удивлял взрослых своею набожностью.

По временам ему казалось, что уж он довольно молился, теперь Бог явится ему. Он бежал куда-нибудь в уединенное место и просиживал там часами, бледный, с трепетно бьющимся сердцем, прислушивался к малейшему шороху.

Но Бог не являлся.

Наконец, он удалялся с опечаленным лицом и думал: "Верно, я мало молился".

Когда его начали учить грамоте, он быстро постиг "книжное искусство" и жадно набросился на книги. Книги были только духовного содержания, да он иных и не желал: ему хотелось узнать побольше о Боге.

Целый новый мир открылся ему. Он постигал Бога грозного и милосердного, Бога — Судью и Бога — Отца. Теперь уж он не мечтал увидеть Его, он осознал, что еще не достоин этого. Осознал он также, что доступ к Богу открыт, и каждый, кто трудами на пользу ближних, молитвами и чистою жизнью заслужит милость Божию, улицезреет Его. И он порешил этого достичь.

Цель жизни была найдена, но лежала она не в жизни, а за жизнью. Сама по себе жизнь была только средством, жизнь истинная должна была начаться только после прекращения земного бытия.

При таком мировоззрении наслаждения и радости житейские являлись только соблазнами, поэтому-то Александр и избегал их.

Жениться, по мнению молодого боярина, это значило пасть, прилепиться к земле, связать себя с жизнью испытанием, крепкими узами.

Жизнь, едва терпимая, как средство, должна была обратиться в цель.

Мог ли с этим помириться Александр Лазаревич?

Известие, что отец окончательно решился женить его, потрясло молодого человека. Что отец непременно приведет свое намеренье в исполнение, в этом "богомол" не сомневался: он хорошо знал, что старик, долго сбираясь с духом, решившись, умел рубить сплеча. Просить отца бесполезно. Где найти защиту и помощь?

Конечно, у Бога!

Александр едва успел перевести дух от быстрой и долгой ходьбы, стал на колени и начал молиться.

Он молился долго и усердно в этом обширном, как мир, храме, где куполом служило небо, полом — земля. Поднялся он успокоенным.

"Господь все устроит... Его святая воля!" — подумал он, крестясь в последний раз.

Луч солнца пробился сквозь серую пелену облаков. Тусклый и одинокий, он все же сразу прогнал скучно-серый покров осени и выделил яркие краски. Запестрели желтые и красные осенние листья, засверкала темная вода Москвы-реки. Птичка-зимовка зашевелилась на ветке и чирикнула...

Александр поглядел вокруг себя, вдохнул полною грудью сырой, но душистый осенний воздух и промолвил:

— Благодать!

И совсем спокойно стало у него на сердце.

IV

В ДОМЕ КНЯЗЯ ЩЕРБИНИНА

Молодой боярин, князь Алексей Фомич Щербинин собирался засесть за обед.

— Кто это у тебя там, Аленушка,— сказал он, помолясь и усевшись за стол: — монахиня, кажись, какая-то? Я, проходя, мельком видел.

— Это ко мне инокиня-старушка забрела мимоходом. За сбором она в Москву прислана. Поклон от матери Максипатры тебе да мне привезла,— ответила Елена Лукьянишна.

— От матери Максипатры?

— Да, от Дуняши...

— А-а! А я, было, сразу и не вспомнил. До сей поры не могу привыкнуть считать Дуняшу инокиней. Да уж теперь и Дуняши-то нет, а есть мать Максипатра, богомолица наша. Да! Как это дивно все Господь устроил! Давно ль Павел-то замуж Дуню брал? Думал ли тогда кто, что пройдет год-другой — и Павел пропадет бесследно, и Дуняша из боярыни Белой-Турениной матерью Максипатрой станет?

— Павел-то Степаныч помер... Жаль, его! Добрый человек был, а какою смертью жизнь окончил!

— Сдается мне все почему-то, Алена, что из Москвы-реки это не его вытащили,— задумчиво проговорил Алексей Фомич.

— Он, он! Весь облик его.

— Облик точно схож, а только лица-то не разобрать было.

— Он, он!

— Верней, что он, конечно... Не снес горя — погубил душу. Прости, Господь, его грешного. Дивно все это, куда как дивно! Да взять и нас с тобой — нешто не диковинно тоже судьба наша устроилась?

— Что говорить! Не сломай медведь твоего батюшку — быть мне не женой тебе, а мачехой.

— Что б и было! Подумаешь иной раз, так и скажешь, что и жаль батюшку, а все ж его смерть счастье наше состроила.

— Точно что.

— Греховодники мы с тобой, Аленка,— этакое говорим. Давай-ка обед лучше поскорей.

Вошел холоп.

— Гость к тебе, князь, боярин.

— Гость? Кто?

— Боярин Лазарь Павлович.

— А-а! Пойду встречать гостя дорогого! — воскликнул Алексей Фомич, поднимаясь. Но гость уже сам показался в дверях.

— Не в пору гость хуже татарина, говорят, а? Осерчает, чай, на меня хозяюшка молодая? — смеясь, сказал Лазарь Павлович, высокий толстяк, с красным крайне добродушным лицом, украшенным крупным мясистым носом и маленькими, часто мигающими глазами.

— И не грех это тебе говорить так! — укоризненно заметил Алексей Фомич, целуясь с гостем.— Жена! Задай-ка ему хорошенько за словеса за такие!

— Точно, точно, Лазарь Павлович, не след нас обижать...— начала Елена Лукьянишна, но Двудесятин ее перебил:

— Ай, батюшки! Да вы совсем меня, беднягу, затравите! А вас двое — я один. Делать нечего, прощенья прошу — больно уж вы строгие. Дай-ка лучше на хозяюшку полюбуюся молодую. Ишь, все краше да краше становится она у тебя, Алексей Фомич, ей-ей. Ажио зависть берет: кабы моя старуха тож так хорошела, хе-хе-хе! Здоровенька ли, Елена Лукьянишна?

— Бог грехам терпит. Как ты да Марья Пахомовна?

— А ничего себе, живем помаленьку. Сына, вот, женить сбираюсь.

— Большого, чай? — спросил Щербинин.

— Его, его! Малость мне потолковать по сему надоть. Видишь ли, хочу ему я сватать...

— Стой, стой! И слушать не буду! Наперед хлеба-соли нашего откушай, после и потолкуем. Молись-ка да садись, вот сюда. Алена! Покорми-ка нас,— сказал Алексей Фомич.

— Нечего делать, приходится слушать хозяина,— промолвил Лазарь Павлович, перекрестившись и пролезая за стол.

Елена Лукьянишна отдала холопам приказ подавать.

— Чтой-то ты сегодня, Лазарь Павлович, разнаряжен так, что хоть прямо к царю ехать? — сказал Алексей Фомич, разглядывая ферязь из "венецейского золотного атласа", надетую на госте.

— А вот, как побеседуем, так и узнаешь, зачем я так разнарядился,— ответил Двудесятин и свел разговор на другое:
— Слышал, расстрига-то, говорят, уже на Русь вступил.

— Слыхал, как не слыхать! Просто диву даюсь! Беглый дьякон и такое учинить! И города один за другим к нему

140

переходят. И то сказать, мало кто знает, что он — монах-расстрига, думают — царевич истинный.

— К тому ж в Орле объявился и промеж людей толкается Гришка Отрепьев какой-то новый. Вот-те, тут и делай, что знаешь! Говорят, царевич самозванный — никто иной есть, как Григорий Отрепьев, а, меж тем, всем ведомо — Гришка Отрепьев в Орле. И стал один — два! Ох, ох! Сдается мне, заварится тут каша немалая: потому тут Жигимонт-круль, лиса старая, тоже много помогает.

— Э! Что монах беглый сделать может? Пошлет царь ратников, побьют его хорошенько, вот и делу конец.

— Ой, не скажи! Борис-то Федорович мешкает, а к расстриге город за городом отходит. И в людях серых толки идут: сын царя Ивана жив, милости великие обещает и Бориса Федоровича прогнать хочет. Поди толкуй им, что это — не сын царя Ивана, а самозванец нечестивый. Димитрий — и шабаш! А коли Димитрий, надо помочь ему престол отцовский из рук Борисовых отнять, древний царский корень утвердить. И идет шатанье великое! Да и бояре тоже открыто не показывают, а Димитрию верить — не верят, но все ж рады Борису Федоровичу досадить: не люб он им. Да! Дело плохое, брат, затевается!

Холоп внес кушанье.

— Не взыщи, коли трапеза скудна да не вкусна будет,— сказал гостю Щербинин.

Разговор прекратился: не в обычае было разговаривать во время еды.

Хоть Алексей Фомич и просил гостя не сетовать на скудость трапезы, но на самом деле обед был таков, что хозяевам стыдиться было нечего. Запивались все кушанья чаркой-другой доброго зелена вина, уемистым кубком ренского, романеи или бастра, чаркой сладкой наливки да ковшом пенистого студеного крепкого меда.

Неудивительно, что к концу обеда лицо гостя стало еще краснее, чем всегда, разрумянилось так же и лицо хозяина и даже хозяйки. Неудивительно так же и то, что, когда, пообедав, гость захотел со Щербининым поговорить о своем деле, язык его заметно заплетался, а глаза хозяина закрывались сами собой, и что Алексей Фомич, послушав Двудесятина недолгое время, неожиданно прервал его речь предложением:

— А что, Лазарь Павлович, не соснуть ли нам теперь маленько, как водится, а после и потолкуем?

Предложение было так соблазнительно, что Двудесятин не стал даже отговариваться, а, кряхтя так, как будто на него была взвалена многопудовая тяжесть, поднялся со скамьи и последовал за хозяином в его опочивальню, где, скинув тяжелую ферязь, растянулся на мягкой перине, и скоро густой храп Лазаря Павловича вперемежку с легким посвистыванием спящего Щербинина уже доносился до самых сеней.

Только изрядно выспавшись и отпившись игристым квасом от тяжелой послесонной вялости, хозяин и гость приступили к беседе.

— Видишь ли, друже мой,— начал Лазарь Павлович,— сказывал я тебе, что хочу женить моего большака, так вот, надобно мне невесту ему высватать.

— Так,— протянул Щербинин, поглаживая свою маленькую молодую бороду.— Что ж, ему невесту не трудно будет найти: он — парень хороший.

— Все так, да нрав-то у меня такой, что, если я порешил что-нибудь, так мешкать не умею. Сватов там засылать да ответа ждать и все такое, это мне не любо. По-моему так — съездил к отцу и матери невесты, поговорил, и делу конец! Пусть приданое готовят.

— Что ж, и так можно.

— Торопиться мне и потому надо, что, как прослышал, хочет меня царь вместе с Мстиславским Федором Иванычем и прочей братьею послать против самозванца-расстриги этого самого. Ну и охота найти невесту сыну да и ехать с сердцем спокойным. Останусь цел, вернусь — и прямо за свадьбу, не приведет Бог, полягу костьми на поле бранном — помирать спокойно буду: отцовский долг исполнил, подобрал добрую невестушку сыну... Повенчаются и без меня.

— Ты это ладно надумал, Лазарь Павлович.

— Ну вот, в этаком разе и хочу я тебя просить: поедем-ка сватать со мной невесту Александру.

— Я не прочь, а только какой же я сват? Молод и сам давно ль поженился?

— Молод ты, слов нет, и женат неделю без года всего, это ты верно сказал, а только говорить ты мастак, и потом боярин Парамон Парамоныч — отец тебе крестный, так сговоримся с ним легче...

— Так ты к Парамону Парамонычу хочешь ехать, Пелагею сватать?

— Да, да! Ее самое. Красавица она, слышал я, и работящая. Словом, девка, каких лучше не надо. Только, вот, боюсь, захочет ли Парамон-то Парамоныч ее за моего Лександра выдать? Быть может, он себе получше зятька хочет; ведь, прозвище-то Чванный ему по шерсти дано.

— Ничего тебе, Лазарь Павлович, сказать не могу, а съездить — съездим. Я не прочь.

— Ну вот, и ладно. Тогда и поедем сейчас.

— Дай только, я приоденусь.

Через четверть часа князь Щербинин и боярин Двудесятин, оба верхом на конях, уже съезжали со двора.

V

НЕПРИЯТНОЕ ОТКРЫТИЕ

Царский истопник Иван Безземельный провожал гостя, своего кума Никиту, прозванного за силу Медведем.

— И чего же ты так торопишься, куманек?

— Пора мне, кум,— отвечал Никита, не очень высокий, но чрезвычайно широкий в плечах, молодой парень.

— Столько времени мы с тобой не видались — почитай, с похорон крестника моего... Да, да! Так и есть! С самых похорон — и ты посидеть у меня подольше не хочешь.

— Пора мне,— повторил Никита, и добродушное скуластое лицо его вдруг стало сумрачным.

Эту перемену заметил и Иван.

— Что с тобой, Микитушка? Али с того все, что я про смерть сынка твоего, моего крестника, вспомянул?

Никита молча кивнул головой.

— До сей поры, знать, не утешился?

— Где утешиться! Как вспомяну, так места от тоски найти себе не могу.

— Понимаю, куманек, понимаю.

— Ну пойду я... Прощай, кум! Прощай, хозяюшка!

— Что с тобой поделаешь! Прощай.

В дверях Никита остановился.

— А что, кум, слыхать про этого самого, про царевича?

— Про царевича? И как у тебя язык поворачивается этакое слово молвить? — вскричал Иван с досадой.— Бродягу, расстригу царевичем называть! Один у нас есть царевич — Федор Борисыч, а другого не знаем.

Иван даже покраснел от раздражения. Никита смутился от такого окрика.

— Да ведь я так... Потому все зовут — царевич да царевич... Ну, и я... Вон, бают, идет он Москву взять... Истинный, говорят, он сын царя Ивана Васильевича, Димитрий. Что ж, я — человек темный, почем мне знать, правда аль нет? Говорят вон тоже, что милости он разные сулит...

— Мало ль что дурни либо злые люди-крамольники говорят! Ты их слушай больше! Сын царя Ивана! Хватили тоже! Димитрий царевич отроком помер еще в Угличе. Милости сулит! Милостями их и заманивает бродяга: вишь, им все мало! Борис ли Федорович к ним добр не был? Москву взять! Ска-а-жи, пожалуйста! Это — бродяга-то? Хе-хе! Да топнет ногой царь посильнее, так он от страха ног своих не почует. Москву взять! Не взять ему николи ее, коли крепко за царя своего стоять будем. Измена да шатанье в людях — вот только все, что и дает силу вражьему сыну. Ну, да ничего, скоро конец всему! Слыхал я, посылает царь князя Федора Ивановича Мстиславского и иных бояр с войском — зададут они бродяге!

— Так, значит, шабаш ему скоро?

— Бог про то знает, а только встряска будет добрая.

— Так. Ну прощай, здрав будь!

И Никита вышел.

Осенний вечер был темен, но Никита хорошо знал дорогу и не боялся запутаться. Он шел быстро, почти бежал. Какое-то смутное беспокойство овладело им еще в ту пору, когда он сидел у Ивана Безземельного. Теперь это чувство еще более усилилось.

"Господи! Уж не дом ли горит? — думал Никита.— С чего не то тоска, не то Бог знает что напало?"

И он все подбавлял шагу.

Но вот, теперь уже недалеко. Никита смутно различает очертания своей лачуги.

Вдруг он замедлил шаги и прислушался: ему показалось, что он слышит голос жены. Стараясь ступать как можно тише, он подошел совсем близко к дому.

На покривившемся убогом крылечке своей лачуги он неясно различил фигуру своей жены Любы, слабо освещенную фонарем, который она держала в руке.

Того, с кем она говорила, нельзя было разглядеть; чуть виднелся только край красной рубахи и кусок овчины, очевидно, накинутой на плечи.

Теперь Никита отчетливо слышал все, что они говорили.

— Когда ж ты придешь, соколик?

— А вот как твоего Медведя дома не будет, так и приду,— отвечал мужской голос, в котором Никита узнал голос своего соседа Яшки.

— Ах, уж этот Медведь постылый! — воскликнула Люба.

— А ведь тож, поди, люб тебе был прежде?

— Никогда он мне люб не был. Так, дурость какая-то на меня вспала, вот и повенчалась с ним.

— Ну, прощай, Любушка! — Не ровен час, он еще вернется да застанет, костей тогда не соберешь.

— Вот еще его, дурака, бояться! Сказала бы, что зашел ты кваску попить к нему, да его дома не застал, ну со мной и посидел, поджидал его. А попробовал бы заговорить, то я его так бы пробрала, что он своих не узнал!

— Ха-ха! Ты строгая!

— У-у, какая! Только с ним, а не с тобой, ласковый мой.

До слуха Никиты донесся звук поцелуя.

— Прощай! Гони его-то скорей! Опять потешимся! — несся уже из темноты голос Яшки.

— Прогоню! Не дам засиживаться,— ответила Люба, и свет померк: она вошла в сени.

Никита, слушая, едва верил своим ушам. Ему казалось, что это — или сон, или наважденье лукавого. От изумленья на него напал столбняк; он не мог двинуться с места и напряженно вслушивался. А слова — страшные слова — звучали и, как камни, били его в сердце.

И это говорит Люба, его жена, та Люба, для которой он в былое время не задумался взять тяжкий грех на душу, для которой всегда он был послушнее самого забитого холопа! Еще вчера, даже сегодня утром, она ласкалась к нему, говорила, что любит его еще сильней, чем прежде любила, и вдруг...

Было от чего потеряться Никите!

И вот уж и Люба ушла с крыльца, и шаги Яшки замолкли вдали, а он все еще стоял по-прежнему, как прикованный, все еще не мог стряхнуть насевшую на него тяжесть.

Он сбросил шапку, осенний холодный ветер обдул его голову. Никита вышел из своего оцепенения и поплелся к крыльцу.

Дверь была заперта. Он стукнул. Послышались торопливые легкие шаги Любы.

VI

МЕДВЕЖЬЯ РАСПРАВА

Люба встретила мужа очень приветливо.

— Ах вот и ты, ласковый мой! А я ждала тебя, за работой сидючи, да и вздремнула, ха-ха! Лучина это потрескивает, тихо так... Ты уж не серчай на женку свою, что не так скоро отворила.

Никита ничего не ответил ей, прошел в избу, скинул кожух и опустился на лавку.

— Чего долго не шел? Соскучилась я по тебе страсть! — говорила Люба.

Он не мог говорить от волнения, сидел бледный и тяжело дышал.

Она села к нему на колени, обвила его шею руками, любовно засматривала ему в глаза.

— Никто не был? — вымолвил он, наконец, через силу.

— Никто! — быстро ответила она.— Да и кому ж быть? Разве я пущу кого-нибудь без тебя? Тут все народ такой озорной...

— Озорной, говоришь?

— Ну да... Пристают все,— ответила Люба и улыбнулась; ее мелкие хищные зубы так и сверкнули молочной белизной.

В его груди поднималось бешенство.

"Змея!" — думал он про себя. Но он сидел, опустив руки, в то время, когда ему хотелось задушить ее, отвечал поцелуями на ее поцелуи. Хитрая, красивая змейка связывала своими кольцами сильного медведя.

Никита дышал все тяжелее.

— Пристают? Ребра переломаю! — свирепо сказал он и стукнул своим мохнатым огромным кулаком по столу так, что доска треснула.

— Чего ты? — весело расхохоталась Люба.— Всех, которые ко мне пристают, разве перебьешь?

— Много, знать, их?

— И-и как много!

— И Яшка пристает?

Люба пристально посмотрела на мужа.

— Нет, он не озорной... Нет, он не пристает,— медленно проговорила она.— А что ты вспомнил о нем?

— Гм... так...— пробурчал Никита.

Люба смотрела прямо ему в глаза; на ее лице не было заметно и признака смущения.

Никите хотелось вырвать эти бесстыжие красивые наглые глаза.

Он крепко сжал Любу в своих объятиях.

— Больно! Ой! — воскликнула она. Никита оттолкнул ее и крикнул:

— Сон это или нет?

Жена смотрела на него с удивлением.

— Нет, ты скажи, сон это или нет? Чего смотришь? Твои глаза правды не скажут! Змееныш! Знаешь, мне хочется двумя пальцами взять тебя вот за эту шею белую и придушить,— говорил Никита, смотря на жену налитыми кровью глазами. Со стороны его можно было почесть за пьяного.

Люба побледнела, но быстро оправилась.

— Ха-ха! Ты хмелен, а мне сперва и невдомек. Придушить меня хочешь! Кто же тогда тебя, Медведя, любить будет?

— А ты любишь своего Медведя? — точно прорычал Никита.

— А то нет?

Он наклонился к ней.

— Кого сильней любишь — меня или Яшку? — проговорил он сквозь сжатые зубы.

Яркая краска залила щеки Любы и пропала.

— Что тебе дался этот Яшка, понять не могу! — промолвила Люба презрительно пожимая плечами.

Он взял ее за плечи.

— Оставь! — досадливо проговорила Люба, стараясь вывернуться.

— Хоть ты и змея, а из лап медведя не выскользнешь,— пробормотал он, не то делая гримасу, не то улыбаясь.

Он тряхнул жену.

— Говори! Во сне я видел или наяву, что ты на крыльце целовалась с Яшкой?

— Пусти,— пробормотала Люба.

— Не пущу! Говори: во сне или наяву?

Она поняла, что ее тайна открыта и отпираться бесполезно, и дерзко уставилась на него.

— Ну, да — наяву! Ну, что ж?

Никита не ожидал такого прямого ответа и был сбит с толку.

— Да как же ты смела? — пробормотал он.

— Так и смела! Пусти, что ль!

Но он ее не выпускал. Что-то клокотало в его груди.

147

— Змея! — прорычал Никита, чуть не ломая плечи Любы.

— Пусти, Медведь! Больно!

— А! Больно! Это хорошо, что тебе больно!

Его искаженное лицо было страшно.

В глазах Любы загорелись злобные огоньки.

— Ну, да! Я целовалась с Яшкой и еще буду целоваться....

— Нет! Не будешь! — рычал Никита.

— Буду! А на тебя, душегуба, и глядеть не захочу!

— Душегуба?

— Да! Али забыл, как ты из кабалы от князя Щербинина освободился? Сам же мне, дурак, рассказывал! Смотри! Пикнуть у меня не смей! Слово молвлю — сложить тебе голову на плахе!

Никита безмолвно смотрел на нее. Он давно уже выпустил ее плечи, и Люба, говоря, подвигалась к сеням.

— Да ведь тебя же ради! Тебя! — воскликнул он.

— Меня? Ха-ха-ха! Нужен ты был мне! Себя, себя! Ишь, измял всю, леший! Теперь вот на зло тебе на твоих глазах буду с Яшкой миловаться! — крикнула Люба и шмыгнула в сени.

— Врешь! — рявкнул Никита и кинулся за нею.

С ним сделалось что-то необыкновенное. Каждая жилка его побагровевшего лица дрожала. Он догнал ее в сенях, втащил в комнату.

Люба взглянула на лицо мужа и поняла, что настал ее смертный час. Она задрожала. Еще за мгновение перед тем дерзко раздражавшая зверя, теперь она молила о пощаде.

— Микитушка! Милый! Прости!

Он не слышал ее мольбы. Он бормотал только:

— Врешь! Не будешь!

Как легкое перышко, приподнял он над собой ее маленькое тело.

— Будешь? — задал он ей вопрос, смотря снизу вверх на ее лицо.

Ответь она "не буду!" — быть может, он пощадил бы ее.

Но Любу этот вопрос ободрил: ей представилось, что он только грозит и не решится убить ее. К ней вернулась ее прежняя дерзость.

— Зверь! Душегуб! Буду! — крикнула она.

— А-а! — прорычал, брызжа пеной, Никита и, захватив ее ноги в одну руку, завертел ею над своей головой, как легкою тростью. Все быстрее и быстрее вертел он ее. Вдруг раздался глухой, странный треск: это Медведь раздробил череп Любы о стену.

Чуть светало, когда Никита-Медведь, сразу постаревший

148

лет на десять, одетый в новые лапти, с котомкой за плечами, с толстой палкой в руке вышел из дверей своей лачуги и быстро, не оглядываясь, удалился.

Никто не видел его ухода, кроме Яшки, которому не спалось и который выполз из своей лачужки.

— А! Медведь ушел! Что за притча? Ну да нам это на руку — пойду к своей зазнобушке...— пробормотал он и, выждав, пока Никита скрылся на повороте, пробрался в избу Медведя.

Однако через минуту он выскочил оттуда с перекошенным от ужаса лицом, вбежал в свою избенку, лег на свою постель и с головой закрылся овчиной, которая заменяла ему одеяло, и все ж его трясла такая лихорадка от страха, что зубы стучали.

Видно, не по вкусу пришлась ему медвежья расправа!

VII

УДАР СУДЬБЫ

Лазарь Павлович вернулся домой после поездки с князем Щербининым в очень веселом расположении духа.

— Ну, мать! Зови Лександра! — сказал он Марье Пахомовне, едва вошел в светлицу.

Та бегло взглянула на него.

— Нализался, старый! — промолвила она, покачивая укоризненно головой.

— Нализался! Почему ж на радости и не нализаться? Да и вовсе я уж не так, чтобы...

— Значит, сладилось?

— А ты не спрашивай! "Значит, значит"... Зови-ка лучше Лексашку.

Константин, сидевший в светлице, с недоумением смотрел на отца и на мать. Он не мог понять смысла их таинственного разговора.

— Сходи, кликни Лександра,— сказала Константину мать.

Он поспешил исполнить ее приказание.

— Лександр! Подь, отец с матушкой кличут,— сказал он брату.

Тот побледнел и спросил:

— Зачем?

— Не знаю. Отец веселый такой.

Александр перекрестился и поплелся в светлицу. Он был похож на приговоренного к смерти. Константин последовал за ним. Его разбирало любопытство.

— Ну, сынок, садись-ка да потолкуем,— сказал Александру отец.

Сам Лазарь Павлович и Марья Пахомовна поместились за столом на лавке, Александр опустился на скамью против них. Константин присел в углу подле двери.

Александр, взглянув на лица родителей, побледнел еще больше: он понял, что не ошибся в своих предположениях насчет причины зова.

"Пришел час!" — подумал он.

Лазарь Павлович несколько времени молча поглаживал бороду и смеющимися глазами смотрел на сына.

— Хочу тебя, Лександр, маленько на цепь посадить, хе-хе! — начал Лазарь Павлович.— Будет тебе зря-то шататься. Правду ль я говорю, мать, что будет?

— Истинно твое слово! Давно пора,— ответила Марья Пахомовна.

— Ну, давно — не давно, а теперь пора пришла. Женить хочу я тебя, Лександр.

— Батюшка! Уволь! — промолвил сын.

— Э-э! Вот те и на! Это что же такое? — воскликнул старик.

— Дурь он себе в голову вбил,— заметила ему жена.

— Все, чай, насчет монастыря подумывает? Думал я, что дурость с него спала, ан он и до сих пор...

Вот что я тебе скажу, Лександр,— строго заговорил Лазарь Павлович: — Молиться Богу и душу спасать — доброе дело, а только наперед свершить надо то, что Бог повелевает. А Бог закон дал: "плодитесь и множитесь"... Посему тебе не о монастыре, а о женитьбе теперь думать надо. Когда ж поживешь с женой да детей, которые народятся, вырастишь, ну, тогда ступай в обитель иноческую, принимай чин ангельский.

— Батюшка! Не влечет меня земная суета. Богу хочу всю жизнь посвятить. За вас молиться буду.

— Ни-ни! И слушать не хочу! Лучше ты мне этого и не говори, не серди зря! Нашел я тебе невесту, какой лучше не сыскать: лицом — красавица, нравом кротка, работящая... Жена будет добрая. И с отцом ее сговорился... Дня через два

150

смотрины устроим, а там я в "поле" {В "поле" — в поход.} уеду. Вернусь — свадьбу сыграем, не вернусь — без меня отпразднуете, а только жениться на ней должен ты беспременно.

Александр сидел, опустив голову.

— Чего голову повесил? Дурень ты, право, дурень! Да тебе все парни на Москве завидовать станут, что берешь ты за себя дочку боярина Чванного Парамона Парамоныча!..

Все время спокойно сидевший в своем углу Константин при этих словах вскочил, как ужаленный.

— Как? Пелагеюшку?! Быть того не может! — крикнул он.

Отец грозно уставился на него.

— Чего ты заорал? Как быть не может, коли я говорю? Чего ты суешься не в свое дело? Да и здесь ты зачем? Брысь отсюда! — закричал Лазарь Павлович и топнул ногой.

Окрик отца мало подействовал на Константина.

— Быть не может! Быть не может! — кричал он.

Лазарь Павлович вышел из-за стола и подступил к нему со сжатыми кулаками.

— Как быть не может? Почему быть не может? — кричал, ее на шутку рассерженный старик.

— Потому что... Потому...— бормотал Константин.

Его так и подмывало сказать: "Потому, что люба она мне, а я ей люб!" — но он понимал, что после этих слов отец только расхохочется ему в глаза.

Александр мог отговариваться от женитьбы желанием сделаться монахом — это была основательная причина, но Константину говорить о своей любви было бы бесполезно — на такую причину Лазарь Павлович не обратил бы ни малейшего внимания: в его глазах любовь между парнем и девушкой была только "дуростью".

Поэтому Константин не мог ответить на вопрос отца и только безостановочно повторял "потому", "потому".

— Потому, что дурак ты большой руки! — воскликнул старик.— Ну, проваливай отсюда!

И он повернул сына к дверям.

Константин машинально вышел из светлицы. Он прошел в свою комнату и сел там.

"Что же это такое? Стало быть, конец всему?" — тоскливо думал он.

И сам себе ответил:

— Да, конец!

Но против этого возмутилась вся его душа.

— Ан, нет! Не конец! Не конец! Что я — баба что ль, что

хныкать буду? Отвоевать надобно счастье свое... Урвать у них! Да!

И он порывисто вскочил с лавки и зашагал по комнате.

Всю ночь он не спал, а рано поутру велел позвать к себе холопа Фомку.

Если у Александра был среди холопов друг в лице богомольного старика Митрича, то нашелся приятель среди дворни и у Константина. Это был совсем еще молодой парень по имени Фома. Он пользовался среди своих товарищей славою сорви-головы. Его даже так и прозвали: Фомка Сорви-голова. У Фомки была какая-то страсть ко всякого рода "молодецким забавам". Как бы ни было смело предприятие, он соглашался по первому слову.

Был ли то кулачный бой, медвежья травля, лихая попойка или иное что в этом роде — Фомка участвовал во всем этом с одинаковым удовольствием и во всем первенствовал. Эта-то страсть к "потехам" и сдружила Фому с Константином.

Когда Фомка явился, Константин о чем-то долго говорил с ним, причем во время разговора Сорви-голова потирал руки от удовольствия и приговаривал:

— Это любо! Это мы обстроим как лучше не надо!

Константин отпустил его со словами:

— Так помни: ровнешенько через неделю.

— Ладно, не забуду! Все подготовим! — ответил Фомка, уходя.

VIII

ДЕЛО ЗАТЕВАЕТСЯ

Не работается Пелагеюшке. Если б не мать ее, Манефа Захаровна, которая сидит тут же и, нет-нет, да на дочь взглянет, бросила бы совсем боярышня свою работу, подперла бы голову руками и всплакнула бы: слезы на глаза так и просятся.

Вот уж неделя скоро минет с "того дня". Как и пережила она тот день, когда матушка сказала ей, что нужно за шитье приданого приняться, что сосватана она, Пелагея, за молодого боярина Двудесятина! Сперва боярышня обрадовалась —

подумала, за Константина ее выдают, — ну а потом, когда узнала, что за Александра, заплакала так горько, что Манефа Захаровна удивилась.

— Полно, девунька! Рано ль, поздно ль придется покидать дом родительский: такова уж доля девичья. Муж у тебя будет добрый... Али уж так тяжко тебе?

— Ах, матушка! Так уж тяжко, так уж тяжко, что и сказать не могу!— рыдая, воскликнула Пелагеюшка, припав лицом к плечу матери.

— Приобыкнешь, доченька, приобыкнешь! Это только сначала так. Утри слезы-то, полно! — довольно равнодушно утешала ее мать.

Но Пелагеюшка унялась не скоро.

На другой день началось шитье приданого. Засели за работу все холопки, сама Манефа Захаровна и Пелагеюшка. О свиданиях с милым теперь нечего было и думать: весь день мать была с нею, разве только ненадолго отлучится по хозяйству да и опять вернется.

А потом эти смотрины! Ох, и этот день подбавил боярышне немало горя!

Через три дня они были после того, как Лазарь Павлович с князем Алексеем Фомичем приезжал ее сватать.

В обеденную пору велела Манефа Захаровна одеться ей в лучший сарафан, холопки туго заплели ей косу, вплетя жемчужные нити вперемежку с алою лентой, надели на шею бусы, на руки — запястья. Словом, разнарядкой так, как ей разве в Светлый праздник приходилось наряжаться.

— Зачем это, матушка? — спросила она.

— А вот, дай срок, скажу,— ответила Манефа Захаровна и сама тоже приоделась.

Она тоже облеклась в лучший сарафан, навесила серьги с изумрудами, вместо повойника надела кику, унизанную жемчугом, украшенную самоцветными камнями. Набелилась, нарумянилась. Хотела это же сделать и с дочкой, но та упросила ее "не класть на лицо румян да белил".

Манефа Захаровна согласилась на это не сразу: казалось ей, что зазорно девице в люди являться неподкрашенной.

— Теперь вот скажу, зачем тебя так нарядили,— сказала боярыня: — Спустимся мы с тобой сейчас к светлице, дадут тебе в руки поднос с кубками, и должна ты будешь угостить свекра своего будущего да жениха — они там уже давно сидят, с отцом беседуют... Ну вот, пойдем...

— Так это, значит, смотрины сегодня? — едва слышно промолвила боярышня.

— Да, смотрины. Ишь, у тебя лик-то пошел весь пятнами. И дура же я была, что не подрумянила тебя! На что ты похожа стала? Ну да уж нечего делать, не румяниться же теперь — и то, чай, нас там ждут, пойдем так.

Пелагеюшка едва имела силы идти за матерью, которая по дороге в светлицу ее наставляла.

— Ты, как войдешь, наперед всего поднеси кубок свекру будущему. Поклон низкий ему отвесь и скажи: "Выкушай на здравие, Лазарь Павлович!" А потом жениху поднеси. А на жениха глаза-то не больно пяль, так украдочкой взгляни и опусти опять очи скромненько... Я за тобой следом пойду и, коли что, легонько подтолкну, а ты примечай.

Не один раз пришлось Манефе Захаровне подталкивать дочку: как предстала боярышня перед гостями, забыла все материнские наставления. Вместо того, чтобы направиться прямо к свекру будущему, остановилась она посреди комнаты и уставилась глазами на жениха. Мать толкает ее, так что даже больно, она не замечает. Хотелось ей в лице жениха найти сходство с Константином, но не приметила она ни одной черты схожей. Не понравился ей Александр Лазаревич. Думалось ей, что и она не понравилась ему: смотрел он так на лицо ее своими светлыми глазами, что ей жутко становилось: холодком веяло на нее от этих глаз. Точно неживым взгляд их казался.

Наконец опомнилась Пелагеюшка, исполнила все, что требовалось, а как вернулась в свою горенку, сейчас в слезы. Мать ее журить стала, зачем она пред гостями вела себя не так, как надо, а она не слышала даже и журьбы материнской. Одна дума была в голове Пелагеюшки: "С этаким век коротать! Лучше б в омут!"

И вот уж несколько дней прошло с той поры, а дума эта не исчезает, напротив, все чаще и чаще на ум приходит и слезы на очи набегать заставляет.

Все трудней работать Пелагеюшке. В глазах от тоски темнеет.

— Это что же ты путаницу какую наплела? Нешто можно так? — раздается над ее ухом недовольный возглас матери.

— А? Где? Ах, да-да! Я сейчас... исправлю...— говорит боярышня и боится, как бы мать не прослышала в ее голосе слез.

— И что это с тобой сталось? Прежде золотые руки были, а теперь ишь напутала. Срам взглянуть! — продолжала ворчать Манефа Захаровна.

— Боярыня! Холсты там привезли, взглянуть надо бы,— сказала вошедшая в горницу холопка Фекла.

— А-а! Хорошо! Я сейчас,— ответила боярыня и вышла из комнаты.

Едва она успела уйти, как Фекла подошла к Пелагее Парамоновне и прошептала:

— А я тебя порадую, боярышня: весточка от дружка милого есть!

Боярышня покраснела от радости.

— Феклуша! Голубушка!

— Да, да! Сумел он со мной повидаться. "Передай, говорит, голубке моей, что извелся я совсем с тоски по ней. Все думал я, как горю помочь, счастье наше вернуть, ну и надумал, да не знаю — Пелагеюшка, пожалуй, согласна не будет"...

— Говори, говори, Феклуша! Ну-ну?

— Да дело такое, боярышня...

— Ах, да говори, Боже мой!

— "Надо, говорит, нам с нею крадью повенчаться... Возьму я ее увозом, повенчаемся мы с нею тайком, поживем месяц-другой где-нибудь, а после к отцу с матерью с повинной"... Ишь, побелела как ты, боярышня! Лица на тебе нет! — испуганно добавила холопка.

— Ничего, ничего, говори,— едва слышно прошептала девушка.

— "А у меня, говорит, уж все приготовлено: и поп найден, и место, куда укрыться, припасено, и человек верный имеется. Ты, говорит, ведь, Феклуша, нам тоже помочь не откажешься? Не бойся, мы тебя под гнев боярский не подведем: возьмем тебя с собой, вместе и с повинной приедем". — Я тебе, боярин дорогой, всегда послужить готова, говорю, потому я и боярышню люблю, и ты завсегда добр ко мне очень.— "Вот и ладно, сказывает, значит, все дело устроится, только б Пелагеюшка "да" промолвила. Богом молю, скажи ты ей все это и ответ ее передай мне: я вечерком буду подле ворот ваших похаживать. Коли согласится, тогда мы и сговоримся, а коли нет — прямо в Москву-реку".

— Ай! Что ты, Феклуша! Неужели так и сказал?

— Вот те крест, так и сказал! Так как же, боярышня? — промолвила холопка, и маленькие лукавые глаза ее, устремленные на лицо Пелагеи Парамоновны, так и горели: сказав все, она забыла упомянуть об одном, что Константин Лазаревич обещал, в случае благоприятного ответа, подарить ей, Фекле, золотое запястье немедля же да после сулил немалую награду.

— Ах, как и быть, не знаю! — воскликнула Пелагеюшка, сжав голову руками.

— Ужли погубишь его?

— Как можно!

— Так как же?

— Дай подумать.

— Да некогда думать, решать надо: того и гляди Манефа Захаровна вернется. Да вон она уж идет, кажись. Слышишь?

— Да, да! Ай, Господи! Что мне делать?

— Скорей, скорей! Да либо нет? — торопила холопка. Шаги боярыни слышались уже совсем близко.

— Господи! Прости меня, грешницу! Да! — пролепетала Пелагеюшка.

Манефа Захаровна стояла на пороге.

— Прости, матушка боярыня,— затараторила Фекла,— что я здесь малость замешкалась: залюбовалась на работу боярышнику. Что за искусница она! Просто диву даюсь, как это ладно да красиво выходит у ней! Свыше, видно, дар ей такой дан!

— Все от Бога, от кого больше? А Пелагея, точно, умеет работать малость — выучила я ее,— промолвила боярыня, с удовольствием слушая похвалы холопки.

— Какое малость! Посмотришь — глаз оторвать не хочется! И то сказать, ведь и ты, матушка боярыня, мастерица, каких мало, могла выучить. Дивно, дивно! — говорила Фекла, удаляясь из горницы.

Вечером того же дня невдалеке от ворот двора боярина Чванного смутно можно было различить в полутьме две фигуры.

Это были Константин Лазаревич и Фекла.

— Так она согласилась? Слава Тебе, Господи!

— Согласилась, согласилась! — слышался сладенький голос холопки.— Сперва, вестимо, не знала, как быть, ну да я ей растолковала, что ничего тут греховного нет. После этого она и говорит: "Скажи ему, соколику моему, что я за ним всюду пойду и все сделаю, как он сказывает... Себя,- говорит, не пожалею".

— Так и сказала?

— Так, так.

— Ах, милая! — умиленно прошептал Константин.

— Конечно, тут надо было тоже уметь дело повести. Другая на моем месте ничего не сделала б, только впросак попала б, ну а я для тебя постаралась.

— На вот возьми, что обещал.

— Ай, боярин! Ай, голубчик! Да как мне тебя и благодарить, не знаю! Этакое запястье мне, холопке, подарил! С камнями, кажись?

— С камнями.

— И-и! Я и в руках таких не держивала, не то что носить! Одно жаль...

— Что?

— Скоро расстаться с ним придется.

— Почему?

— Да мать больна. Ну, недужному, вестимо, то то, то другое надо. А где взять? У боярыни не спросишь. Вот и придется продать запястье и купить матери чего-нибудь. Эх, жизнь!

— Так на тебе рублевиков, купи матери что надо, а запястье припрячь.

— Ай, боярин, да какая же ты добрая душа! — воскликнула Фекла, пряча рублевики.— Век буду за тебя Бога молить!

— Теперь слушай хорошенько. В четверток ночью, после первых петухов, проберусь я в сад. Ты тем временем тихонечко с боярышней выйди из дому и иди к забору. У меня там лазейка будет устроена. Я вас встречу, выведу на улицу. Тройка коней с верным человеком будет поджидать. В телегу вспрыгнем — и поминай нас, как звали! Поняла? Запомнишь?

— Запомню! В четверток ночью. Стало быть, на пяток в ночь?

— Да, да.

— После первых петухов... Ладно.

— Устроишь все?

— Устрою, будь в надежде.

— Ну, ступай теперь, расскажи при случае все боярышне и поклон ей мой низкий передай. Скажи, что не знаю я, как и дождаться четвертка!

— Все, все скажу. Прощай, боярин, много благодарна тебе. Они разошлись.

Скоро до слуха Константина донесся скрип калитки и громкое ворчанье старика-сторожа, впускавшего Феклу:

— Эк тебя носит, быстроглазую!

"Кончено! — подумал молодой боярин.— Каша заварена, как-то скушаем? Либо пан, либо пропал! Э! Будет пан! Бог поможет", — решил он, спешно шагая к своему дому.

IX

ВЕСТЬ ОБ "ОЗОРСТВЕ" КОНСТАНТИНА

— Так ты говоришь, мать, он дома и не ночевал? — сидя за утренним сбитнем, спросил жену Лазарь Павлович.

— Не ночевал, не ночевал! И постеля не смята ни чуточки,— подняв брови и придав лицу озабоченное выражение, сказала боярыня.

— Гм...— качнув головой, промычал Двудесятин.

— И то еще чудно, что одного холопишки мы недосчитываемся.

— Какого? Не Фомки ли?

— Его самого. А ты почему угадал?

— Рыбак рыбака видит издалека, так и Фомка с Константином: оба — озорники. Этакий шалопут сынок у меня! Что-нибудь да натворят они с Фомкой! Вернется — ужо задам ему! — говорил Лазарь Павлович, но в голосе его не замечалось раздражения, и даже легкая усмешка кривила губы.— Ах, озорной, озорной! Ну, да и то сказать — молоденек, кровь играет. Сам я такой был в его годы,— продолжал он.

— Гость к тебе, боярин,— сказал вошедший слуга.

— Кто это в такую рань?!

— Парамон Парамонович Чванный.

— А-а! Вот диво! Пойти встретить его...— промолвил, поднимаясь с лавки, Двудесятин.

Но гость уже входил в светлицу.

Боярин Чванный был небольшой, худощавый, лысоголовый старик с сероватым морщинистым лицом, с хитрыми глазами, смотревшими исподлобья.

При первом взгляде на гостя Лазарь Павлович понял, что он не в духе.

— Милости просим, гость дорогой! Хозяюшка! Вели-ка сбитеньку подать. А я, грешным делом, только что еще поднялся,— сказал хозяин.

— От сбитня уволь: сейчас дома пил,— сумрачно ответил гость.— Вели-ка лучше кликнуть сынка своего молодшего.

— Константина? Фью-ю! — присвистнул Двудесятин,— И рад бы, да не могу, он и дома не ночевал.

— Вишь ты! Озорник он у тебя. Ведь я на него с жалобой.

— Ну?! Что он такое натворил?

— Помилуй Бог что! Пелагею скрасть хотел.

158

— Вот те на! Лександрову невесту! Ну и шалый же! И что же, скрал?

— Нет, не удалось — поймали мы его.

— Вот за это можно дурнем его назвать — уж коли задумал выкрасть девушку, так не попадался б. За это стоит ему бока намять! И намну, как домой вернется,— с раздражением вскричал Лазарь Павлович.— Расскажи, как дело было,— добавил он угрюмо.

— А вот как. Хитер твой сынок, а нашлись люди его похитрее. Подговорил он холопку одну мою, всяких наград ей наобещал... Ну, она было и согласилась, а потом совесть зазрила — известно, девка честная, убоялась греха. Пришла она к жене моей, бух ей в ноги да все и рассказала. Так и так, мол; тогда-то и туда-то подъедет боярин Константин Лазарыч и будет ждать, чтоб привела я к нему боярышню Пелагею. Он ее в возок — и прямо к попу венчаться.

— Вон как!

— Да. А опосля с повинной, значит, к родителям.

— Этакий озорной! Этакий озорной! — приговаривала, всплескивая руками, Марья Парамоновна.

Лазарь Павлович молча слушал.

— Ну, Манефа, вестимо, мне все рассказала. Я велел холопке молчать до поры до времени, а как сынок твой приехал в условленное время, я его и поймал и холопа его тоже.

— Неужли он так и дался? — вскричал Двудесятин.

— Какое! Почитай, десятку холопов носы расквасил да зубы повыбил, пока его скрутили. Ну да и холоп, который с ним был, тоже хорош: чистый разбойник! Остервенился, что зверь, чуть меня самого не пришиб.

— Ай-ай! — воскликнула боярыня.

— Фомка лих драться! — довольно улыбаясь, заметил Лазарь Павлович.

— Да уж куда лих!

— Где же они теперь?

— А не знаю, я думал, домой вернулись. Я их ночью же отпустил... Напел сынку твоему вдосталь и отпустил. Холопишку твоего, правда, велел перед тем на конюшне выпороть.

— Это ты напрасно чужого холопа-то,— с неудовольствием сказал хозяин.

— Да коли он разбойничает?

— Я бы сам с ним расправился.

— Да вот расправился бы, коли их и дома нет,— ехидно улыбнувшись, проговорил Чванный.

159

— Вернутся, чай. Я с ними по-свойски расправлюсь — потому, уж коли воруешь, так не попадайся! — с сердцем вскричал Двудесятин.— Вот сегодня либо завтра вернутся, я им и задам!

Однако ни сегодня, ни завтра, ни через неделю они не возвратились.

Раздражение боярина постепенно сменилось печалью. Он уже готов был простить "озорного" сына, только бы он вернулся. Но Константин пропал вместе с Фомкою, как в воду канул.

Напрасно Лазарь Павлович разослал холопов по всей Москве — пропавшие нигде не находились. Так Двудесятину пришлось уехать в "поле" против самозванца, не повидавшись с сыном.

Он раньше предполагал оставить Константина с матерью, а Александра взять с собою, чтобы "встряхнуть немножко богомола", теперь приходилось ехать одному, оставив дома за хозяина старшего сына.

Боярин Чванный тоже уехал в поход.

X

ВАРВАР-МОСКАЛЬ И ПОЛЬКА-ВАКХАНКА

Перенесемся теперь из Москвы за русский рубеж, в Литву, в поместье боярина Белого-Туренина, купленное им по настоянию Влашемских, и посмотрим, счастлив ли он с молодой женой.

Прошло несколько недель со дня венчания Павла Степановича с Лизбетой, и оба они поняли, что напрасно поспешили связать себя брачными узами: они совсем были не пара друг другу. Боярин скоро разгадал натуру своей жены: это была мелкая, страстная натура, неспособная к глубокому чувству. То, что он принимал с ее стороны за любовь, оказалось не более как вспышкою страсти. Страсть улеглась, и вместо любящей жены Павел Степанович нашел в Лизбете пустую, капризную женщину. Со своей стороны, Лизбета была недовольна мужем. Он стал казаться ей скучным, почти противным благодаря его вечно задумчивому лицу.

"Какой он огромный, неуклюжий. Настоящий русский медведь", — часто думала она, смотря на мужа.

Сперва она крепилась, старалась показывать вид, что по-прежнему любит мужа, потом ей это надоело, и она перестала церемониться со своим "москалем".

Она уже, не стесняясь, стала говорить, что ей с ним скучно, что на нее нападает зевота, едва он заговорит. Она стала капризничать и срывать на муже свое раздражение.

Он терпеливо сносил ее капризы, но все больше и больше отдалялся от нее.

Оба страдали, их жизнь грозила стать адом. Только порывы чувственности соединяли их. В маленьком теле Лизбеты таился, казалось, целый омут страсти. Это была прирожденная вакханка. Но мало-помалу и с этой стороны началось охлаждение. Ласки мужа потеряли для нее прелесть новизны, а его пугали ее дикие чувственные порывы.

Так тянулись скучные дни во взаимном недовольстве.

Внезапно в Лизбете произошла перемена. Капризы ее прекратились, она целыми днями теперь бывала в духе, ее глаза стали теплиться каким-то тихим огоньком.

Павел Степанович удивился, но скоро понял, что причина перемены в расположении духа жены совпала с частыми посещениями их дома близким соседом, красавцем и богачом паном Казимиром Ястребцом.

— Он ее развлекает... Этому можно только радоваться...— решил боярин и сам старался приглашать пана Ястребца.

Так продолжалось до тех пор, пока он не узнал ужасной истины о характере отношений между паном Казимиром и Лизбетой.

Это случилось позднею осенью. Выдался довольно ясный день, и боярин Белый-Туренин воспользовался этим, чтобы побродить по саду.

Сад почти сплошь состоял из лиственных деревьев разных пород. Листва частью опала, частью держалась на ветках; казалось, что по всему саду были разбросаны пестрые пятна — от светло-желтой окраски березы до кроваво-красной листвы осины. Косые лучи осеннего солнца прорезали ветви и кидали тени на усыпанную опавшими листьями дорожку.

Ветра не было, и тишина стояла полнейшая. Павел Степанович медленно брел по саду.

Эта тишина успокоительно действовала на него, а он так нуждался в успокоении. Он прежде думал, что нельзя страдать более, чем он страдал, лишившись любимой женщины, но в недавнее время понял, что можно страдать куда сильнее. Чистая совесть помогает снести всякие муки, но если на совести есть маленькое пятнышко — муки удесятеряются. Это на себе испытал Белый-Туренин.

До женитьбы на Лизбете он думал, что грех отступничества покрывается благим желанием спасти честь девушки, но, женившись, он понял, что жертва принесена напрасно: не стоило спасать честь той, кто понятия не имеет о чести. Лизбета не раз в глаза насмехалась над ним:

— Эх ты, глупенький москалек! Неужели ты думал, что твоя женитьба была необходима? Поверь, я так бы все устроила, что никто никогда бы не узнал.

— Но, Лизбета, ведь ты должна была бы всех обманывать?

— Что ж! Для того и дураки существуют, чтобы их обманывали! — презрительно смеясь, отвечала ему жена.

Тут-то тяжесть греха дала себя знать. Павел Степанович сознавал себя глубоко несчастным и преступным, и жизнь стала казаться ему не благом, а злом.

В тот день, о котором идет речь, боярин чувствовал себя настроенным несколько веселее, чем всегда.

Вот уже скоро неделя, как в его доме гостит Казимир Ястребец, и жена в духе, не досаждает ему своими беспричинными капризами. Кроме того, как сказано, тишина ясного осеннего дня благотворно действовала на его душу.

Он прошел главную дорожку, свернул на узкую тропку, вившуюся между кустов. Он шел, задумавшись. Вдруг он расслышал невдалеке от себя страстный шепот, звуки поцелуев.

Боярин раздвинул кусты и остановился как вкопанный: в нескольких шагах от себя, на скамейке, он увидел Лизбету в объятиях пана Ястребца.

Увидя мужа, Лизбета ахнула, выражение какой-то собачьей трусости появилось на красивом лице Казимира. Он выпустил из своих объятий Лизбету, вскочил со скамьи и уставился испуганными глазами на боярина.

Павел Степанович медленно подошел к ним. Он был бледен от гнева.

Полновесная пощечина заставила повалиться пана Казимира на землю. Пан вскрикнул, ползком добрался до ближайших кустов, поднялся и во весь дух пустился из сада.

— Домой! — крикнул Белый-Туренин жене, грубо повернув ее за плечо.

Когда они пришли в дом, боярин снял со стены нагайку.

— Что ты, москаль? — крикнула полька.

Но "москаль" ее не слушал. Он скрутил ей руки, положил жену к себе на колени и высек, как девочку.

— На первый раз будет; запомни хорошенько московскую расправу. Помни, случится еще раз такое — убью! — проговорил он, отпустив наконец высеченную жену, и, не прибавив более ни слова, даже не взглянув на нее, повесил нагайку на прежнее место и удалился.

Лизбета тряслась от злости.

— Дикий москаль! Варвар! Зверь! — приговаривала она, морщась от боли.

Через три дня она сбежала с паном Казимиром.

Павел Степанович не стал ее разыскивать: он понял, что такую порочную натуру нельзя исправить, не стоит о ней сожалеть.

Он не любил жену, и ее измена возмущала его скорее не как мужа, а просто как честного человека. Когда он жил с нею, он тяготился ее присутствием, а, между тем, бегство Лизбеты все-таки заставило его почувствовать себя одиноким.

Раньше была кое-какая цель жизни, теперь ее не стало.

Ему невыносимо сделалось жить вдали от родной земли, среди людей, чужих по языку, по обычаям. Сына Руси потянуло на Русь. Кругом шли толки о царевиче. Истинный он был или ложный, во всяком случае ему можно было служить уже ради того, что он принял имя сына Иоаннова, что он шел свергнуть Бориса, которого Павел Степанович ненавидел как гонителя его "Катеринушки", как виновника его удаления из родной земли. Кроме того, царевич давал возможность Белому-Туренину забыться от "тоски житейской", сложить голову в честном бою.

В одно серое осеннее утро боярин выехал из ворот своей усадьбы, вооруженный, снаряженный для дальнего пути, и направил коня в сторону московского рубежа: он ехал к царевичу.

Догнать самозванца ему пришлось уже на русской земле.

Между тем Лизбета, убежав с паном Ястребцом, повела, благодаря богатству своего возлюбленного, шумную, рассеянную жизнь. Позже пан Казимир, имевший связи, сумел определить ее в составлявшуюся тогда женскую свиту "будущей русской царицы" Марины.

Окруженная блестящею молодежью, вечно веселясь, Лизбета была счастлива по-своему. Нечего и говорить, что пан Казимир скоро был заменен новым паном, тот, в свою очередь, новым, и так потянулся длинный ряд более или менее быстро сменявших друг друга "коханых дружков".

XI

ПРИСТУП

Еще когда "царевич" только приближался к границам Руси, уже в южных русских областях началось брожение в его пользу. У Димитрия были тайные деятельные пособники. Они рассыпались по городам и местечкам, читали подметные письма "царевича", сулившие разные милости.

Воеводы царя Бориса пытались бороться с назревавшим мятежом и не могли, потому что враги были тайными, неуловимыми.

А волнение народное росло. Наружно все еще оставались верными Борису, но втайне с нетерпением ждали времени, когда придется грудью встать за "царя истинного, законного, за сына царя Ивана Васильевича": кроме всяких милостей, подкупало и имя Димитрия.

Была и еще поддержка у самозванца в лице бояр, недовольных Борисом. Из них мало кто перешел открыто на сторону лжецаревича, зато большинство тайно доброжелательствовало ему не потому, что верили ему или полагали, что он сделается царем — они были далеки от этой мысли, — но они радовались, что самозванец наделает немало хлопот Годунову, и вовсе не желали, чтобы в государстве возможно скорее водворилось спокойствие.

Неудивительно поэтому, что едва лжецаревич перешел русский рубеж, как начались его успехи. 16 октября 1604 года самозванец вступил на русскую землю, а 18 в слободу Шляхетскую, где он остановился, уже пришла весть, что город Моравск отпал от Бориса и поддался "истинному царю Димитрию". Затем поддался ему Чернигов, дальше Путивль, Рыльск, волость Севская, Борисов, Белгород, Воронеж, Оскол, Валуйки, Кромы, Ливны, Елец.

Не поддался только Новгород-Северский потому, что там начальствовал Петр Федорович Басманов. Этот Басманов —

одна из загадочных личностей в истории. Сын и внук царедворцев, прославившихся своею низостью в былое время, в эпоху Иоанна Грозного, он представлял из себя какую-то смесь добра и зла. Недюжинный ум, храбрость, твердость духа он соединял с громадным честолюбием, ради которого способен был на самые недостойные поступки. Все его действия клонились к возвышению себя; если его стремления совпадали с благом родины — тем лучше, если не совпадали — он мало о том беспокоился.

Что самозванцу с горстью изменников и ляхов удастся свергнуть Бориса, ум и способности которого были хорошо известны Басманову, в это он, безусловно, не верил, а потому, когда посланный лжецаревича, поляк Бучинский, предложил ему сдаться, он, стоя у пушки и держа зажженный фитиль, отвечал со стены:

— Царь и великий князь в Москве. Ваш Димитрий скоро на кол сядет. Ну, живо!

И он сделал вид, что подносит фитиль к пушке.

— Быть бою! — воскликнул самозванец, выслушав этот ответ.

Однако на лицах своих сподвижников он далеко не нашел, как он ожидал, выражения удовольствия.

Это заставило его призадуматься: воинственные и кичливые ляхи, пока города сдавались без выстрела и встречали рать лжецаревича хлебом-солью, теперь не особенно стеснялись выражать свое недовольство и не изъявляли особенного рвения идти на приступ; то же было и с корыстолюбивыми русскими изменниками из бояр и с полуразбойниками, алчными до легкой добычи, казаками; только голытьба готова была идти за "своим царем" всюду — но многого ли стоили эти нестройные, почти безоружные толпы разношерстного люда?

Самозванец медлил с приступом. Он приложил все усилия, чтобы заставить город мирно сдаться, послал к Басманову бояр-изменников, суля ему всякие милости, если он сдастся, но военачальник Бориса оставался непреклонным.

Войско Басманова состояло всего из пятисот стрельцов, но на него воевода мог надеяться, потому что, едва мятеж начал зарождаться, он сумел разыскать мятежников и предал их лютой казни; это отбило у всех охоту роптать и возмущаться, все волей-неволей дружно стали грудью за Бориса, потому что малейший признак недоброжелательства царю Борису влек за собою жестокую смерть.

Видя непреклонность Басманова, самозванец решился на приступ.

Был серый ноябрьский день. Моросил мелкий дождь, и вся окрестность Новгорода-Северского была подернута будто дымкой. Сквозь эту дымку смутно виднелись темные, то неподвижные, то быстро перебегающие фигуры стрельцов на стенах городка, желтели языки огоньков зажженных фитилей. Внизу, саженях в полутораста от крепости, страшной более мужеством ее защитников, чем деревянными стенами, серела сплошная масса войска Лжецаревича.

Как не похожа была эта рать на ту блестящую, воинственно настроенную, которой несколько месяцев тому назад, в ясный летний день, делал смотр "царевич"! Все краски будто потускнели; медь и сталь шеломов уже не горела жаром золота и серебра, и перья, тогда гордо развевавшиеся, размокли и прилипли к навершью {Навершье — остроконечная тулья шлема.}.

Не те и лица у польских воинов: угрюмые, почти озлобленные, они мало напоминают былые веселые мужественные физиономии. Этот "проклятый городишко", как называли раздраженные ляхи город, который хотели теперь взять приступом, был для всех этих панов чем-то вроде тумака после роскошного пира.

Им всем так хотелось поскорее быть в Москве, о богатстве которой они много наслышались, так хотелось поглядеть на голубоглазых, чернобровых затворниц-москалек, так хотелось засесть за веселый пир в блещущих золотом покоях московского царя и, в качестве царских сподвижников, дать полный простор для разгула всем своим мелким страстишкам — и вдруг такая неприятная задержка в виде какой-то жалкой крепостицы с сотнею-другою бородатых москалей! Было отчего раздражаться павам!

Если бы еще предстоял полевой бой — ну, тогда это было бы еще полгоря: почему не потешиться битвой для развлеченья? Ведь их легкая, хорошо обученная конница непременно смяла бы тяжелые толпы московцев. Бой был бы недолог, и ляхам приходилось бы только пожинать плоды легкой победы. Но тут иное дело. Во-первых, предстоял бой, где действовать на конях было невозможно, а лях на земле и тот же лях на коне были совершенно разными воинами. Во-вторых, хорошо еще если дело окончится одним приступом, а если приступ не удастся? Потянется долгая, утомительная, скучная осада, придется дрожать от холода и мокнуть в шалашах, терпеть лишения — что могло быть в этом привлекательного?

Построилось войско совсем в ином порядке, чем на смотре: теперь впереди находилась "мужичья", как называли поляки, толпа, позади — польская конница и казаки.

"Мужичья" толпа не вполне заслуживала это название. Правда, главную массу ее составляли холопы-лапотники и даже босяки, но немало было в ней и людей иных сословий.

Вон, например, впереди виднеется конная фигура молодого красавца, по-видимому, боярина; рядом с ним другой всадник, одетый попроще, должно быть, его холоп. Боярин не только не гнушается стоять бок о бок с "сермяжными людишками", но даже намерен идти на приступ именно в их рядах, а не в числе чванных ляхов и знатных русских изменников.

— Фомка,— говорит он холопу,— пора, пожалуй, спешиться: сейчас, надо думать, пойдем на приступ.

— А что ж, боярин, спешимся,— отвечает холоп.

И фигуры спрянувших с седла боярина и его слуги пропадают в массе люда.

"Серяки" топчутся на месте, глухо гудят. Слышатся отдельные выкрики.

— Уж мы пойдем ломить за нашего Димитрия Иваныча! Во! — потрясая дубинкой, кричит какой-нибудь босоногий ражий детина в продранном кафтане.

— Одно слово — горой! Не выдадим! — поддерживает его стоящий рядом с ним тщедушный мужичок с грязной жидкой бороденкой.

Ряды панов и казаков довольно тихи: там разговаривают сдержаннее.

— И какой дьявол заставил меня идти в этот проклятый поход! — ворчит себе под нос пан Чевашевский.— Проливать кровь за какого-то бродягу и за это получить, быть может, только знатный кукиш! Черт бы побрал и царевича, и всех москалей!

— Ну, ты, пан, полагаю, немного крови прольешь,— насмешливо замечает ему стоящий рядом с ним Станислав Щерблитовский.

— Ого! Видно, ты меня еще не видал в битве, мальчик! Я — зверь, я — лев!

— В битве тебя, правда, не видал, но храбрость твою испытывал. Может быть, ты и зверь, только не лев. Знаешь, ведь и зайцы — тоже звери,— усмехаясь, говорит Щерблитовский.

— Дерзкий, глупый мальчишка! Жаль, что теперь нельзя, а то бы ты отведал моей сабли!

— Что ж? Можно ведь и потом. А? Что ты на это скажешь?

Но Чевашевский будто не слышал его и смотрел в сторону злобно сверкавшими глазами.

— Погоди! Уж я тебе отплачу! Выберу время! — шептал он.

Вдруг разом дрогнула и замерла вся рать Лжецаревича. Тихо, ни звука.

— Вперед! — раздался громкий возглас самозванца.

— Вперед! — подхватили отдельные голоса.

- Заиграли трубы.

"Мужичья" толпа всколыхнулась. Сперва выбежали из рядов мелкие кучки людей, потом вся масса "серячков" с криком, воем, размахивая оружием, таща осадные лестницы, понеслась, как лавина, к городку.

Паны и казаки спешились, готовясь к бою.

Крепость молчит, будто там все вымерли.

Ближе, ближе нестройные толпы осаждающих. Вот уже до стен осталось не более десятка сажен.

Блеснули и опустились огоньки фитилей. Грянули пушки, протрещали пищали. Городок ожил и уже не хотел смолкать. Новый и новый залп. Пули жужжат, и ядра прыгают среди толпы "серяков" в кровавом месиве.

А толпа уже не бежит к стенам. Она оглушена, она растерялась.

— Бьют! Бьют! — несвязно бормочет ражий парень, недавно воинственно размахивавший дубиной.

— Назад, что ль? — выпуча глаза, испуганно шепчет мужичок с бороденкой.

И сколько нашлось таких ражих парней и мужиков с бороденкой! И вся толпа мнется на месте.

А ядра опустошают ряды, пули больше прежнего посвистывают.

— Что ж стали? К стенам! — кричит тот самый боярин, который виднелся впереди "мужичьей" толпы, и, выхватив из рук только что убитого ратника лестницу, бежит, волоча ее за собой, к городку.

Следом за ним неизменный холоп. Едва пробежали они несколько шагов, и к ним прибавился десяток смельчаков, там новый десяток, там сотня.

— Идут же люди, гм... Разве и нам? — бормочет тщедушный мужичок, дернув свою бороденку, и, внезапно набравшись смелости, пускается вслед за бегущими к городку.

Приступ продолжался. Правда, осаждающих горсть в сравнении со всею массой войска, но зато это — храбрейшие: трусы по-прежнему топчутся на месте.

Вот боярин уже приставил лестницу к стене, лезет наверх. Голова его уже видна довольно высоко над толпой.

— Молодец! — шепчет самозванец.

— За мной! — кричит боярин и вдруг, словно сорвавшись, падает вниз.

На место боярина лезут новые и новые, и все, подобно ему, точно срываются.

Шатается лестница, оттолкнутая от стены стрельцами, стоит мгновение вертикально и быстро падает при громком крике осаждающих. Сверху со стен льется кипящий вар, кипяток, сыплются тяжелые камни вперемешку с пулями.

— Назад, назад! — в ужасе кричат осаждающие.

И, как прежде немногие смельчаки увлекли за собою к стенам сотни, так теперь трусливые увлекли за собою более смелых.

Побросав оружие, вбежали осаждавшие в ряды своих все еще стоявших в нерешимости товарищей.

— Назад! В стан! — прокатилось по рядам "серяков".

И вся толпа в паническом ужасе побежала от стен.

Казаки и ляхи двинулись было к городку, но их смяла, увлекла масса бегущих, и надменные потерявшиеся паны отдались общему движению; казаки повернули обратно еще раньше их.

В это время раскрылись ворота Новгорода, и Басманов во главе отряда конных стрельцов ударил на бегущих.

— Ой, секут! Секут! — жалобно вопили ратники Лжецаревича, не думая о защите.

Стрельцы рубили направо и налево.

Самозванец кусал губы от бешенства.

В толпе стрельцов он узнал Басманова — его выдавало красивое надменное лицо — и, скрежеща зубами, поскакал к нему. Но воевода как раз в это время приказал прекратить бой, и отряд, как быстро появился, так быстро и унесся обратно в городок.

— И тут неудача! — яростно воскликнул Лжецаревич. Приступ был отбит блистательно, с этим, скрепя сердце, должен был согласиться самозванец.

Он посмотрел на свое войско — все поле было покрыто беглецами.

— Трусы подлые! — прошептал он.

Потом он перевел взгляд на город. Там по-прежнему

виднелись то неподвижные, то быстро перебегавшие фигуры стрельцов, по-прежнему желтели огоньки фитилей. Там все были готовы к новому бою. Лжецаревичу показалось, что он различает фигуру Басманова.

Он поднял руку и, не стыдясь десятка бывших с ним панов, в бессильной злобе погрозил воеводе кулаком.

Внезапно внимание Лже-Димитрия привлекли два человека или, вернее, один, несший другого на руках. Человек этот медленно шел от города к стану, слегка согнувшись под тяжестью ноши. Несомый не шевелился; на бледном лице его виднелись пятна крови.

Самозванец вгляделся и узнал в раненом того боярина, который первый кинулся на приступ. Лжецаревич подъехал поближе.

— Жив? — спросил он отрывисто.

Несший остановился.

— Жив, Бога благодаря, а только обмерши маленько.

— Ты кто такой?

— Я — холоп евонный, Фомкой звать.

— А он?

— Боярин Константин Лазарыч Двудесятии.

— Скажи боярину, когда он очнется, что пусть он просит у меня чего хочет — все сделаю: таких молодцов мало у меня.

— Ладно, скажу. Батюшки святы! Да ведь ты сам царевич!— воскликнул Фомка, тут только признавший Димитрия.— А я, дурень, и шапки не заломил! Не погневайся, батюшка царевич!

— Ничего, ничего! О шапке ль тебе думать теперь?! Неси бережно, да сказать не забудь, что я велел,— промолвил лжецаревич, круто повернув от Фомки.

Оставшись один с бесчувственным боярином на руках, холоп хитро улыбнулся.

— Вот я и сделал два дела! И от смерти спас господина, и под милость царевичу подвел. Истинный ли он царевич, бродяга ли — все едино, может, боярину пригодится!

И Фомка бодро зашагал к стану.

XII

КАК БОЯРИН И ХОЛОП ПОПАЛИ К "ЦАРЕВИЧУ"

Из рассказа Парамона Парамоновича старому Двудесятину уже известно, что попытка Константина похитить Пелагеюшку окончилась неудачей. Когда Константин Лазаревич, отпущенный боярином Чванным после долгого наставления и угрозы пожаловаться отцу, вернулся к тому месту, где стояла тройка, предназначенная для увоза его с милой, Фомки еще не было, и лошадей сдерживал какой-то хлопчик Парамона Парамоновича. Боярин молча взял из его рук вожжи и уселся в возок. Скоро Фомка вернулся, почесываясь.

— Ну и кулаки же у здешних холопов! Оначе и я... Что, боярин, призадумался? — сказал он.

Двудесятин не отвечал. Его душили подступавшие слезы. Он был близок к отчаянию. Неудача была для него страшным и неожиданным ударом. Все было так хорошо подготовлено, можно ли было ожидать, что Фекла изменит? Он был так уверен в успехе своего предприятия, что, когда Фомка остановил тройку в назначенном месте и он выпрыгнул из возка, чтобы пробраться в сад, а на него и на Фому набросились выскочившие из засады холопы Чванного, он принял их за простых разбойников, и только появление самого Парамона Парамоновича открыло ему все.

— Что, боярин, пригорюнился? — повторил свой вопрос холоп.— Э! Полно, не унывай! Все еще поправить можно.

— Ах нет! Не поправить! Осрамились мы с тобой, Фома, и девицу ведь, пожалуй, обесславили! — горестно воскликнул боярин.

— Что ж делать! И на старуху бывает проруха. Уж коли баба ввязалась, быть ли добру? Одно слово — баба! К дому ехать прикажешь?

— Нет, нет!

— К дому теперь ворочаться, точно, не рука: выждать время надо. Куда же?

— Ты, Фомушка, поезжай, куда хочешь, а я сойду с возка: мне один путь...

— Так и я с тобой.

— Нет, тебе незачем.

— Что ж ты осерчал на меня, боярин?

— Оттого что люблю тебя, потому и не беру. Путь мне — в реку-Москву!

Холоп всплеснул руками от ужаса.

— Побойся Бога, боярин! Что с тобой, болезный?! Да нешто можно этакий грех на душу брать? А Бог на что? Али о Нем забыл?

— Бог моего горя не поправит.

— Слушать тошно! — с негодованием вскричал холоп.— Можно ль говорить такое? Очухайся да перекрестись! — добавил он грубо и сам замолчал.

Они помолчали.

— Вот что, боярин,— снова и уже мягко заговорил Фома.— Молвил ты все это в помрачении ума, и, как я смекаю, пройдет малость времени, и опомнишься ты. Только надо тебе свое горе размыкать... Чем в реку, лучше поедем к этому царевичу Димитрию, о котором теперь везде трубят. На дорогу мы снаряжены хорошо, деньги есть... Чего еще? Прямехонько и махнем. Разыскать его будет не трудно, чай... И потешимся мы вдосталь, и горе твое среди боев да сечей полегчать должно... А там, может, еще все и устроится — никто, как Бог! Ладно, что ль?

— Пожалуй, мне все равно,— нехотя отозвался Константин Лазаревич.

Фома плотнее уселся на облучке и дернул вожжи. Таким образом младший Двудесятин со своим верным холопом Фомою очутились в войске Лжецаревича.

XIII

БИТВА 21 ДЕКАБРЯ 1604 ГОДА

Зимний день. Косые лучи солнца заставляют искриться снег так, что глаз невольно жмурится, заставляют подтаивать иней на немногих деревьях и выгоняют на концы ветвей светлые капли, тяжелые, стынущие от утреннего мороза, все величивающиеся, превращающиеся в прозрачные иглысосульки. Если бы можно было взлететь вон туда, к тому коршуну, который темною точкой кажется на светло-голубом своде неба, то глазам представилась бы обширная, вдаль уходящая равнина, местами белоснежно-блестящая, местами закрытая темными пятнами лесов. Потом глаз различил бы темный круг Новгорода-Северского и кольце шалашей и землянок лжецаревичевой рати вокруг него кое-где синеющую льдом, кое-где прорезанную полыньями, кое-где сливающуюся с землею под одним общим белым покровом ленту реки Десны, дальше — что-то движущееся медленно, будто ползущее, темное и по блескивающее временами на солнце. Это — московская рать, собравшаяся по приказу Бориса Федоровича в Брянске и теперь выступившая на помощь к Новгороду-Северскому.

Далеко растянулось московское войско. Вон сторожевой полк {Сторожевой полк — авангард, тогдашнее войско делилось во время похода на полки: сторожевой, передовой, большой, и фланги — "руки", или "крылья" — правый и левый. Главный воевода всегда командовал "большим полком", то есть центром; тут же помещался и "снаряд" — артиллерия.} с окольничьим Иваном Ивановичем Годуновым да князем Михаилом Сампсоновичем Турениным, передовой — с князем Василием Васильевичем Голицыным и Михаилом Глебовичем Салтыковым, большой — с князем Федором Ивановичем Мстиславским, главным воеводою, и князем Андреем Андреевичем Телятевским; по сторонам полки правой и левой руки с воеводами: на правой руке — князем Дмитрием Шуйским и окольничьим Михаилом Кашиным, и на левой — с Василием Петровичем Морозовым да князем Лукою Осиповичем Щербатым. Вон и Лазарь Павлович Двудесятин едет с князем Мстиславским.

Главный воевода не в духе.

— Что хмуришься, Федор Иванович? — спросил Двудесятин.

— Чуется мне, что не быть удачным походу,— ответил Мстиславский.

— Ну что так? У нас войска немало, ужели не побьем ватаг разбойничьих?

— Войска, что говорить, немало, да что толку в том? Взгляни на лица ратников — сам поймешь, почему нет у меня крепкой надежды на победу.

И точно, Мстиславский был прав, сумрачные лица стрельцов невольно привлекали внимание. Видимо, ратники шли против "царевича" далеко не с охотой. Правда, они не

173

думали открыто изменить царю Борису и перейти на сторону самозванца — в их ушах еще раздавалась церковная анафема расстриге, прогремевшая недавно в храмах и на площадях, и их набожность не дозволяла им служить "проклятому", — но, с другой стороны, не прельщала их и перспектива биться против, быть может, истинного сына царя Ивана Васильевича. Не зовись тот, против кого они шли, именем Димитрия, то, вероятно, их настроение было бы совсем иным. Это роковое имя заставляло их опускать руки. Теперь они шли потому, что их заставляли идти, шли из-под палки; воинственное одушевление совершенно отсутствовало.

— Да, ратнички нехотя идут, твоя правда,— сказал, тяжело вздохнув, Двудесятин.— Ну, да авось Бог поможет.

— На Него и надежда!.. А все ж чем дольше оттяну битву — тем лучше,— ответил Мстиславский.

Как он сказал, так и сделал: медлил с решительной битвой.

18 декабря на берегах Десны были легкие стычки, так же прошло и 19, и 20 числа. Но 21 декабря неожиданно для главного воеводы произошла решительная битва.

С утра завязалась перестрелка.

Московские полки стояли наготове, но не думали наступать.

Так протянулось до полудня, когда Лжецаревич вывел польскую конницу из укрепленного стана и с возгласом "Бог видит мою правду!" бросился во главе поляков, при звуке труб, с распущенными знаменами на правое крыло московцев.

Бездарные воеводы Дмитрий Шуйский и Кашин растерялись и оробели. Конница смяла правое крыло, опрокинула центр. Казаки и конные русские изменники ворвались за поляками. Все бежало перед грозными всадниками.

Мстиславский бился, как лев. Плохой полководец, он был храбрым воином. Истекающий кровью из пятнадцати ран, он едва не попал в руки неприятеля. Битва напоминала бойню. "Русские в этот день,— говорит современник,— казалось, не имели ни рук, ни мечей, а только ноги".

Левое крыло уцелело — его спасли 700 наемных немецких рейтаров царя Бориса; они остановили легкую польскую кавалерию. Будь на месте Мстиславского более искусный полководец, еще дело можно было бы поправить: даже устоявших полков было бы достаточно, чтобы окружить немногочисленное войско Лжецаревича, такого же храброго воина, как князь Мстиславский, такого же неискусного

174

полководца, берущего верх только быстротой своих действий. Но изнемогающий от ран воевода только горестно глядел на бегство своих ратников.

А бойня продолжалась. Летописец сравнивает этот бой с Мамаевым побоищем; на поле битвы пало около четырех тысяч московских воинов. Весьма возможно, что погибла бы вся русская рать, если бы ее не спас Басманов: он сделал вылазку из городка и ударил с тыла на войско самозванца, а его укрепленный лагерь зажег. Это заставило Лжецаревича прекратить бой. Он поспешил к стану. Басманов, видя, что битва проиграна, снова заперся в своей крепости.

Страх, который гнал русскую рать, был страх массовый, панический; в отдельности большинство московских воинов, быть может, вовсе не были трусами. Доказательством этого мог служить стрелец, с которым пришлось сразиться "льву", пану Чевашевскому. Этот "зверь", этот "лев", как хвастал не так давно пан Станиславу Щерблитовскому, понесся на "москалей" волей-неволей со всеми поляками. Его зубы щелкали от страха, из дрожавшей руки едва не вываливалась сабля. Но когда он увидел, что "москали" бегут, бросая оружие, тогда он расхрабрился и пустился преследовать беглецов.

— Вот как мы! — кричал он, раскраивая саблей голову какого-нибудь обезумевшего бегуна.

Но вскоре пришлось ему, как говорится, налететь. Погнался он за каким-то конным стрельцом. Тот улепетывал, улепетывал и вдруг одумался — встретил пана Чевашевского грудью.

"Льва" прошиб холодный пот. Он думал свернуть в сторону от "москаля", но не тут-то было — стрелец теперь уже сам преследовал его. Волей-неволей приходилось драться. Чевашевский чуть не выл от ужаса, отбивая кое-как удары противника. У него в глазах мутилось. А стрелец так и напирал, так и напирал. Пан заранее считал себя обреченным на смерть и давал разные обеты, если Бог избавит его от этого "страшного москаля". Он оглядывался во все стороны, ища помощи. И вдруг,— о, радость! — в нескольких саженях от себя он увидел пана Станислава Щерблитовского.

— Ко мне! Ко мне! — неистово закричал он.

Щерблитовский оглянулся и подъехал.

— Бога ради!.. Спаси!.. Смерть!..— несвязно лепетал Чевашевский побелевшими губами.

Станислав посмотрел на него и плюнул.

— Трус! Не стоило бы и спасать! Ну да ладно, спасай свою

подлую жизнь, беги! — проговорил он и ударил саблей стрельца.

Тот упал с седла.

Щерблитовский отъехал, не взглянув на Чевашевского. Только спустя некоторое время он случайно оглянулся и увидел сцену, которая заставила его задрожать от негодования: спасенный им пан, успевший слезть с коня, стоял над стрельцом и, работая саблей, как топором, добивал раненого.

Станислав стрелой понесся к Чевашевскому.

— Подлец! Негодяй! — воскликнул он, и тяжеловесная пощечина сшибла с ног "толстого" пана.

Сорвав свой гнев, Станислав тотчас же и отъехал, а Чевашевский поднялся багровый от злобы.

— Погоди, мальчишка! — пробормотал он. — Я тебе отплачу за все!

Между тем, Щерблитовский, казалось, уже и забыл о "храбром" пане. На лице его лежало сосредоточенное выражение. Он обводил глазами поле недавней битвы, точно искал кого-то.

— Где он? — шептал молодой человек.— Теперь самое удобное время для совершения задуманного.

Вдруг он встрепенулся: вдали показались два всадника, в одном из них Станислав узнал Лжецаревича.

Яркою краской покрылось лицо юного пана. Он пришпорил коня и поскакал к "царевичу".

XIV

ПОБЕДА ИЛИ ПОРАЖЕНИЕ?

Битва уже почти окончилась. Басманов заперся в городке, лишь кое-где виднелись остатки разбитого русского войска, преследуемые немногими всадниками, в числе которых были и Чевашевский с Щерблитовским. Лжецаревич объезжал поле битвы.

"Победа это или поражение?" — мысленно спрашивал он себя.

Не удивительно ли, что самозванец задавал себе

подобный вопрос? Казалось, сомнения не могло быть, что это была победа: московское войско бежало, несколько тысяч убитых борисовых ратников устилали поле битвы. А между тем, Димитрий сомневался. Правда, он одержал верх, но результаты этой победы? Результаты были печальны! Поляки ясно высказали, что они более не намерены помогать ему и возвратятся домой.

— Очевидно,— говорили они,— Русь вовсе не так охотно желает признать тебя своим царем. Москали побеждены сегодня, но они могут одержать победу завтра — их ведь несметная сила! Действуй один, мы возвратимся к нашему королю.

Напрасно "царевич" уговаривал их; только четыреста человек решились остаться, остальные твердо заявили, что они уйдут. Даже сам Юрий Мнишек сказал, что он уедет в Литву за свежими полками. Самозванец понимал, что это — простой предлог, что хитрый старик потерял надежду на скорое получение "Смоленского княжества".

Лицо Лжецаревича было сумрачно. Положение его было не из приятных: он терял лучшую часть войска, находясь в центре враждебной страны, перед упорно защищаемой крепостью. Русские разбиты... Что из того? Но они бились, довольно и этого. Это-то обстоятельство и послужило причиною охлаждения к нему польских соратников. Москва и царский стол могут достаться ему лишь в том случае, если русские по доброй воле признают его царем, как это сделали уже многие города, силою же здесь ничего нельзя поделать, имей он втрое большее войско.

"А счастье?— подумал Лжецаревич, поднимая голову.— Неужели и счастье мне изменит, как ляхи? Нет, я добьюсь чего хочу! Что ж делать, брошу осаду Новгорода, наберу ратников в верных мне городах. О! Мне еще не изменило счастье! Звезда моя не угасла! Да и все равно раздумывать уже поздно — дело начато, нужно докончить!"

Лжецаревич повеселел. Его подвижная натура легко поддавалась всем душевным движениям. Теперь он уже весело напевал какую-то польскую песенку.

Какой-то всадник ехал впереди него. Сначала Лжецаревич не обратил на него внимания, теперь же вглядывался. Всадник повернул голову, и самозванец чуть не вскрикнул от изумления: он узнал во всаднике своего "дорожного товарища", боярина Белого-Туренина.

Димитрий поспешно подъехал к нему.

XV

БЕСЕДА НА ПОЛЕ БИТВЫ

Самозванец не ошибся: ехавший был действительно Павел Степанович. Белый-Туренин всего за несколько дней перед этим прибыл в стан Димитрия. Ему уже несколько раз случилось увидеть "царевича", и он немало удивился, узнав в нем Григория. Сперва он сомневался, думал, не простое ли это сходство, но после убедился, что ошибки тут нет.

— Здравствуй, боярин! — сказал Лжецаревич, поравнявшись с ним.

Павел Степанович обернулся.

— Здравствуй, Григо... Здравствуй, царе... Здравствуй, путевой товарищ,— ответил он.

— Что ж, не хочешь меня царевичем назвать?

Боярин некоторое время молча смотрел на него.

— Скажи,— наконец медленно проговорил он,— ты правда царевич?

Самозванец не ожидал этого вопроса. Он ответил не сразу.

— Никому бы на это не ответил, тебе отвечу. Прямо спросил, прямой и ответ дам: нет, я — не царевич.

— Но кто же ты?

— Кто я? — промолвил Димитрий, и его лицо стало задумчивым.— Я сам этого хорошо не знаю. Я смутно помню, что малым ребенком я рос в богатстве и холе. Мне, как сквозь сон, припоминаются светлые расписные палаты, люди в богатых кафтанах...

Когда я сознал себя, я был слугою у бояр Романовых, потом у князей Черкасских, после стал иноком. Моим отцом называют Юрия-Богдана Отрепьева; сказывают, он был зарезан в Москве пьяным литвином. Точно ли это был мой отец? Может быть... Я рос сиротой и знаю лишь то, что мне говорили. Но скажи, если я — сын Юрия Отрепьева, откуда взялся у меня этот дух неспокойный, эта злоба на низкую долю? Отчего меня от младенческих дней тянуло к чему-то иному, чем та жизнь, которою я жил? Отчего, когда я закрывал глаза, мне мерещился царский дворец и себя самого я видел в царском венце, с державой и жезлом государским сидящим на престоле? Слушай! Быть может, это верно, что рожден я

178

простым сыном боярским, но дух-то, дух в груди моей — царевича!

Говоря это, Лжецаревич волновался; на бледном лице его выступили красные пятна.

— Если тебе тяжела была твоя низкая доля, не мог разве ты иначе выбиться из нее, чем идти Русь полячить да латинить? — тихо промолвил Павел Степанович.

— Русь полячить и латинить?! Да с чего ты это взял?— вскричал самозванец.— Послушай, ты думаешь, я сам из своей головы измыслил самозванство? Нет! Правда, иногда думалось мне, что, назвавшись именем царевича Димитрия, можно много дел натворить, но брать на себя это имя я не мыслил. Я убежал в Литву так просто, не тая в душе злого умысла. Мне надоело иночество, хотелось увидеть свет, погулять на воле, я и убежал. До того времени, как встретиться с тобой, я исколесил Литву вдоль и поперек. Многое повидал, многое и услышал. Понял я, что все в Польше и Литве — от захудалого шляхтича и до самого наияснейшего круля — спят и видят, как бы досадить Москве; понял также, что иезуиты скалят зубы на "московских схизматиков". Тогда-то впервые я подумал, нельзя ль отсюда добыть себе пользу. А тут вдруг слух прошел, что царевич Димитрий жив. Где он — никто не знал, но все говорили. Откуда взялась молва? Ты, может, подумаешь, что ее латинские попы да польские паны пустили? Нет, им до этого было не додуматься, они плохо даже и знали, а если знали, то успели забыть, что был когда-то сын Грозного Димитрий. Молва пришла отсюда, из Руси, ее пустили бояре, чтоб донять Бориса. Когда царевич помер, немало нашлось таких людишек, которые не поверили его смерти. "Отрок жив, а в Угличе убит другой: попустит разве Бог, чтоб царский корень извелся?" — тишком говаривали они. Один шепнул, да другой, смотришь молва разрослась, а там бояре ее еще больше раздули, паны и иезуиты за нее ухватились, как за клад, и... и вот народился я! Да, только тогда, когда молва уже шла, я надумал самозванство. Я стал готовиться, не торопясь; подыскал пособников, один из них, монах Леонид, после взял на себя мое имя Григория Отрепьева — теперь он в Чернигове, я вызнавал у панов, сходился с иезуитами. И только как все подготовил и увидел, что встречу поддержку от короля и папы, я назвался царевичем. И знаешь что? Лучше для Руси, что я назвался. Не назовись я — нашелся бы другой, который и впрямь бы ополячил и олатинил Русь. Вот ты думаешь и про меня тоже... Нет! Я русский и не полячить Русь хочу! Я ей свет хочу дать! Ах, если бы ты знал, сколько дум у меня в голове! Что я дружу с

179

поляками, так ведь они как-никак мне помогают. Я дружу пока, потом заговорю иначе. Нет, не полячить я хочу Русь — я хочу, чтоб она вровень стала с Польшей. Рано ли, поздно ли либо Польша с Литвой съедят Москву, либо она их. Вот, я и хочу, чтобы она их съела. Это случится тогда, когда Русь встряхнется, сбросит лень многовековую, начнет учиться. Я заведу школы, университеты, академии...

— Что за мудреные слова говоришь ты! — воскликнул Белый-Туренин.

— Вот ты даже еще и не понимаешь, что это значит! — со вздохом заметил ему Лжецаревич.— А надо, чтоб люди не только понимали эти названия, но чтоб проходили через эти университеты и академии. Много лет пройдет, пока это будет, но оно будет, надо положить начало. И я положу начало! Я сломлю все суеверия и предрассудки, из царства "москалей-медведей" я создам великую империю!

— Опять мудреное слово!

— Да, да! Я привык уже давно употреблять эти "мудреные" слова, которые знает вся Европа и только наша Русь не ведает. Да что она ведает? Сердце болит мое, как подумаю! А ведь она могуча — ух, как могуча! Дух замирает! Ее немочь — тьма. Прорежет свет тьму, и тогда не только Литва с Польшей, а, может быть, весь мир покорится ей! Великая Сила таится в русском народе! Он неповоротлив, ленив, терпелив, но если откинет лень, истощит терпение — тогда держись! Он не умеет пилить, зато он хорошо рубит, рубит с плеча. Ляху никогда не владеть им. В ляхе нет и половины этой мощи. Лях храбр и задорен, он быстро загорается, скоро и остывает; он хвастлив и спесив, лжив и льстив... Нет, нет! Ляхам не владеть Русью! Они могут ее разорить, испепелить, и все-таки Русь встанет из пепла и поглотит их.

— Ну-ка, дорогу! — раздался над ухом Лжецаревича звенящий молодой голос: какой-то всадник врезался с конем между Белым-Турениным и Димитрием.

Самозванец с удивлением посмотрел на всадника: на него дерзко, вызывающе глядели красивые глаза Станислава Щерблитовского.

— Ты с ума сошел? — раздраженно спросил Лжецаревич.

— Тише, тише, москаль! А то...

И пан Станислав наполовину извлек саблю.

— А! Ладно! — только заметил ему Димитрий и обнажил свою.

Павел Степанович отъехал немного в сторону, давая им место.

Поединок начался и длился недолго: скоро раненный в грудь Станислав Щерблитовский упал с коня.

— Не удалось! — пробормотал он, падая.

— Жаль молодчика! Мальчик еще совсем... И какой красавец и богатырь...— сказал боярин, смотря на лежавшего у ног коня самозванца "дикарька".

— Что делать! Сам налез. Вот тебе нрав польский, чего лучше? Еще не оперился ястребенок, а хочет орла заклевать! Поедем.

Они тихо поехали дальше.

— А ты как в войске моем очутился? — спросил Лжецаревич.

Боярин насупился.

— Захотелось помереть на родной земле.

— Ну?! Тебе еще раненько о смерти думать.

— Нет, пора. Пожил, погрешил... Довольно. Да и зачем жить?

— Зачем?! В мире да дела не найти! Хочешь, помогай мне, когда я стану царем.

— Ты твердо веришь, что станешь царем? А Борис?

— Что Борис! Я верю в свое счастье,— с досадой вскричал Лжецаревич.— Хочешь, спрашиваю, помогать мне?

— Рад, а только...

— Ну?

— Только думается мне, что ничего ты не свершишь того, о чем говорил: больно нрав у тебя кипучий. И разума хватит у тебя, да с собою-то ты не совладаешь.

Лицо самозванца омрачилось.

— Спасибо, что правду режешь. Вот тебе наказ мой: всегда говори мне правду в глаза, когда я стану царем, так же, как теперь говоришь. Ладно?

— Ладно. Серчать на меня, сдается мне, тебе часто придется,— с усмешкой сказал Павел Степанович.

— Не буду серчать. Ну, а остальное — поживем — увидим, чья правда.

Они замолчали и повернули к стану.

XVI

МЕСТЬ "ЛЬВА"

Пан Станислав Щерблитовский лежал с глубоко просеченною грудью. Особенной боли он не испытывал, только в груди что-то жгло, но не сильно. Он чувствовал холод снега, на котором лежал, ему хотелось подняться с этого студеного ложа, но он не мог двинуться, не мог шевельнуть ни одним пальцем. Ему, еще за несколько минут перед этим полному силы, было как-то дико ощущать это полнейшее бессилие. Мысль о смерти мелькнула в его голове. Он, Станислав Щерблитовский, умирает... Это опять было что-то дикое, мало понятное! "Умер, умру, умрет" — все это было понятно, но "я умираю" — с этим Станислав не мог освоиться, не мог это слово приложить к себе.

— Нет, я не умру,— решил он, и мысли пошли иные.

Над ним раскинулся светло-синий свод неба, и "дикарек" смотрел в его голубую глубину. Порою проносились легкие дымчатые облака. Молодой пан провожал их глазами, пока они не уплывали из круга его зрения, и снова уставлялся в голубую глубь.

"Видит ли эти облака Марина?" — вдруг мелькнул у него вопрос, и образ красавицы пронесся перед ним.— Думает ли она обо мне? Будущая русская царица... Ах, зачем мне не удалось убить "его"! Для этого в поход отправился..."

Но новые образы понеслись перед его глазами.

"Вон — отец... Бедный, добрый отец! Как печально-задумчиво его исхудалое лицо. В руке отца фолиант, но глаза старца обращены не на него, а куда-то вдаль... Печален взгляд... кажется, слеза блестит..."

"Вон — мать. Добродушная, хлопотливая, теперь она сидит, подперев рукою седую голову. О чем она задумалась?"

"А вон Маргаритка... Милая, хорошая Маргаритка! Как она плакала тогда, девочка! Она и теперь плачет — вон слезы так и падают на работу, над которой она склонилась".

— Бедные! Милые!..

"Почему бедные? — ловит себя Станислав.— Я к ним вернусь, вернусь".

Чу! Топот коня. Ближе, ближе... Вырисовывается крупная фигура всадника.

— Помоги! — слабо кричит Щерблитовский.

Всадник спрянул с коня. Голова в шеломе заслонила от "дикарька" небо.

"Кто это? — спрашивает себя молодой пан, вглядываясь в красное усатое лицо наклонившегося к нему человека.— А, Чевашевский! Как я не узнал сразу этого трусишку?"

— Помоги! — шепчет Станислав.

— Ба-ба-ба! Да это ты, мальчишка! Вот приятная встреча! Ха-ха-ха! — с громким хохотом проговорил "лев".

Этот смех режет слух раненому.

— Не смейся, а помоги,— прошептал раздраженно "дикарек",

— Помочь? А помнишь мазурку? А? А помнишь насмешки? А помнишь сегодняшнюю пощечину? Забыл? Я помню, дерзкий мальчишка! Пришла пора отместки. Я тебе помогу... отправиться на тот свет! — злобно сказал Чевашевский и, извлекши саблю, полоснул Станислава по горлу.

— Теперь больше не будешь насмехаться! — пробормотал толстый пан, вскарабкиваясь на лошадь.

Голубоватый небесный свод, показалось Станиславу, вдруг всколыхнулся, отодвинулся. Темная бездна заняла его место; ночь окутывала молодого пана.

"Что это? Смерть?" — мелькнул вопрос в голове Щерблитовского.

Тело "дикарька" вздрогнуло и вытянулось.

XVII

ГОРЕ МАРЬИ ПАХОМОВНЫ

1 января 1605 года, утром, когда еще едва-едва проблескивал белесоватый свет, в доме князя Алексея Фомича Щербинина все были на ногах: князь-боярин уезжал в "поле", сопровождая князя Василия Ивановича Шуйского, которого Борис Федорович, узнав о злополучной битве близ Новгорода-Северского, отправлял к войску вторым воеводой в помощь болеющему от ран Мстиславскому.

Боярыня Елена Лукьянишна, с покрасневшими от слез

глазами, то подбегала к холопам, спрашивая, не забыли ли уложить то-то и то-то, то бросалась обнимать мужа и горько плакала.

Алексей Фомич утешал ее, но сам еле крепился: слезы так вот и навертывались на очи. Это была первая разлука со времени их свадьбы.

Уже стало значительно светлее, когда холопы доложили, что все готово к пути: возы с дорожными припасами и пожитками увязаны, холопы, которые должны были сопровождать боярина в поле, давно снарядились, распрощались со своими женками и ждут.

Елена Лукьянишна громко зарыдала, Алексей Фомич не выдержал и тоже смахнул непрошенные слезы.

Перед отъездом все, не исключая холопов, присели.

В это время в сенях раздался быстрый топот, и в комнату вбежала Марья Пахомовна Двудесятина. Боярыня, по-видимому, была вне себя. Полное лицо ее было красно, темная домашняя кика, поверх которой кое-как был повязан платок, сползла на лоб, шуба только накинута на плечи. Она едва переводила дух и некоторое время стояла молча посреди комнаты, с открытым ртом.

— Марья Пахомовна?! Какими судьбами? — воскликнули изумленные князь и его жена.

Двудесятина вдруг заголосила.

— Убег он, убег! Один убег и другой убег!.. Оставили меня одинокою!.. О-ох, горюшко!

— Кто убег? — с недоумением спросил Алексей Фомич.

— Он, он, сын!

— Константин? Так, ведь...

— Тот давно! Теперь другой убег!

— Вот диво! С чего же это он?

— Сегодня ночью тайком убег. Ранным-рано будят меня холопки: "Боярыня! У нас неладно!" — "Что?" — спрашиваю.— "А Лександра Лазарыч убежали". Я даже рот разинула и ушам не верю. Побежала в его горницу — точно: нет его, и постель не смята. А на столе запись, вот эта самая,— боярыня держала в руке лоскут бумаги.— А в ней... О-ох! А в ней — грамотеи разобрали — прописано: "Матушка родная! Не ищи ты меня дарма — все равно не найдешь. Укроюсь я в монастырь; когда ангельский чин приму, тогда объявлюсь. Так и батюшке скажи". Вот оно, горе-то мое! Бывает ли у кого горшее? О-ох! Как и силушки вынести хватает? Прибегла я к тебе, Лексей Фомич... Прослышала я, что ты в войско отъезжаешь... Увидишься ты там с муженьком моим, сделай милость

184

божескую, перескажи ему все и вот запись эту передай. Да скажи, что слезно молю его вернуться с поля — пропаду, изведусь с тоски я тут одна-одинешенька.

— Ладно, отчего не сказать. Дай запись.

— Княже! Люди сказывают, другие бояре — сопутчики твои — уже выехали... Не пора ли? — промолвил один из холопов.

— Да, пора! — тяжело вздохнув, сказал Алексей Фомич и поднялся.

XVIII

БОЙ ПРИ ДОБРЫНИЧАХ

Шуйский нашел остатки разбитой московской рати в лесах близ Стародуба. Войско сидело там, окруженное засеками, и не двигалось с места; что было причиной такого бездействия: боязнь ли "царевича" или неспособность больного Мстиславского — трудно сказать.

Василий Иванович решил не мешкать и, соединясь с другим войском, собравшимся у Кром, двинулся к Севску, куда удалился самозванец, снявши осаду Новгорода-Северского.

Московских ратников было около восьмидесяти тысяч. Лжецаревич имел всего пятнадцать тысяч.

— Знаешь что, боярин? — сказал Димитрий, сведав о движении московского войска, Белому-Туренину.— А ведь я пойду навстречу московской рати!

— Твое дело, царевич. Но, если хочешь знать правду — не дело ты затеваешь.

— Это почему? — нетерпеливо спросил самозванец.

— Потому что в открытом поле твоя малая рать не устоит супротив сильной рати московской.

— Вот пустяки! Побил же я ее под Новгородом!

— Случай такой выдался, опешило больно уж Борисово войско. Что раз удалось, другой, может, и не удастся.

— И теперь опешит! Наверно! Да все равно, будь что будет — я иду. Моченьки нет сидеть сложа руки да ждать у моря погоды. Я не могу, не могу!

Он говорил это совершенно искренно — его кипучая натура требовала беспрерывной деятельности.

Лжецаревич двинулся навстречу "московцам". Войска встретились у деревни Добрыничи. 20 января 1605 года Димитрий попытался напасть ночью врасплох на занятую московскою ратью деревню, но попытка не удалась.

На следующий день произошла битва.

Дело началось жаркой перестрелкой. Самозванец на караковом горячем коне ездил под пулями, рассматривая расположение враждебного войска. Он видел густые, темные ряды московской пехоты, занявшей деревню. Это был центр войска. Правое и левое крылья, где стояла конница и немецкие воины, далеко выдвигались из деревни, примыкая в то же время к пехоте и составляя с нею одну непрерывную линию.

Построение московской рати заставило Лжецаревича призадуматься. Борисово войско не двигалось; что оно изменит свое построение, нечего было надеяться. Как разбить его? Ударить на центр? Кроме опасности быть окруженным со всем своим малочисленным войском, эта пехота, такая тяжелая, неподвижная, была страшна. Царевич много раз слышал от самих поляков, что при массовых действиях московская пешая рать почти непобедима. Необходимо было раздробить массу, отрезать фланги от центра. Вон как далеко выдвинулось правое крыло... Если его отрезать от деревни — линия войска была бы прервана. Не давая "московцам" опомниться, можно было бы тогда без особенного риска напасть на растерявшуюся пехоту... План хорош, хоть и смел, или, вернее, хорош потому, что смел.

В самозванце храбрый воин преобладал над благоразумным полководцем.

Димитрий вернулся к своим и построил войско для атаки. Четыреста оставшихся при нем поляков и две тысячи русских сподвижников предназначались для первого удара. Далее должны были скакать восемь тысяч казаков, после них, наконец, должны были двинуться четыре тысячи пехотинцев и "снаряд".

Настала минута атаки. Все понимали, что от нее зависит исход боя, что эта атака — безумно смелая попытка, и все поэтому были торжественно настроены. Не было ни разговоров, ни смеха; ряды всадников в белых плащах, которые русские товарищи самозванца накинули поверх кольчуг, чтобы отличить своих во время битвы, казались, сливаясь вдали, каменным, мраморным морем — так неподвижны были они; впереди пестрели такие же неподвижные ряды поляков.

186

Резкий звук трубы прозвучал и замер, и вслед затем зарокотали десятки труб, загремели литавры.

Мраморное море всколыхнулось. Еще миг — и вся масса воинов с Лжецаревичем во главе, неистово крича, звеня доспехами, потрясая оружием, понеслась на "московцев".

Мстиславский, увидя несущихся врагов, угадал намеренье самозванца и, прикрыв центр, выдвинул то крыло, которое Димитрий хотел отрезать.

Налетели всадники и врезались в ряды конных "московцев", как железный клин в мягкое дерево. Смели их, разметали... Но вот перед ними стальная стена панцирей. Лес копий разом опустился, словно подрубленный каким чародеем, и стальное жало глубоко вонзилось в грудь коней: так встретили воинов самозванца немцы. Слышно, как трещат, ломаясь, древки копий. Залязгали сабли по шеломам и латам: стальная стена столкнулась с теперь уже бурным, неудержимо стремительным мраморным морем. И море заставило стену податься.

— За мной! Вперед! — кричит Лжецаревич и с бешеной отвагой рвется в самую гущу врагов.

Шаг за шагом, в стройном порядке, но все же отступают немцы. Еще напор, еще одно усилие — и ряды их прорваны. Дальше — свободное пространство, а за ним — московская пехота.

Самозванец торжествовал.

Казаки с гаком сорвались с позиции и летят добивать разбитое войско. А Димитрий со своей конницей мчится дальше, к деревне, на московских пехотинцев; мчится уже довершать победу.

Пехота стоит не шелохнется. Кажется, она не замечает несущуюся на нее грозную шумную рать. Уже воины Лжецаревича заранее предвкушают кровожадное наслаждение врезаться в эту массу тел, давить конем, рубить направо-налево. А "московцы" по-прежнему неподвижны.

Коротко ударили в набат {Набат — литавры; ими подавались сигналы.}.

Ряды пехоты слегка раздались, выставились темные жерла пушек. И опять все замерло.

Земля стонет от топота конницы.

— Победа! Победа несомненно! — шепчет Лжецаревич и помахивает саблей над головой, готовясь рубить угрюмые бородатые лица "московцев", которые он уже ясно различает.

Опять коротко звякнул набат.

Выдвинулись сошки-секирки, стволы пищалей легли на

них. Курятся фитили. День тих, и тонкие струйки дыма столбиками тянутся вверх.

Снова набат; но теперь иной, протяжный, режущий ухо, неумолчный. Густой звук рога и тонкие переливы трубы присоединяются к нему.

Струйки дыма фитилей вдруг завились кольцами, огоньки опустились...

Казалось, зигзаг молнии пробежал по рядам пехоты. Взвились дымные облачка.

Земля дрогнула от страшного залпа. Сорок пушек и десять тысяч пищалей метнули в конницу свинцом и железом.

Произошло нечто невообразимое.

Передние ряды коней как-то странно ткнулись головами в землю, задние налетели на них. Все смешалось в стенящую кровавую груду человеческих и конских тел. И эта груда все росла, росла по мере того, как залпы продолжались. Вот пехота быстро двинулась вперед; прискакала московская конница с левого крыла, надвинулись разбитые было немцы — с правого. И вся эта масса колола, рубила оробевших или потерявшихся сподвижников Димитрия.

Забыты были гордые думы о победе: спасался, кто мог. Сам Лжецаревич скакал прочь, нахлестывая своего раненого аргамака, скакал потому, что не скакать — значило обрекать себя на верную гибель. Казаки, думавшие довершать победу, встретили толпы бегущих, были смяты, увлечены этим потоком кидающих оружие, вопящих от ужаса беглецов, и побежали вместе со всеми. Пешее войско Лжецаревича, еще не выступавшее на битву, оробело уже от одного вида бегущих. Оно разбилось сперва на мелкие отрядики, потом на отдельных ратников и в ужасе металось на пространстве восьми верст.

Немцы и "московцы" преследовали по пятам бегущих, били их.

Говорят, что в этом бою легло более шести тысяч сподвижников самозванца, было захвачено множество пленников, более десятка пушек, полтора десятка знамен. Более полную победу трудно было одержать. Разнесся слух, что сам Лжецаревич убит.

— Так, так! Лупи их, лупи! А, такие-сякие! Вспомните вы теперь Новогородскую битву! Вот я вас! — кричал в воинственном азарте Лазарь Павлович Двудесятин, преследуя бегущих.

Немного позади его скакал князь Щербинин.

— Ты что же, Алексей Фомич, отстаешь? А?

188

— Да что, Лазарь Павлович, как-то и жаль бегунов — все-таки свой брат, русский.

— Э, полно! Какая там жалость! Они нас не жалели, небось. Не-ет, надо их донять как следует. Ссади-ка вон того бегуна, который впереди улепетывает, а я погонюсь за теми двумя, что, эвось, в сторонке видны — что-то они больно тихо скачут.

И, не дожидаясь ответа Щербинина, воинственный старик пустился догонять тех всадников, о которых говорил.

Конь Двудесятина был добрый, и расстояние быстро сокращалось. Лазарь Павлович вглядывался и соображал: "Русские — вишь, белые платки болтаются. Передний-то матерый, а второй малость поменьше да похудей... За которого прежде приняться? За матерого, сдается мне... А, верней, с обоими разом биться придется,.."

— Э, гой! Стой! Я вас!— крикнул он, подлетая к всадникам.

Всадники обернулись.

Лазарь Павлович едва не выронил саблю от изумления.

— Фомка?!.— воскликнул он, взглянув на заднего.— Костька?!— крикнул старик, переведя глаза на переднего.

Фомка, красный, как вареный рак, растерянно улыбался, Константин смущенно смотрел на отца.

— Так вот вы где, такие-сякие! А я вас в Москве искал. Ты с чего же это утек? Боярышню скрасть хотел, да не удалось, так стыдно стало, а? Бить тебя мало!

— Прости, батюшка... А только не от стыда ушел я... — проговорил несколько оправившийся от своего смущения Константин.

— С чего же?

— С горя.

— С горя?! Вона!

— Верно говорю. Люба мне Пелагея Парамоновна, а ты ее за брата просватал.

— Вот что... Гм... Стало быть, ошибся я, не за того сватал. А ты что же, дурень, не сказал мне?

— Мог ли я!

— Лучше скрасть было?

— Пожалуй, лучше.

— Может, и твоя правда... Ну, а братик твой тю-тю!..

— Как так?

— Убег в иноки постригаться — мать весточку прислала с князем Алексеем Фомичем.

189

— Вот как! Значит, теперь ему уже не жениться на Пелагеюшке? — воскликнул молодой человек радостно.

— Эк, обрадовался! Захочу ли я сватать девицу за такого озорника,— добродушно ухмыляясь, заметил отец.

— Прости, батюшка!

— То-то, прости! Да уж что с тобой делать! Надо простить,— ответил старик и расцеловался с сыном.

— Положи и для меня гнев свой на милость, боярин,— промолвил все время молчавший Фомка.

— Простил его, так тебя и подавно,— сказал Двудесятин и на радости расцеловался и с холопом.— А вы, что ж это, тоже на утек было? — спросил потом он и нахмурился.

— Гм... Да...— смотря под ноги коня, ответил Константин.

— Вот за это тебя, вражий сын, проучить следовало бы! — внезапно раздражаясь, воскликнул старик.— Скверно то, что изменил царю нашему, а все ж, коли взялся за гуж, не скажи, что не дюж, бежать не годится... Нешто Двудесятины когда-нибудь от ворогов бегивали? А? Бегивали?

— Все бежали...

— Мало что все! Все бы с ума спятили, и ты тоже?

— Один в поле не воин...

— Мели, Емеля! Хотелось бы мне тебя теперь за волосья оттаскать, ну да уж простил, так делать нечего. Что ж теперь вы делать будете? Опять к расстриге?

— Нет, зачем же теперь?! — воскликнули в один голос Фомка и Константин и сорвали белые плащи.

— Теперь мы послужим царю нашему Борису Федоровичу,— сказал молодой боярин.

— Давно бы так. Пока что задайте жара тому жирному пану, который тамотка трясется на хромоногом конишке, а я себе тоже кого-нибудь поищу. Ну а вернемся в стан, потолкуем с Парамоном Парамоновичем — может, он и не прочь будет сосватать за тебя свою Пелагею,— проговорил старик, лукаво ухмыляясь.

Константин просиял.

— Ну, с Богом! — добавил Лазарь Павлович. И они разъехались.

Молодой боярин и холоп его быстро нагнали поляка, раненая лошадь которого едва плелась, хотя он не только подстегивал ее, но колол ей концом сабли шею.

Фомка первый подскакал к нему.

— Сдавайся, что ли, пан! — крикнул он ляху.

Пан, жирный, как боров, посмотрел на холопа

совершенно безумными от страха, вытаращенными глазами и не отвечал. Нижняя челюсть его так и прыгала.

— Сдавайся, что ль? — повторил Фомка и занес саблю. Пан весь съежился, неистово вскрикнул и вдруг ткнулся лицом в гриву коня.

— Что, прикончил его? — спросил, Константин Лазаревич.

— Пальцем не тронул. Это он, должно, с испуга,— ответил Фомка и тронул пана за плечо.— Слезай, что ли?

Лях качнулся от толчка, но не поднял головы.

— Ей-ей, зарублю! — раздраженно крикнул холоп. Пан не шевельнулся.

— Чудной лях! — заметил боярин.

— Точно что. Ну вот сейчас ответит,— промолвил Фомка и, ухмыляясь, полоснул слегка саблей по руке поляка.

Поляк остался неподвижен, и кровь из раны не выступила.

— Да ведь он никак померши! — воскликнул, увидя это, боярин.

Фомка молчал повернул к себе лицом голову пана: на него взглянули выпученные стеклянные глаза мертвеца.

— Так и есть! Это он со страха, должно быть... Этакий-то боров! Дрянь человек!

И холоп грубо ткнул труп в бок.

Этот пан, умерший от страха, был "лев" Чевашевский.

Парамон Парамонович несказанно удивился, когда старый Двудесятин подвел к нему во время отдыха в стане после битвы Константина.

— Узнаешь?

— Как не узнать! Так вот он где объявился. И не грех тебе было хотеть дочку у меня скрасть? — покачивая головой, промолвил Чванный.

— Пойдем-ка, Парамон Парамоныч, малость пошептаться,— сказал Лазарь Павлович, отводя Парамона Парамоновича в сторону.

Они говорили не долго. Говорил, впрочем, больше один Двудесятин, а Чванный кивал головой и повторял:

— Ну, что ж! Ладно. Все равно... Я рад, рад.

После этого разговора Лазарь Павлович с некоторою торжественностью сказал сыну:

— Ну, сынок, сосватал я тебе невесту... Вот тесть твой будущий...

Константин хотел броситься к отцу на шею.

— Постой! — остановил его тот. — Дай досказать...

Сегодня с вестью о победе да погибели расстриги гонец поедет к царю, так и ты с ним в Москву отправляйся: мать жалится, что скучно ей одной, так вот я тебя к ней и пошлю... Ну, и Манефе Захаровне поклон передай да о сватовстве скажи, а потом... Фу ты! Постой! Дай досказать! Да, ну же, ну!

Но молодой боярин уже не слушал отцовских увещаний: он сжимал его в своих объятиях; затем обнял и своего будущего тестя так, что тот только крякнул и пробормотал:

— А ты, видать, парень, силен!

XIX

ЦАРЬ-БОГАТЫРЬ И СЫН

В февральский день в одной из палат московского государева дворца у стола, заваленного рукописями и книгами, сидел красавец юноша. Перед ним лежала раскрытая книга, но, очевидно, мысли его были далеко от ее страниц. Он облокотился на стол и глубоко задумался. К его лицу как-то не шла эта грустная задумчивость — молодое, дышащее здоровьем, оно должно было чаще улыбаться, чем хмуриться.

Этот юноша был царевич Феодор. Ему было всего шестнадцать лет, но он был развит телом не по летам, только лицо выдавало его годы. Несмотря на молодость, вряд ли во всей Москве нашелся бы из русских хоть один человек, равный ему по познаниям: царь дал своему сыну европейское образование.

Дверь отворилась, и вошел Борис. Феодор оторвался от своей задумчивости.

— Учишься? — спросил царь.

— Пробовал, да не до того.

— Да, никакая наука не пойдет в голову! Он жив! Опять борьба, опять смута в государстве!.. Господи! Да когда же это кончится?! — в волнении проговорил Борис, шагая по комнате.

Феодор быстро взглянул на отца и опустил глаза.

— Можно подумать, что это — для нас Божие наказанье,— прошептал он.

Царь расслышал.

— Да! Это — кара Господня. Но за что, за что?! — почти вскричал он, и в голосе его послышалось страдание.

— Ах, отец! — воскликнул царевич, в волнении вскочив со скамьи, и вдруг замолк, точно спохватившись.

— Что ты хотел сказать? — быстро спросил Борис Феодорович.

Сын его стоял потупясь и молчал.

— Федор! Взгляни мне прямо в глаза. Послушай: и ты... и ты тоже веришь этой сказке? Ты думаешь, я убийца царевича Димитрия?

Царевич ничем не подтвердил справедливости его догадки, но по молчанию сына, по выражению его глаз царь понял, что он не ошибся. Он изменился в лице и тихо проговорил:

— Не ждал я этого от тебя, Федор!

— Ах, батюшка, не гневайся! Я сам страдаю от этого. Но заставь меня не верить, докажи правоту, это будет такая радость для меня, такая...— голос царевича Феодора дрожал, на глазах блеснули слезы.

Борис Феодорович отошел от сына и опять зашагал по комнате.

— Вот, до чего я дожил — должен обелять себя перед сыном! — заговорил он, помолчав.— Тяжко это, но будь по-твоему... Сын мой! Эта клевета — тоже Божье испытанье мне, как и этот самозванец. Да! Я не буду таиться перед тобой: я хотел царства, потому, что я могу царствовать, но Димитрия, клянусь тебе, я не убивал. Слушай! Я мог быть жестоким в гневе — ведь я человек! — я мог приказать выщипать по волоску бороду Вельскому, я мог... ах, мало ли что может сделать разгневанный человек! Но на такое дело я не пошел бы и ради Мономаховой шапки. А доказать тебе... Федор! Разумен я или нет?

— Конечно, разумен, очень разумен!

— Так суди сам: если б я хотел убрать со своего пути царевича Димитрия, неужели я бы поступил так, как говорят об его убиении? Поверь, хотел бы я его смерти, то устроил бы все это так, что и до сей поры никто не знал бы. Пособников я всегда бы мог найти: на дело доброе трудно людей сыскать, а на злое — сколько хочешь! Дальше. Я послал разведывать про убиение царевича своего злейшего врага — Василия Шуйского. Мог ли б я это сделать, если бы был виновен?

— Но кто же его убил? — вскричал царевич.

— Кто — трудно сказать. Быть может, он сам закололся в припадке болезни... Тогда откуда взялись убийцы, которых терзали угличане? Быть может, убийц подослали бояре... Ты думаешь, мало кто из них подумывал о царском столе? Да первый тот же Шуйский! Верней всего, что бояре... Пожалуй, когда подсылали убийц, шепнули им, что это они творят по моей воле — недаром же, говорят, те, каясь в предсмертный час, меня называли. И устроено все было нарочно так, чтобы убийство открылось: им нужно было очернить меня перед народом — разве народ поставит царем убийцу последнего отпрыска племени Владимира Святого? Они ошиблись, зато теперь мстят: Лже-Димитрий — наполовину их ставленник, наполовину — Сигизмунда с иезуитами. Сын мой! Веришь ли еще той нечестивой сказке?

— Нет, нет! Я не верю ей! Верю тебе! Отец мой, родной мой!

И царевич обнял отца.

— Федор, Федор! — с чувством промолвил царь, проводя рукою по волосам сына.— Что-то тебе выпадет на долю, когда ты будешь царем?

— До этого еще далеко, батюшка! Ты, слава Богу, крепок, здоров.

— Все мы под Богом. Правда, я еще силен и бодр. Знаешь, иногда мне кажется, что в моем теле чересчур много силы. О! Во мне силы хватит, чтобы сломить этого бродягу! Нужно будет, я сам поведу полки против него. Я сломлю его, сломлю!

Этот пятидесятитрехлетний царь, стоявший с воздетой рукой, с глазами, еще блещущими юным огнем, казался таким полным мощи богатырем, что, действительно, мог сломить всякое препятствие.

— Конечно, ты его одолеешь, батюшка.

— Одолею! Пусть все бояре будут против меня, справлюсь один. Одолею,— добавил Борис тише.— Ну учись, не буду тебе мешать.

Царь удалился из комнаты.

Недель через шесть после этого разговора царя Бориса, мощного богатыря, не стало: 3 апреля 1605 года он внезапно скончался, сидя за обедом.

На царство вступил Феодор.

XX

ВЕСТЬ С ТОГО СВЕТА

Маленькая келья женского католического монастыря. В длинное узкое окно льется луч летнего солнца и светлым пятном ложится на часть серой стены, на грубо иссеченную из белого мрамора статуэтку Мадонны и кидает светлое отражение на двух работающих женщин.

Одна из них — монахиня, сухая, строгая, с желтовато-морщинистым лицом, другая одета в полумирской, в полумонашеский наряд. Она бледна и грустна. Темные тени лежат вокруг ее впавших глаз.

Девушка подняла голову на мгновение от работы, посмотрела на льющийся в окно солнечный свет и глубоко вздохнула.

— Дочь моя, не отвлекайся от работы. Вон, ты напутала,— проговорила монахиня и сухим, длинным пальцем дотронулась до ее вязанья.

Девушка слегка вздрогнула и опустила голову.

"В гробу, в гробу заживо! — печально думает она.— Господи! Да когда же кончится эта ужасная жизнь? Смерти, смерти прошу я у Тебя! Да и зачем жить? И мир теперь — та же пустыня. Он умер... Неужели они обманули меня? Отчего иногда так бьется мое сердце, точно от радостного предчувствия, что он придет освободить меня? Почему я не могу свыкнуться с его смертью? "Он жив! Он жив!", шепчет что-то в глубине души... Но зачем тогда выдумали они эту сказку о пожаре? "Он сгорел,— сказали они,— Бог наказал еретика!" Максим, Максим! Дорогой, любимый! Если ты умер, отчего не явишься ты светлою тенью своей Анджелике. Ведь ты должен видеть мои страдания... Или ты за гробом забыл обо мне? А если ты жив — Господи! Да самая маленькая весточка от тебя была бы таким счастьем для меня!"

— Ты опять спустила петлю. Что с тобой, дочь моя? Греховные мысли опять заполонили твою голову? — промолвила монахиня, испытующе смотря на девушку.

— Я сейчас исправлю, сейчас,— шепчет Анджелика, а в глазах ее — слезы, руки дрожат.

Стукнули в двери. Молодой женский голос проговорил обычную молитвенную фразу — дозволение войти.

— Аминь! — ответила монахиня.— Войди.

Юная послушница вошла в келью.

— Мать Станислава! Мать игуменья просит тебя к себе.

Монахиня торопливо отбросила вязанье и вышла. Послушница немного замешкалась. Анджелика сидела, склонясь над вязаньем.

— Прочти... Спрячь,— прозвучал над нею голос послушницы.

Девушка изумленно подняла голову. Комната уже была пуста. На вязанье Анджелики лежал скомканный клочок бумаги. Она жадно схватила его.

"Милая! Ангел! — было накидано торопливым почерком.— Я здесь, жду. Улучи время, отпросись гулять с той послушницей. Все готово. Убежим. Максим".

Потрясенная девушка вскрикнула и схватилась за сердце, Бумажка выпала и скатилась на пол. Она поспешно подняла ее и спрятала в складках одежды. И вовремя — дверь, скрипя, уже пропускала мать Станиславу.

Анджелика низко наклонилась к работе, чтоб не выдать яркой краски, залившей ее щеки.

XXI

КАРТИНКИ

Москва... Царский дворец. Весеннее солнце целыми снопами лучей врывается в окна расписной палаты. Вон золотится парча... Алмаз на иконе светится переливчатым светом... Рубин на царском поясе мечет кровавые искры..

Весь облит солнечным сиянием юный царь, красавец Феодор. Пред ним Басманов. Его надменное лицо задумчиво.

— Петр! — говорит царь, и голос его дрожит от волнения.— Я юн, неопытен. У тебя светлый разум, ты искусен в ратном деле... Помоги мне, служи, как служил блаженной памяти отцу моему...

— Не оставь, Петр Федорыч! На тебя одного наша надежа,— шепчет молящим голосом стоящая тут же царица Мария, мать Феодора.

Басманов поднимает опущенную голову, воздевает руку.

— Клянусь! Либо прогоню бродягу, либо сложу свою голову! Не изменю чести! — торжественно произносит он.

— Верю, верю тебе! — говорит царь, и слезы радости блещут в его прекрасных очах.

Такой же ясный весенний день. Солнце заливает небольшой деревянный городок — это Кромы — и множество землянок, кольцом охватывающих его, — это стан осаждающего Кромы московского войска. Густые ряды воинов. Легкий ветер развевает знамена... Блещут парчовые ризы духовенства. Вон старец с крестом и евангелием — митрополит новгородский Исидор.

Басманов стоит перед войском. В руке его листок — форма присяги. Ветер шевелит волосы на обнаженной голове воеводы, порой относит слова.

"Целую крест государыне моей,— читает Петр Федорович,— царице и великой княгине Марье Григорьевне и ее детям, государю своему царю и великому князю Феодору Борисовичу всея Руси и государыне своей царевне и великой княжне Ксении Борисовне. Также мне над царицею Марьей Григорьевной и над царем Феодором Борисовичем, и над царевною в естве и в питье, ни в платье, ни в ином лиха не учинити и не испортити, и зелья лихого и коренья не давати".

Ветер относит слова воеводы. Вот опять повернул.

"И к вору, который называется князем Димитрием Углицким, не приставати",— звучат слова.

И еще, и еще читает воевода. Слов не слыхать, только видно, как шевелятся его губы.

Вот он смолк, ждет.

Глухое, нерешительное "клянемся!" проносится по рядам.

— Не хотим Годуновых! — слышится где-то вдали.

Басманов вздрагивает. Взмах руки — и один за другим подходят ратники к кресту и евангелию. Но как подходят! Можно подумать, что их тянут на веревке — нехотя, лениво. До креста и евангелия чуть губами коснутся и прочь.

Хмуро смотрит Басманов.

— Не царствовать, не царствовать Феодору! — шепчет он. — Стоит ли держаться его, нелюбимого царя? Чего ради играть своею головой? Не лучше ли "к тому"?

Какое-то зловещее выражение ложится на его гордое лицо.

А ратники все шагают к кресту по-прежнему вяло, неохотно, и в задних рядах громко звучит:

— Не охочи до Феодора!

Обширная палата убрана коврами, парчой, алым сукном.

В глубине — подобие трона. Майское солнце то вольет лучи в палату и рассыплет всюду блестки, то спрячется за легкие облачка, и все блекнет на миг. Но есть ли кому-нибудь из находящихся в палате дело до небесного солнца? Эта палата — особый уголок мира, где светит свое солнце, от которого все ждут привета и ласки. Это солнце — Димитрий. Вон, он на троне сидит в расшитом шелками и золотом, унизанном самоцветными камнями кафтане.

Слабый знак рукой... Распахнулись двери. Длинный ряд сановитых бородатых людей потянулся через них к трону.

Широкие, длинные боярские одежды падают тяжелыми складками. Какими важными, гордыми кажутся эти люди! Не цари ли все они сами?

И вдруг разом соскакивает с них сановитость. Низко склоняются гордые головы. Руки касаются пола — только царю так кланяются...

— Истинный сын Иоаннов! Царь Димитрий! Прости нас, холопов своих, — опутал нас Борис. Долго мы, в слепоте греховной, противились истинному царю, теперь мы прозрели. Войско тебе присягнуло. Иди, царствуй над нами, государь-царь всея Руси, Димитрий Иоаннович!

Смиренно говорит это один из бояр, князь Иван Голицын. И снова низкий поклон.

Лжецаревич молча смотрит на бояр. Он величав и спокоен в этот великий для него час. Неужели это — бывший Григорий, рэстрига-инок, слуга литовского пана? Откуда это величие, это гордое царское спокойствие? Ни один мускул не дрогнул в лице его, только в глазах поблескивают радостные огоньки.

— Вы заблуждались, я прощаю и вас, и мое войско. Пусть оно идет к Орлу — туда и я прибуду,— говорит Лжецаревич, и голос его ровен, тих, ни малейшего волнения в нем не приметно. Он — царь. Присяга войска не есть милость ему, это только должное.

— Истинный царь он, истинный! — шепчут боярские уста, и вдруг могучий крик: "Здравствуй многие лета, царь православный!" — потрясает стены палаты и сливается с "виватом" поляков.

XXII

ПРИ СВЕТЕ КОСТРА

Целое море костров. Вся равнина на несколько верст в ширину и длину усеяна ими. Громкий смех, веселые возгласы, звон чаш, ковшей и кубков висит в воздухе. Это недавние враги мирятся, "московцы" братаются с казаками, ляхами и другими сподвижниками самозванца. Все веселы, все довольны.

У одного из костров сидит князь Алексей Фомич Щербинин. Напротив него — маленький тщедушный человечек, с лицом, подернутым целою сетью мелких морщин, бледным, исхудалым, с жидкою козлиною бородкой. Он, видимо, очень стар, но его небольшие глаза еще не потускнели и светятся почти юношеским огнем. Тут же сидят и еще несколько человек, бражничают.

Ни старик, ни Щербинин не принимают участия в пирушке, но они и между собой не беседуют. Алексей Фомич уставился в огонь костра и глубоко задумался. С детства природа одарила его удивительною способностью думать образами. Он задумывался, и картина за картиной проносилась перед ним, и ему хотелось выразить в это время песней то, что он видит. Если он не преодолевал искушения — песня выливалась, мерная, звучная, слово за словом само находилось, как будто помимо воли боярина вырывалось из его уст.

В наше время такая способность была бы названа творческою, поэтическою, но он, боярин, едва вступивший на порог XVII века, не мог подобрать ей имени и только удивлялся ей.

Вот и теперь он думал, и образы проносились. Щербинин вспоминает боярскую беседу после Добрыничской битвы. Он видит желтоватое лицо Василия Ивановича Шуйского, обрамленное жидкою бороденкой, видит бледного, все еще недужного Мстиславского.

— Теперь довершить надо победу, двинуться дальше,— слабым голосом говорит Мстиславский.

— Э! Зачем? И то потрудились довольно,— отвечает Шуйский, и в его подслеповатых, часто мигающих красными веками, тусклых глазах Алексей Фомич читает затаенную мысль: "Пусть бы еще поколобродил расстрига, донял бы Бориса: так ему и надо!"

И дальше перед князем мелькают картины усмирения и

наказания мятежной Севской волости, пожары деревень, толпы бегущих, плачущих женщин.

И кажется боярину, что это — осуществление думы Шуйского: "дать расстриге поколобродить", потому что целые толпы озлобленных с проклятиями и угрозами "московцам" бегут искать "своего царя Димитрия".

И весть за вестью идет, что самозванец жив, что он усиливается, засев в Путивле, а Борисово войско по-прежнему только жжет, грабит и разоряет несчастную область. Затем рать готовится пойти на отдых. Но тут грозный приказ Бориса: "Действовать!" Ратники ропщут, они ждали наград и отдыха за недавнюю победу, а вместо этого — царская немилость.

— Что за царь неласковый! — бормочут они, и другой, щедрый, "ласковый" царь Димитрий все чаще приходит им на ум.

Потом осада Кром. Что-то такое творится, что не сразу поймешь. Кромы — городишко, где сидят всего сотня-другая казаков, шесть десятков тысяч ратников осаждают этот городок и не могут взять! Перед взором Щербинина мелькает многое множество землянок, шалашей, палаток. Царские ратники забрались в них, как медведи в берлоги, и спят, едят или лениво смотрят, как проходят беспрепятственно обозы в осажденный город.

— Надо бы приступок учинить,— поглаживая бороду, говорит Мстиславский.

— Н-да, надо б... Да как учинишь с такими?..— бормочет Шуйский, и в его мигающих глазах видна тревога.

"Э-э! Не больно ли крутая каша завариваться начинает?" — читает его думу Алексей Фомич.

А после этого кончина Бориса, спешный отъезд воевод в Москву к молодому царю. Оставленное без призора войско, и прежде мало действовавшее, теперь совершенно бездействует. Да это уже и не войско — это просто огромная толпа оторванных от дома, озлобленных людей. Время проходит в беседах, глухие толки о Димитрии становятся все более явными. Он обещает милости, мир. У него свет, а тут тьма. К нему бы.

Там приезд Басманова, подневольная присяга Феодору. Зреет медленный тайный заговор; душа его — сам Петр Федорович. Его гордое, умное лицо — что личина: не выдает дум.

Почему изменил он? Потому, что с таким войском нельзя было не изменить тому, кто хоть, может быть, и любил Феодора, но еще больше себя. Рать не пошла бы против

Димитрия, ее можно было только гнать на него. Погнали бы, и дошло бы дело до боя — не стала бы биться. И вот главный воевода в цепях, в тюрьме, либо на плахе по приказу царя, Димитрия, "царя", потому что мальчику Феодору без советников, без войска не устоять: его ждет погибель. А перейти к Димитрию — награда, почести.

— Гордыня суетная заела! — шепчет Алексей Фомич.— Да полно! Точно ль одна гордыня? Ведь вот он, Щербинин, тоже остался. Почему?

И картина измены войска проносится перед ним.

Майский день, тихий, светлый. Князь Алексей Фомич стоит у своей палатки. Птички щебечут, проносясь над ним, играя в воздухе... Вон там, вдали зеленеет озимь... Еще дальше — лесок, местами еще темный, местами зеленеющий. Зеленые пятна перебивают...

"И зачем война? Везде мир, люди вот только... Ишь, какая благодать!" — думает князь, вдыхая полною грудью воздух, свежий, оживляющий.

Стан тих.

Вдруг гулкие звуки набата проносятся, режут ухо. Ожил стан. Из всех землянок, шалашей, палаток лезут люди, что муравьи, бегут торопливо к стягам. У большинства веселые лица.

— Что такое? Что? — задает вопрос Щербинин.

— Сегодня праздник, боярин! Беги-ка! — кричат ему.

И он спешит куда все, к знаменам, еще ничего не понимая, только смутно смекая, что должно произойти что-то особенное.

У знамен Басманов уже гарцует на коне, с ним Шереметев, Голицын.

Спешат и другие воеводы, кто растерянный, кто улыбающийся. Вон "второй" воевода князь Михаил Катырев-Ростовский — добродушный, честный, слабовольный старик — прискакал и смотрит, разинув рот.

Басманов поднимает руку. Движение затихает. Все напряженно ждут слова.

— Мы были слепцами, пора нам прозреть! Покаемся. Принесем повинную, послужим царю истинному, Димитрию Иоанновичу! — кричит Басманов.

На миг прежняя тишина, потом прокатывается громовое:

— Послужим! Повинимся! Многая лета царю Димитрию Иванычу!

— Не хотим! Не порушим крестное целованье Феодору! — кричат иные.

Но этих иных — горсть.

— Рабы Годуновых! Бей их! — восклицает Басманов, поднимая коня на дыбы, помахивая саблей.

— Бей их! — вопят тысячи голосов.

Лязг оружия, выстрелы, и новые, новые клики: "Бей! Бей их!"

Рассеянные где кто сторонники Феодора не могут сплотиться. Они бегут, кое-как отбиваясь.

— Не хочу! Феодору, Феодору служу! — хочет крикнуть князь Алексей Фомич, но что-то сжимает ему горло.

"На верную гибель?.. А Аленушка?" — проносится в его голове, и он стоит безмолвный, неподвижный.

Он видит, как Катырев-Ростовский прокладывает себе путь мечом, как Двудесятин-старик, весь багровый, неистово кричит: "Изменники! Воровские холопы!" — и рубит направоналево, очищая себе выход, а он все по-прежнему стоит, не двигаясь, онемев.

Кончен бой — кого побили, кто ускакал. Ратники целуют крест Димитрию, и с ними вместе... он, Алексей Фомич, а сам думает:

"Эх, неладное дело я учиняю!"

— Грехи наши тяжкие прости, Боже! — шепчет, отрываясь от дум, Щербинин.

Чья-то тяжелая рука легла на его плечо.

— Алеша! Друже! — промолвил над ним взволнованный мужской голос.

Князь обернулся и вскочил, как ужаленный.

— С нами крестная сила! Аминь, аминь, рассыпься! — пробормотал он.

— Алеша, что ты?

— Так ты жив?

— Пока еще да.

— Ну, слава Богу, слава Богу! Ай, Павлуша, да и испугал же ты меня! Давай обнимемся!

И Алексей Фомич заключил в объятия своего старинного приятеля Павла Степановича Белого-Туренина.

XXIII

ЧЕЛОВЕК-ЗВЕРЬ

Десятках в трех сажен от того костра, где находился князь Щербинин, сидели, бражничая, несколько шляхтичей.

Костер уже догорал, и его то вспыхивающее, то меркнущее пламя то озаряло усатые лица шляхтичей, то оставляло в полумраке, чуть кидая на них красноватый отсвет.

Уже далеко не первый ковш проходил по рукам шляхтичей. Хмель оказывал свое действие. Разговоры стали оживленнее, голоса хриплы. Но попойка еще далеко не заканчивалась, и то и дело раздавался окрик кого-нибудь из пирующих: "Эй, хлопец!", и ковш переходил в руки слуги и почти тотчас являлся обратно, до краев наполненный дорогим заморским вином или простою "вудкой", медом или брагой.

В кругу этих шляхтичей сидел пан Феликс Гоноровый, уехавший после сожжения дома Максима Сергеевича в войско Лжецаревича.

Что ему не пришлось здесь встретиться с Златояровым — было простою случайностью, такою же, как и то, что тому же Максиму Сергеевичу не пришлось до сих пор увидеть боярина Белого-Туренина.

Рядом с паном Феликсом помещался дюжий шляхтич именем Маттиас, следующим сидел пан Ян, худощавый молодой человек в изрядных лохмотьях, там еще и еще шляхтичи всяких возрастов и состояний, и так кольцом вокруг всего костра. Чуть-чуть в стороне сидел Стефан-Лис все с таким же кротким, девичьи-прекрасным лицом, с ясными глазами. Он не отводил взгляда от лица своего господина.

Все эти шляхтичи знают друг друга не более часа. Они познакомились на этой стоянке, здесь же сдружились за общим ковшом, тут же и разойдутся, чтобы больше, быть может, никогда не встретиться.

Что-то странное творится с паном Гоноровым. Его бледное лицо страшно от той улыбки, которая растянула его губы да так и застыла; белые, крепкие, острые, как у волка, зубы виднеются из-под усов; нет-нет, да и разведет челюсти пан Феликс и сухо щелкнет зубами. Страшные мертвые глаза смотрят на уголья костра, не мигнут. Порою Гоноровый поднимает голову, обводит взглядом шляхтичей — тогда видно, что белки его глаз налиты кровью, зрачки расширены и горят, как у хищного зверя. Иногда судорога искажает черты его лица.

Сказания о вампирах содержат в себе долю истины. Народная память сохранила воспоминания о существовавшем некогда людоедстве, прикрасила их своею фантазией, и таким образом вампир — вначале простой людоед — преобразился в сверхъестественное крылатое существо, сосущее по ночам кровь людей, во время их сна.

Нечто подобное древним вампирам-людоедам можно встретить в историческое, не очень отдаленное от нас время. Страшная эпоха давала добрую почву для развития ужасных страстей.

В истории есть запись о некоем запорожском казаке, убившем двух своих детей, чтобы самому питаться молоком их матери, своей жены, причем он сосал это молоко пополам с кровью несчастной женщины.

Поэтому ничего нет удивительного в том, что о пане Гоноровом среди соседей ходил слух, будто он вампир. Быть может, этот слух не был простою выдумкою праздных кумушек про "проклятого пана", и, как вообще в сказаниях о вампирах, в этом было зернышко истины.

Почему Стефан, едва заметил совершавшуюся с его господином перемену, вздрогнул, и выражение испуга, почти ужаса мелькнуло в его глазах?

Только что наполненный вином ковш пошел вкруговую.

— Ну, пан Феликс, прикладывайся, что ж ты? — смеясь, заметил Гоноровому его сосед пан Маттиас.

— Добрый пан!.. Богом молю... Оставьте его, не трогайте... Беда будет...— дрожащим голосом прошептал ему на ухо Стефан-Лис.

— Ну, какая там беда? — презрительно проворчал Маттиас, шевельнув своими широкими плечами.

Он даже не прочь был бы теперь немножко подраться для развлечения.

— Пан! Пей! — поднес он ковш Гоноровому.

Пан Феликс не взял ковша. Он уставился в лицо соседа налитыми кровью горящими глазами, и нечто похожее на рычание зверя вырвалось из его рта.

— Чего ты фыркаешь? Пей с добрыми товарищами! — проговорил Маттиас.

Как будто электрический ток потряс огромное тело Гонорового.

Он выпрямился, вскочил на ноги. Глаза его почти вышли из орбит. Он зарычал и вдруг, как тигр, бросился на Маттиаса и вцепился зубами ему в горло. Пан Маттиас взметнул руками, роняя ковш, и упал навзничь на траву, а пан Феликс насел на него и грыз, грыз его, как грызет волк свою жертву.

— Пан Феликс! Господин! Опомнись! — умоляюще вопил Стефан.

Растерявшиеся было шляхтичи шумно вскочили.

— Чудовище! Людоед! — кричали они, спеша обнажить сабли.

Гоноровый оставил Маттиаса, выхватил саблю.

— Крови! Крови! — неистово закричал он и, размахивая саблей, рубя всех, кто попадался навстречу ему, кинулся бежать.

Стефан и шляхтичи пустились следом за ним.

Его пытались задержать, в него стреляли, но все было напрасно; его сабля рассекала головы, как кочны капусты, и он все мчался вперед по стану, дико хохоча, выкрикивая:

— Крови! Крови!

XXIV

ПРЕРВАННАЯ БЕСЕДА

— Ах, голубчик! Да и рад же я, что с тобой повстречался! Ведь мы тебя покойником считали,— говорил князь Щербинин Павлу Степановичу, присев с ним у костра.

— Ну! — удивился тот.

— Честное слово! Поминанье о тебе подавали. А ты, Бога благодаря, жив-живехонек!

— Да откуда слух такой пошел?

— Из Москвы-реки в ту весну вытащили потопленника — ну, ни дать ни взять, ты. И одежда, и рост... Лика, точно, разобрать нельзя было... Ну рассказывай, как живешь-поживаешь?

— Что моя жизнь? Скорбь да грех только. Ты счастлив ли с женой молодой?

— Счастлив, Бога благодаря, лучшего мне и просить нечего.

— Ты что же, с рас... с царем сюда пришел?

Белый-Туренин слегка улыбнулся его обмолвке.

— Да, с ним,— коротко ответил он.

— Незадолго до того, как мне в поход уезжать, жена твоя весточку прислала.

— Разве она не в Москве?

— Ах, да! Ведь ты не знаешь! Инокиня она. Монастырь маленький, тихий, бедный есть в лесах, верст триста, а то и поболе от Москвы, так вот в нем она постриглась. Святую жизнь, говорят, ведет.

— Вот как! — промолвил Павел Степанович и задумался.— Она счастливее меня — грех один совершила тяжкий и тот отмаливает, и успокоенье ей, верно, Бог послал, а я вот все себе покоя найти не могу,— продолжал он потом.

Алексей Фомич участливо взглянул на приятеля.

— Ну, полно! Неужели у тебя такие грехи, что Господь их не простит?

— Ах, весь я во грехах, кругом! И не хочу, да грешу. И нет часа мне спокойного — мучусь я, терзаюсь! — говорил в волнении Белый-Туренин.

Ни он, ни Щербинин не замечали, что сидевший напротив них маленький худощавый старик внимательно вслушивается в их разговор.

— Бедный ты,— промолвил Алексей Фомич.

— Не бедный, а богатый милостями Божьими!— прозвучал старческий голос, и старичок подошел к Белому-Туренину.— Не бедный, а богатый милостями Божьими! И грехи твои приведут тебя ко спасению. Если ты чувствуешь тяготу их — значит, сердце твое все же чисто, помыслы твои все же светлы. Чистое сердце, светлые помыслы — это ли не Божий милости? И обретешь ты счастье... Мир ти, чадо!

И старик отошел от Павла Степановича и вернулся на прежнее место.

— Кто это? — тихо спросил Щербинин.

— Это?.. Я встречал его на поле после битв. Праведник... Ходит, помощь раненым подает всем, ляхам, русским... С ним девица хаживает... Чудная такая. Волосы всегда распущены, и на голове венок. Сама ликом — что ангел. Слыхал я, звать его Варлаамом.

— Вот кто! Юродивый?

— Нет. Просто муж святой жизни. Что это? Слышишь? — добавил Павел Степанович, прислушиваясь.

— Да, да. Крики, шум... Слышь, стреляют...

— Крови! Крови! — кричал чей-то неистовый голос все ближе, ближе к ним.

Вскоре они увидели освещенную пламенем костров бегущую толпу людей и мчавшегося впереди всех огромного размахивающего саблей человека, вопившего: "Крови! Крови!"

Казалось, он бежал прямо к тому костру, где сидели Алексей Фомич и Белый-Туренин. Они с изумлением смотрели на бегущих.

— Крови! Крови! — прозвучало перед ними, и сабля бешеного занеслась над головою князя Щербинина.

Какой-то человек, уже давно сидевший неподалеку от бояр и украдкой посматривавший на Алексея Фомича, вскочил и во мгновение ока очутился перед безумцем. Он поймал руку Гонорового, вырвал и далеко отбросил его саблю.

Пан Феликс заревел от ярости и охватил заступника своими руками, ломавшими подковы, как черствые калачи. Противник встретил его грудью.

— Батюшки! Да ведь это — Никита кабальный! — вскричал князь Щербинин, узнавая в своем неожиданном заступнике бывшего отцовского холопа Никиту-Медведя.

Между тем, поединок на жизнь и смерть начался.

XXV

СМЕРТЕЛЬНЫЙ БОЙ И ПОСЛЕ БОЯ

Почувствовав себя в объятиях "бешеного" словно в тисках, Никита-Медведь, в свою очередь, охватил его руками. Два тела сплелися и замерли. Казалось, это была высеченная из камня группа борцов-атлетов, так неподвижны были они. Но в этой неподвижности чувствовалась сила, дошедшая до высшей степени напряжения.

Кто победит? — Этот вопрос задавал себе столпившийся люд.

На него трудно было ответить. Колосс Гоноровый выглядел Голиафом, но малорослый в сравнении с ним Никита не уступал ему в ширине плеч, и даже надетая на нем рубаха не мешала разглядеть узлы мускулов.

Бледное лицо пана Феликса стало багровым, бычья шея покраснела и вздулась, пальцы огромных ладоней, казалось, впились в тело противника. Руки Никиты, как две змеи, оплелись вокруг стана "бешеного" и гнули пану спину. Скуластое простоватое лицо Медведя покраснело, и на висках вздулись и бились синеватые жилки.

Вдруг неподвижная группа борцов точно дрогнула.

Вместе с нею дрогнули и зрители, у которых от напряженного внимания холодный пот покрыл лоб.

Но нет, борцы снова неподвижны, только спина Гонорового едва заметно вогнулась.

Зрители притаили дыхание. Костры потрескивали, и трепетное пламя их ярко освещало бледные лица смотревших на борьбу и фигуры борцов.

Новая и новая дрожь...

Группа колеблется, подается. Теперь она уже не неподвижна. Подбородок пана Феликса глубже врезается в плечо Никиты, руки, кажется, скоро вырвут ребра вместе с мясом. Лицо его еще более багровеет; видно, что он хочет сбросить со своей спины кольцо рук Медведя. А Никита по-прежнему неподвижен, только жилы на висках вздулись веревками.

Гоноровый хочет подмять противника под себя, он весь в движении. Никита не шелохнется, и руки его все по-прежнему соединены на пояснице пана Феликса, и с каждой попыткой Гонорового сбросить их они сжимаются крепче, а спина пана все больше сгибается.

Крик дикого зверя пронесся и потряс толпу, и Феликс в бессильной ярости впивается зубами в плечо противника, а руки, как два молота, колотят бока Никиты.

Тут произошло что-то необычайное. Руки Медведя шевельнулись, и спина Гонорового моментально вогнулась. Послышался звук ломаемой кости, и "бешеный" пластом протянулся на земле.

— Пане! Пане! Добрый пане! — с горестным воплем кинулся Стефан к своему господину.

Но тот его вряд ли слышал. Он силился приподняться. Руки действовали, но ноги бессильно протягивались по земле. "Вампир" с невероятными усилиями полз к Никите. Он сыпал проклятия, богохульствовал, скрежетал зубами от боли и ярости. Он прополз немного и упал обессиленный, умирающий. Он царапал, грыз землю... Потом великан вдруг вытянулся всем телом.

— Помер! Что за страшная смерть! — говорили в ужасе в толпе.— Смотрите, он так и умер, закусив землю.

— Жаль, что не мне его пришлось убить! — промолвил, выходя из толпы и обращаясь к Никите, какой-то человек.

— Побойся Бога! Что ты говоришь? Жалеешь, что не убил человека! — укоризненно, покачав головой, сказал старик Варлаам.

— Максим?!

— Павел!

Такими восклицаниями обменялись вышедший из толпы человек и боярин Белый-Туренин.

— Голубчик! А ведь говорили, что ты погиб в пожарище. Как это мы до сих пор не встретились? Обнимемся,— говорил Павел Степанович, подходя к Златоярову.

Лицо того вдруг омрачилось. Протянутые было для объятия руки опустились.

Белый-Туренин заметил это и побледнел.

— Ты все еще не можешь простить мне "того"? Да, я виновен... Ты прав... Но знал бы ты, сколько страдал я за то! — с тоскою промолвил боярин.

Златояров-Гноровский посмотрел на измученное лицо своего бывшего друга, на его рано поседевшую бороду, подошел и обнял его.

— Твой грех не мне судить... Бог рассудит... Обнимемся, друг.

Павел Степанович сжал его в объятиях.

— Первая радость во все время...— сказал он погодя.— А вторая сейчас будет: знаешь ты, куда запрятали твою невесту?

— Нет! Если б знал!

— Она в монастыре кармелиток... Он недалеко от вотчины Влашемских.

— Вот радость мне — так радость! — бросаясь обнимать приятеля, воскликнул Максим Сергеевич.— Теперь я вырву ее из их когтей. Ну, Афоня, завтра же в путь обратно в Литву! — добавил он, обращаясь к хлопцу, стоявшему за его спиной.

Афоня едва его расслышал. Он смотрел на плачущего над трупом пана Феликса Стефана и жесткое выражение лежало на его лице.

За истекшее время Афоня изменился до неузнаваемости. Теперь это уже не был робкий, слабый мальчик — это был молодой парень, видавший виды, способный постоять за себя.

Своему господину Афоня ответил не сразу.

— Добрый пан! Позволь мне не ехать с тобой.

— Что так? — удивился Златояров.

— Мне прежде надо отплатить за отца вон тому,— сказал парень, указывая на Стефана.

— А! Ну что ж, твое дело! Оставайся с Богом.

В то время как у Павла Степановича происходил разговор с Максимом Сергеевичем, князь Щербинин беседовал с Никитой.

— Ты как здесь очутился, Микита? Я думал, ты в Москве с женой.

— Нет у меня жены, боярин.

— Умерла? Неужели?

— Да, померла,— глухо ответил бывший кабальный, не глядя на князя.

— Кто думать мог! Такая молодая... Царство ей небесное! Ты ведь с нею счастливо жил, кажись?

— Да, счастливо,— нехотя отвечал Медведь.

— Значит, с горя из Москвы ушел?

— С горя, княже, с великого горя! — воскликнул Никита.

— Сбежал мне на благо: не случись тебя сегодня здесь, верно, не быть мне уже в живых: зарубил бы он меня, ей-ей! Ведь уж и саблю занес. Спасибо тебе — жизнь мне спас. Век буду за тебя Бога молить с женой своей вместе.

Никита слушал и то бледнел, то краснел.

— Полно, княже...— смущенно пробормотал он.

— Как полно? Наградить тебя надо. Чего хочешь? Денег? Земли? Иного...

— Ничего мне не надо.

— Да ведь за дело даю, не из милости. Чего же не берешь?

— Если хочешь мне добро сделать, то...— с волнением промолвил Медведь и вдруг бухнулся на колени перед князем.— То сними с души моей один тяжкий грех... Прости... Ведь я тогда, на охоте, батюшку твоего, Фому Фомича... к медведю в лапы...

Князь Щербинин вздрогнул, побледнел и закрыл рукою Никите рот.

— Ладно... Понимаю... Не досказывай... Прощаю... Бог тебя простил бы...— взволнованно проговорил он.

— Спасибо, княже! Все на сердце легче,— сказал Медведь, поднимаясь с колен.

— Бог простит, Бог простит...— бормотал Алексей Фомич, отходя от него.

Никита посмотрел ему вслед и пробормотал:

— Словно гора с плеч свалилась — простил.

Стефан по-прежнему сидел над трупом Гонорового, но уже не плакал. Он угрюмо смотрел на Никиту и шептал:

— Погоди же! Отплачу!

Толпа любопытных вокруг тела "бешеного пана", вначале

густая, мало-помалу начинала редеть. Стефан поднялся с земли.

— Помогите, добрые люди, зарыть покойника,— промолвил он.

На него поглядели косо, и никто не шевельнулся.

— Помогите...— повторил Лис.

Маленький старичок и Никита подошли к нему.

— Погребем его,— сказал Варлаам.

— Коли хочешь, я подсоблю,— промолвил Медведь.

— Спасибо тебе, добрый человек,— проговорил Стефан, обратись к старику.— А от тебя помощи не приму! — кинул он Никите, злобно смотря на него.

— Как хочешь!.. Я тебе не со зла, а по-христиански... Не хочешь — твое дело,— молвил Медведь и отошел.

XXVI

НЕПОВИННЫЕ ЖЕРТВЫ

— Матушка! Ты все тоскуешь. Перестань, родная! Выпьем чашу нашу... Примем венец мученический! — и красавец юноша, сам бледный от волнения, наклонился к матери и целует ее.

Этот юноша — царь Феодор, свергнутый с престола, запертый в бывшем доме бояр Годуновых вместе с матерью, царицей Марьей Григорьевной, и сестрою Ксенией.

— Ах, Федя! Тяжко! Душа болит... Не за себя, а за вас! — как стон вырывается из уст царицы.

— Божья воля, Божья воля! — шепчет Ксения, обнимая мать, и слезы блестят в ее чудных очах.

Да, конечно, только Божья воля могла бросить в темницу царя многомиллионного народа. О, этот ужасный день 1 июня! Москва, казалось, была такою спокойною, тихой. Ничто не предвещало бури. Юный царь верил этому спокойствию.

"Что значит какой-нибудь расстрига, если меня любит мой народ? Мой верный народ защитит меня!" — думал в тот день царь, стоя у одного из окон своего дворца и смотря, как по залитым солнцем улицам города тянутся возы, едут на конях и пешью идут разные люди — важные бояре и оборвыши-смерды, все спокойные, занятые делом.

Вдруг вбегает боярин.

— Царь! Красносельцы изменили! Валят в Москву!

— Может ли быть? — шепчет растерявшийся царь. Но потом в нем просыпается энергия.

— Послать рать на мятежников!

И снова он спокоен: войско разобьет мятежников, и все будет кончено.

Проходит час, другой — и улицы Москвы уже не тихи и мирны. Толпы чем попало вооруженного люда валят, гудят.

— Да здравствует царь Димитрий! Прочь Годуновых! Прочь семя татарское! — слышит царь яростные крики.

Он растерян, он в ужасе. Мать и сестра плачут у него на груди.

— Бояре! Бояре! — кричит он. Но никто не приходит на зов.

И вот топот многих ног. Потные, раскрасневшиеся бородатые лица. Их — его, мать, сестру — схватывают, выталкивают из дворца, запирают в прежний дом Годуновых.

Бывший царь — теперь узник.

Вспоминает пережитое Феодор, окидывает грустным взглядом стены дома-тюрьмы, и что-то клокочет в его груди. Он знает, что еще миг — и он заплачет, как плачут мать и сестра.

— Бога ради! Успокойтесь... Не надо слез... Не надрывайте и без того страждущую душу! — вскричал царевич и заходил по комнате, чтобы чем-нибудь унять свое волнение.

— Федя! Который день мы взаперти? — спросила царица.

— Десятый, матушка.

— Только десятый, а кажется, месяцы прошли! — воскликнула Ксения.

— Да, день — что месяц... О-ох! Боже мой, Боже! И за что такая напасть? — с глубоким вздохом промолвила Марья Григорьевна.

— Что это? Опять Москва шумит! — крикнул Феодор, подбегая к окну.

Взглянул он туда и побледнел.

— Матушка! Пробил наш час! — проговорил он дрожащим голосом, подойдя к царице.— Народ бежит к дому!

— Ко мне, дети! Обнимемся в последний раз! — проговорила Марья Григорьевна.

Слез уже нет на ее глазах. Она полна величавого спокойствия.

— Примем бестрепетно венец мученический! — торжественно сказал Феодор, опустившись на скамью рядом с царицей и обнимая мать.

Ксения спрятала лицо на груди матери и громко рыдала.

— Идут! Идут! — громко вскрикнула она, слыша в сенях топот нескольких ног.

— Готовьтесь, дети! — говорит Марья Григорьевна. Трое стрельцов и за ними Голицын, Мосальский, Молчанов, Шерефединов вошли в комнату...

— Митька! Куда это народ бежит? — спрашивает какой-то оборвыш другого такого же.

— А к дому Годуновых, сказывают. Бежим!

— Что там приключилось такое? — уже на бегу спрашивает первый.

— Сказывают, туда бояре пошли со стрельцами... Говорят...— И Митька, наклонясь к уху приятеля, что-то шепнул.

— Ай-ай! — всплеснул тот руками.— Да неуж ли! Экое дело грешное! Одначе бежим. Узнаем, правда ль. Ай-ай! Грех великий!

Перед домом Годуновых толпа глухо гудит. У большинства лица бледны. Все как-то тревожно настроены и почему-то избегают смотреть в глаза друг другу.

Фигура Молчанова показывается на крыльце. Это курчавый человек, со смуглым лицом, с быстро бегающими впалыми глазами.

— Что собрались, люди? — спрашивает он толпу.— Слышали уж, верно?

— Что? — гудит в толпе.

— Да что Марья Годунова с сыном Федькой отравили себя ядом. Одна Ксения жива — убоялась губить душу.

Сдержанное "Ах!" проносится в толпе, и потом ни звука.

Вдруг громкий возглас нарушил гробовое молчание.

— Душегубы! Загубили неповинных!

И какой-то человек протискивается сквозь толпу к крыльцу. Его руки сжаты в кулаки, глаза горят. Он хочет кинуться на Молчанова.

— Крамольник! Изменник царю Димитрию! Расправьтесь! — громовым голосом крикнул Молчанов.

Сперва на плечо "крамольника" нерешительно опускается пара рук, там другая — и вдруг целый десяток кулаков опускается на его голову. Миг — и его, поверженного на землю, бьют, топчут ногами сотни людей. Скоро из "крамольника" образовалась кровавая масса, в которой никто не признал бы, конечно, бывшего царского истопника Ивана Безземельного.

XXVII

ВЪЕЗД

20 июня 1605 года — день въезда Лжецаревича — была прекрасная погода.

Уже с утра народ толпился на улицах.

Кровли домов, городские стены, колокольни все были покрыты любопытными.

Все ждали напряженно.

— Скоро?

— Говорят, что...

— Скорей бы! Смерть охота повидать его, милостивца! Говорят, ликом схож он с царем Иваном, с батюшкой своим.

— Не видал. А слыхал, будто так...

Такие разговоры слышались среди народа. Вдруг все смолкло.

— Едет! — пронеслось в толпе восклицание и замерло.

Лжецаревич въезжал пышно.

Впереди всех ехали поляки, блестя латами и шлемами, звуча — если то были гусары — крыльями, сверкая усыпанным драгоценными камнями нарядом, если они были в национальном платье; за ними литаврщики, после трубачи, копейщики... Вон богато одетые слуги ведут под уздцы шестерку коней, попарно запряженных в золотые колесницы. Усыпанные искрами алмазов хохолки на холке коней так и сверкают...

За ними белые, вороные, караковые, в яблоках кони верховые. После — барабанщики, стройные ряды русских сподвижников Лжецаревича, духовенство, блистающее парчовыми ризами...

И вот на белом коне Лжецаревич, теперь уже Лжецарь. Одежда его блещет золотом, ожерелье сверкает {Это ожерелье ценилось в 150 000 червонцев.}. Далее литовцы, казаки, стрельцы.

Все падает ниц, повергается во прах перед Лжедимитрием.

— Здрав будь многие лета, царь-государь! Солнышко наше! — гремит в народе.

Лжецарь величаво кивает, а в уме его проносится: "Ну теперь я действительно царь!"

Вдруг точно с неба сорвался и упал вихрь. Тучи мелкой пыли слепят глаза. Кони взвиваются на дыбы, всадники едва удерживаются в седле. Сам Лжецарь покачнулся, ослепленный, полузадушенный.

"Не быть добру", — думает суеверный народ.

Но снова все тихо. По-прежнему сияет солнце, по-прежнему в чинном порядке, сверкая и шумя, движется шествие. Снова неумолчные клики:

— Здравствуй, солнышко наше, царь Димитрий Иваныч!

XXVIII

НА ПИРУ

У царя Димитрия был пир. Это далеко не было новостью для москвичей: редкий день проходил без царского пированья, без какой-нибудь забавы.

Бывало, они слушали гремевшую среди ночной тишины польскую музыку и вздыхали слегка.

"Гм... Что-то царь часто веселится! Ну, да известно — это так, пока, пройдет время и остепенится",— думали они.

Но день проходил за днем, а пиры, забавы, часто такие, которые считались нечестивыми, продолжались, и лица москвичей становились все угрюмее, задумчивее.

— Ктой-то это среди ночи на улице песни горланит? — спрашивал, бывало, пробужденный шумом и гамом от сна какой-нибудь купец или боярин.

— А это хмельные ляхи из дворца государева едут,— ответят холопы.

— Ишь, вопят, проклятые! Удержу на них нет! Пора бы им из Москвы восвояси...— недовольно ворчит потревоженный.

"Пора бы поганым восвояси",— все чаще подумывали

мирные граждане. Но поляки, по-видимому, не думали уезжать. Напротив, их все более набивалось в Москву; они пировали, бесчинствовали, оскорбляли москвитян, позорили их жен. Не было над ними суда — они делали что хотели: царь все прощал им, своим сподвижникам. Московцы терпели и молчали, но что-то начинало закипать в их груди.

А царь забавлялся, царь пировал, ласкал поляков.

Вот и сегодня, сидя за пиром, он явно выказывал предпочтение ляхам перед боярами, говорил больше с ними, чем с русскими, хвалил их доблесть, обычаи, и сам, к довершению всего, одет был в польское платье. Бояре угрюмились, но терпели.

"Царь ведь... Его воля..." — думали они. Вино лилось рекой. Пожалуй, никогда ни прежде, ни после царствования Лжедимитрия не выпивалось столько вина в Москве, как в это время. Ляхи умели попить, умели попить и русские, не отставал ни от тех, ни от других и Лжецарь.

Польская музыка, гремевшая во время пира, только что перестала играть. Слышен был гул голосов, смех, громкие шутки. Царский пир превращался в оргию.

— Что за обычай у вас, у москалей, прятать женщин? То ли дело, если б на этом пире да были красотки! — громко сказал какой-то изрядно захмелевший лях.

— Твоя правда! Было б повеселей,— поддержали его товарищи.

— Царь! Прикажи привести женщин,— нагло заметил первый поляк.

Димитрий был изрядно захмелевши. Его лицо покраснело и лоснилось, тусклые глаза оживились.

— А что ж! Отчего же и не позвать. Гей! Кто-нибудь! Приведите сюда женщин — ну, там жен купеческих либо опальных бояр... Живо! А мне... Ксению! — крикнул пьяным голосом Лжецарь.

— Царь, царь! Не дело ты затеял,— сказал сидевший неподалеку от него Белый-Туренин.

— Да! Не гоже! — поддержал его Петр Басманов. Бояре глухо роптали.

— А ну вас! Все в советники лезут! Живо исполнить, что я сказал! — крикнул Лжедимитрий и стукнул кулаком по столу.

Павел Степанович только пожал плечами и тяжело вздохнул.

Скоро в палату робко вошла толпа женщин, бледных, дрожащих, испуганных.

— А-а! К нам, москальки-красавицы! Будем вино пить...

Авось, вы нас полюбите. Садитесь,— заговорили поляки и загремели скамьями.

Женщины покорно сели рядом с панами. У многих из них на глазах блестели слезы.

— А где... моя? — спросил Лжецарь.— А-а! Вот она! И он поднял глаза на стоявшую перед ним с опущенною головой Ксению.

— Дай взглянуть на тебя, красавица...— пробормотал Лжедимитрий.

Ксения не поднимала головы.

Один из бояр-приспешников, хмельной, взял ее за подбородок и повернул лицо царевны к самозванцу.

— А? Какова девка, хе-хе? — пробурчал он.

Яркая краска залила щеки царевны.

— Не смей! Не смей! Холоп! — крикнула она не своим голосом, потом повернулась к самозванцу: — Убей лучше!... Зачем мучишь?..

Лжецарь побледнел. Хмель как будто разом соскочил с него.

Боярин залился пьяным смехом.

— Хе-хе! Осерчала! Дай я тебя приласкаю!

И он снова поднес грязную ладонь к ее лицу. В глазах самозванца сверкнул гнев.

— Прочь, раб подлый! — с силою оттолкнув пьяного нахала, крикнул он, потом поднялся и низко поклонился Ксении.

— Прости, царевна! — тихо сказал он и тотчас же отдал приказ: — Увести!

После с угрюмым лицом опустился он на свое место. Он окинул взглядом пиршество. Пьяные, красные лица панов, бледные дрожащие женщины... Хохот и слезы... Остатки разлитого вина на скатерти... Шум, гам...

Точно судорога прошла по его лицу.

— Отправить по домам женщин! — прозвенел его голос.

— Э! Царь! Что так скоро? Мы...— начал какой-то пан.

— Молчать! — прокатился грозный окрик Лжецаря.— Пир кончен!

И он поднялся из-за стола при общем безмолвии.

XXIX

ЛЖЕЦАРЬ И ЦАРЕВНА

Смеркается.

Бледная и задумчивая девушка одна в низкой душной палате. Кто бы узнал в ней царевну Ксению! Но она все же прекрасна, как и в счастливые дни, пожалуй, даже еще прекраснее, чем тогда. Горе согнало с ее щек яркий румянец, но бледность делает красоту ее возвышеннее, большие глаза, обведенные синеватым кольцом, кажутся от этого еще больше, а слезы сообщают взгляду неотразимую прелесть.

Душа Ксении полна горем, почти отчаянием.

— Господи! Смерти, только смерти прошу я у тебя! — шепчут ее побледневшие губы.

Но, чу! Кто идет? Шум шагов все близится. Может быть, идущие несут ей смерть? Хоть бы так!

И несчастная царевна почти радостно крестится.

Широко распахнулись, двери. Два немецких рейтера стали по бокам в проходе и замерли, держа перед собою алебарды.

Тихие шаги, звон алебард во время отдания чести, и входит... — царевна не верит глазам — входит он, новый царь.

Двери бесшумно затворились за ним.

Царевна не встала, не шевельнулась, только смотрит на него полуиспуганно, полуизумленно.

— Царевна, прости... я виноват перед тобою,— тихо проговорил Лжецарь, низко кланяясь.

В его голосе слышатся мягкие нотки. Странно действует на Ксению этот мягкий, ласковый голос. Она столько видела за последнее время унижений, оскорблений, столько выстрадала... И ни одного, ни одного сочувственного слова! Удивительно ли, что голос самозванца заставил сильнее забиться ее сердце? Она плачет. Но это уже не прежние слезы отчаяния, это — облегчающие слезы.

Он сел рядом с нею на скамью, взял ее руку. Ксения хочет отдернуть руку — ведь это он, убийца ее матери, брата, похититель престола — и не может, у ней сил не хватает. "Ласки, ласки! — дрожит в ее сердце какой-то неведомый голос. — Хоть от кого, хоть от зверя!"

Снова ласкающий, берущий за сердце голос:

— Ты плачешь, царевна? Ты страдаешь? Я — виновник?

Да? Клянешь меня? Прости! Я не так виновен. Можно все исправить.

"Верни мне мать, брата, злодей!" — хочет крикнуть Ксения и не кричит, а шепчет: "Бог тебе судья!"

— Царевна! Твой отец, подобно мне, поднялся из ничтожества на высоту и был хорошим царем. Отец твой многое сделал — я превзойду его! Царевна! У меня в голове таятся великие думы. Мой путь будет труден, и мне нужно добрую пособницу. Ксения! Раздели со мной мои труды, мои великие печали и великие радости, будь мне женой.

Царевна изумленно взглянула на него.

— Быть может, ты слышала, что я хотел жениться на полячке Марине. Гордая, умная, она казалась мне подходящей женой для царя, но и только — сердце мое не лежало к ней. И вот я увидел тебя. Я давно слышал о твоей красоте, но ты превзошла всякие мои ожидания, не раз слышал я и о твоем уме... Я полюбил тебя, Ксения, с первого взгляда! Что мне Марина! Я не женюсь на ней, хоть пусть Сигизмунд объявит мне войну... Ксения! Знаешь ли ты, что такое любовь?

И он заговорил о любви,— какое это блаженство, какое страдание. Голос его то повышался, то замирал до шепота.

Царевна молча слушала его, прикрыв лицо одною рукой — другую держал самозванец. Она слушала, и сердце ее трепетно билось. Да, она знала, что такое любовь. Она испытала ее муки, ее блаженство. Образ юного умершего королевича, ангела и лицом и душою, предстал перед нею. Эта любовь была единственным светлым пятном на унылом фоне ее затворнической жизни. Но свет мелькнул и погас. За ним была сплошная тьма.

А речь самозванца становилась все оживленнее, он все крепче жал ее руку.

Ей было приятно и от слов любви, и от этого пожатия. Какая-то истома, нега охватывала ее. Сердце билось неровно, и что-то в глубине души настойчиво требовало: "Счастья! Счастья!"

Вдруг Лжецарь умолк. Ксения отняла руку и взглянула на него.

Не нее смотрела пара тусклых глаз, подернутых страстною дымкой; дрожащая сладострастная улыбка растягивала губы, от бледного безобразного лица веяло животною похотью.

Царевна вырвала руку и отшатнулась.

— Прочь! Прочь! Душегуб! — воскликнула она, задрожав; вскочила с лавки и отбежала в дальний угол комнаты.

— А, так ты? — вскричал самозванец и бросился к ней.

— Прочь! Не подходи! — кричала Ксения, прижавшись к стене.

— Чего там прочь! Не хотела добром — силой возьму...— грубо проговорил Лжецарь, и ее нежные руки хрустнули, сжатые его сильными пальцами.

XXX

ДВА МЕДВЕДЯ

Стефан-Лис, приехав в Москву вместе с другими ляхами, казалось, совершенно забыл о недавней кончине своего господина; он вел разгульную жизнь, подобрав себе человек двадцать добрых приятелей из ляхов же. Деньгам у него не было перевода; откуда он добыл их — этого никто не знал, да мало кто о том и заботился, а только старался покороче сблизиться со щедрым и богатым приятелем. По временам Стефан куда-то пропадал и возвращался обыкновенно в мрачном настроении духа. Только один раз он вернулся веселым.

— Что ты сегодня такой? — спросили его.

— Нашел того, кого мне нужно,— уклончиво ответил он.

Через несколько дней он купил за дорогую цену медведя и поставил клетку с ним у себя на дворе.

— Зачем это тебе? — спрашивали приятели.

— Может, царю, подарю, благо он охотник до медвежьей травли, а то себе оставим, позабавимся.

Кормить он стал зверя исключительно мясом, потом вдруг прекратил давать корм совсем дня три, затем опять покормил день и снова выдержал голодным.

Так он довел медведя до того, что у голодного зверя глаза кровью наливались, едва он замечал вблизи себя живое существо — человека или животное — безразлично.

Видя это, Стефан с довольным видом потирал руки,

— Потешу я вас, приятели, если вы мне поможете,— сказал он однажды за приятельской пирушкой.

— Рады помочь. Что такое?

— Есть москаль один силы непомерной... Так вот, хотелось бы посмотреть, как он с медведем сладит.

— Мы-то причем?

— Да дело в том, что москаль этот по доброй воле нас не пойдет потешать. Надо бы его силком затащить. Человек десяток надо — меньше с ним не сладят.

— Это можно. А не влетит за такую потеху?

— Ну вот! Нам, ляхам, да влетит! Кажется, мы не в Варшаве, а в Москве при царе Димитрии.

— Что ж, ладно. Поможем,— ответили приятели. Несколько дней спустя москаль уже был пойман и лежал, скрученный веревками, посредине двора Стефана.

Этот москаль был Никита-Медведь, пришедший вместе с войском Лжецаря в Москву и разысканный Стефаном.

Никиту схватили вечером, и он целую ночь пролежал на дворе. Он никак не мог сообразить, куда он попал. На него напали врасплох, пользуясь темнотой, скрутили, притащили сюда и бросили. Он пытался развязать или разорвать свои узы, но ни того, ни другого не мог сделать.

Только что взошло солнце, когда его развязали. Перед тем он подумывал, что, когда его развяжут, он задаст обидчикам хорошего гону, но его обезоружил ласковый голос развязывавшего — кто это был, он не видел, потому что лежал лицом к земле:

— Ошибкой тебя схватили... Уж ты не сердись... Я тебя сейчас развяжу...

Веревки были перерезаны. Когда пленник поднялся с земли, развязавший уже успел уйти.

Никита осмотрелся. Он находился посреди небольшого двора, окруженного крепким частоколом; направо находилось нечто похожее на клетку, и в ней кто-то копошился. Из-за частокола выглядывали головы, и среди них он увидал одну знакомую. Он напряг память, желая вспомнить, кто это был, и скоро узнал слугу "бешеного" пана.

"Какую-нибудь пакость против меня задумал устроить, вражий сын",— подумал Никита.

Дверь клетки приподнялась с помощью веревки, и что-то неуклюжее, косматое выпрыгнуло оттуда и зарычало.

"Медведем затравить хочет",— мелькнуло в голове силача.

— Посмотрим, так ли справишься с ним, как с моим господином? Ну-ка, схватись! — насмешливо крикнул с частокола Стефан.

— Авось, они с медведем понюхаются да и драться не

станут: москаль ведь медведю свой брат! — пошутил кто-то из ляхов.

Никита не отвечал на насмешки. Он поспешно снял с себя кафтан и обернул им левую руку до локтя, оставив свободными только пальцы, и стал спокойно ждать.

Медведь, рыча, приближался. Немного не дойдя до парня, он поднялся на задние лапы, и помахивая перед мордой передними, переваливаясь, пошел на "москаля".

Никита не трогался с места. Горячее дыхание зверя пахнуло ему в лицо, пасть открылась с глухим ревом. В один миг левая рука "москаля" была уже в пасти медведя, а правая, как молотом колотила зверя по голове. Зверь как-то весь встряхнулся. Страшные лапы опустились на плечи борца. Никита зашатался, но устоял.

Зверь и человек стояли теперь грудь к груди. Зверь рвал тело когтями, куски мяса падали на землю вместе с лохмотьями белой рубахи, и, взамен той, на теле, казалось, появлялась новая, ярко-красная — обнаженное, кровавое мясо; человек теперь упирался медведю в горло правою рукой, а левою что-то рвал в его пасти; струйки крови стекали с нижней челюсти медведя. Лица Никиты нельзя было узнать — это была какая-то синевато-багровая маска, по которой тянулись вздувшиеся жилы. Ляхи-зрители сперва замерли от изумления, потом заговорили:

— Молодец, москаль! Ай-да москаль! Слава москалю! — кричали эти в сущности не злые, но легкомысленные люди, уважавшие силу и смелость.

— Подождите еще хвалить! — лепетал Стефан с бледным, искаженным злобою лицом.

Вдруг все ляхи гаркнули:

— Виват, москаль!

Они видели, как медведь зашатался, завыл и рухнул на землю, а левая рука Никиты держала красный вырванный язык зверя. Но вряд ли боец слышал эти восторженные клики. Он, тяжело дыша, обвел ляхов помутившимся взглядом, зашатался, схватился за грудь и упал на труп медведя. Кровь хлынула у него изо рта.

— Прими, Боже, дух мой! — пробормотал он.

Когда ляхи, перебравшись через частокол, подбежали к нему, он был уже мертв.

Месть Стефана совершилась, но он не был доволен ею: она послужила к новому торжеству "москаля", хоть и убила его. Лис с ненавистью смотрел на мертвое лицо Никиты и жалел, что теперь уже нельзя отомстить более тонко.

— Стефан, сегодня вечером пирушка у Яна... Придешь? — спросил кто-то из приятелей.

— Приду,— угрюмо ответил Лис.

Но прийти ему не удалось. Когда он вечером пробирался по улице к дому, где жил Ян, чья-то рука сжала ему горло, и острый нож по самую рукоять вонзился в его грудь.

— Это тебе за моего батьку! — в то же время промолвил молодой, звенящий от гнева голос.

Стефан упал, как подкошенный. Мститель попробовал рукою его холодеющий лоб и отошел.

— Ну, теперь можно мне и в Литву к моему господину,— пробормотал он.

Этот мститель был Афонька.

XXXI

С БОЯ ВЗЯЛ

— А что, батюшка, как со свадьбой? Скоро ли? — спросил однажды Константин отца.

— Ну, брат, твоя свадьба, может, и мимо еще проедет,— угрюмо отвечал старик: он был в дурном расположении духа с самого вступления на престол Лжецаря.

— Да как же так, батюшка?! — воскликнул сын.

— Чванный что-то стал от меня морду воротить: я, вишь, не в милости у нынешнего якобы царя, на поклон к нему не пошел.

— Я съезжу узнать к Парамону Парамоновичу.

— Что ж, съезди.

Константин живо собрался. По дороге к дому Чванного он, размышляя, пришел к заключению, что отцовское предположение, пожалуй, справедливо. Недаром на последних свиданиях Пелагеюшка выглядела грустной, а глаза у ней были наплаканы. Он допытывался, она не говорила — тревожить не хотела. Что-то есть!

Под влиянием таких дум Константин сидел на седле, как на горячих угольях.

Чванный встретил его довольно сухо.

— Что скажешь? Да живей — я во дворец сбираюсь; царь сегодня на травлю едет, и я с ним.

— Правда ль, что ты отдумал дочку за меня выдавать? — выпалил молодой боярин.

— Есть грех!

— Да как же это ты так? Сговорил, и на! На попятный.

— Я не враг своей дочке, и что за мед выдавать ее за такого, которому ходу не будет? Вы, Двудесятины, в опале у царя, и сами виноваты — чего не ехали на поклон к нему? Спесивы некстати.

— Уж ладно, ладно, не толкуй! Хорош гусь — слова не держишь! — грубо заговорил раздраженный Константин и на минуту задумался. Вдруг он хлопнул себя по лбу и просиял.

— Ах, я дурачина! И забыл совсем! — пробормотал он.

Чванный что-то ворчал, но Константин его перебил.

— А вот я и в немилости, а пойду царю на тебя жаловаться — велит он тебе за меня дочь отдать!

— Сделай милость! Иди. Не хочешь ли, подвезу? — насмешливо заметил Чванный.

— Рад буду.

— А и в самом деле! Хоть посмеемся вдоволь. Ну, однако, мне пора.

— И мне тоже. Так добром не хочешь?

— Нет, уж поезжай к царю, пожалуйста! — хихикая, говорил Парамон Парамонович.

— Поеду, будь спокоен!

Когда Константин Лазаревич добрался до дворца, у крыльца стояло немало народу. Он протиснулся вперед и стал ждать выхода.

Скоро потянулись разные дворовые чины, между ними шел и Чванный, потом появился царь. Все пало ниц, земно кланяясь. Поклонился, как требовалось, и Двудесятин, но поторопился подняться и остановил Лжецаря возгласом:

— Смилуйся!

Чванный, видя Двудесятина исполняющим свое намеренье, не знал, смеяться ему или робеть. Лжецарь обернулся:

— Что тебе?

— Ты мне милостей сулил когда-то, царь-государь.

— Я? Тебе? Постой, что-то лицо твое мне, в самом деле, знакомо. Где я тебя видел?

— А под Новгородом-Северским... Я тогда лестницу приставил и первый...

— Ах, помню, помню! Точно сулил милостей, и за дело — молодец ты! Ну, чего же ты хочешь? Да встань с колен!

Константин поднялся.

— Есть, царь-государь, у тебя боярин, Парамоном Парамонычем звать его, прозвище Чванный.

— Знаю, кажется, есть... Ну?

— Вон он стоит... Сосватал я у него за себя дочку, и все было слажено, а теперь он на попятный — вы, говорит, не в милости у царя Димитрия Иваныча, за опального что за мед дочь выдавать. Прикажи выдать, царь-батюшка!

— Ха-ха-ха! Вот просьба! Что ж, любишь, знать, больно свою невесту?

— Страсть как!

— Ну, мы это устроим. Поди-ка сюда,— поманил он пальцем Чванного.

Тот подошел с низкими поклонами.

— Через неделю чтоб твоя дочка была повенчана с ним вот. Да не думай, что Двудесятины в опале — один этот побольше стоит, чем пяток таких, как ты, которые тем только и ведомы стали, что легко от царя Феодора отпали. Могу ли я на таких надеяться? А на него положился бы без опаски...

И Лжецарь отошел. Чванный стоял некоторое время с раскрытым от изумления ртом. Немало были изумлены и другие бояре — такая долгая беседа царя с лицом не чиновным да еще на улице казалась им как будто несколько даже непристойной, унизительной для царского величия.

Через неделю отпраздновали свадьбу.

— Ну, Пелагеюшка,— говорил Константин, обнимая после венца молодую жену, — с боя я тебя взял.

XXXII

НЕОЖИДАННЫЙ ПРИЕЗД

Мы опять в Литве, в поместье Влашемских. Пани Юзефа сидит за работой. Лицо ее по обыкновению, строго и холодно.

Пан Самуил медленно бродит по комнате.

Вошел отец Пий. На лице его непривычное волнение.

— Дочь моя и сын мой! Я должен сообщить вам очень неприятное известие...

Пани Юзефа вопросительно смотрит на него. Лицо пана Самуила принимает испуганное выражение.

— Ваша дочь Анджелика... Вы знаете, она находилась тут неподалеку в монастыре, у благочестивых сестер...

— Я ничего не знал! Я бы уже давно съездил к ней...— вскричал пан Самуил.

Пани Юзефа сделала нетерпеливый жест.

— Она, ваша дочь, похищена! — взволнованно промолвил паяер.

— Как?

— Может ли быть?!

— Когда она гуляла в монастырской роще с молодой послушницей, напали неизвестные люди, схватили ее и увезли. Послушница от испуга едва имела сил добежать до обители.

Пораженные Влашемские не могли говорить. Вбежал запыхавшийся холоп.

— Пани Анджелика с мужем приехали! — крикнул он.

Отец Пий разинул рот от изумления, пани Юзефа выронила работу, а пан Самуил вскрикнул.

Через минуту вбежала в комнату, плача и смеясь, Анджелика и бросилась к отцу. Следом за нею вошел Максим Сергеевич.

При виде его отец Пий подобрал полы своей сутаны и бегом пустился к своей каморке.

— Воскрес! Воскрес! — в ужасе бормотал он.

— Ты обвенчана с ним,.. с еретиком? — спросила Юзефа.

— Да, матушка, прости нас!

Пани Юзефа поднялась со скамьи и выпрямилась во весь рост.

— Я тебя прокли...

Пан Самуил не дал ей договорить.

— Не смей! — крикнул он так грозно, что у его жены язык прилип к гортани.

— Будьте счастливы, дети! — со слезами промолвил Влашемский, благословляя молодых, и добавил, обратясь к жене: — Юзефа! Благослови!

И опять его голос звучал так, что пани Юзефа не посмела ослушаться.

Вечером того же дня по дому разнеслась весть, что отец Пий найден мертвым в своей келье: он не вынес потрясения.

226

XXXIII

БУРНЫЙ РАЗГОВОР

Был вечер 16 мая 1606 года. Шел уже одиннадцатый месяц, как "расстрига" стал царем. Многое изменилось за истекшее время, доказательством чего может служить следующий разговор между Лжецарем и боярином Белым-Турениным.

— Царь, мне нужно с тобою поговорить.

— Ну? — недовольно протянул самозванец и с раздражением добавил.— Верно, опять наставления?

— Нет, не наставления — я только хочу тебе сказать одно: опомнись!

— Ты далеко заходишь! — гневно вскричал Лжедимитрий.— Не забудь, кто я, и кто ты.

— Ты сам мне велел всегда тебе говорить правду, я ее и говорю. Я не забыл, кто я, но ты забыл, что ты русский царь, а не прежний инок, вольный казак, слуга Вишневецкого.

— Павел!

Но боярин не обратил внимания на этот окрик.

— Ты забыл, что если русский царь всевластен, то ведь, в глазах народа, недаром дана такая власть, и царский стол — не место для забав и потех скоморошьих!

— Боярин! — крикнул в гневе самозванец.

— Ты говорил, что хочешь блага русскому народу... Что же ты сделал? Завел школы, как сказывал? Возвысил Москву над Польшей? Ты отвратил от себя сердца москвитян — вот что ты сделал! Ты одеваешься ляхом, ешь телятину, не моешься в бане, не спишь после обеда, а слоняешься в эти часы один-одинешенек по городу, и тебя ищут бояре: царь пропал! Ха-ха! Ты глумишься над боярами, осыпаешь милостями горсть поляков, они бесчинствуют, своеволят — ты им все прощаешь. Ты женился на польке... Мало этого, венчался с нею в пяток и накануне праздника! Зачем это, зачем? Не мог подождать одного дня? Опомнись!

Самозванец слушал, весь трепеща.

— На плаху! Вон! Грубиян! Холоп! — проговорил он, тяжело дыша.

— Что ж, царю можно послать на плаху того, кто некогда спас простого Григория! — спокойно промолвил боярин.

Лжецарь схватился за голову и прошелся по комнате.

227

— Прости, Павел... Я сам не помню себя...— проговорил он тихо.— Ты прав, да, я во многом виноват... Да, да! Но что делать, если я не могу выносить глупых московских суеверий, если при виде постно-благочестивой боярской рожи у меня вся кровь закипает? Да, я нарочно делаю все наперекор обычаям — надо же мне их чем-нибудь донять, заставить отучиться от всех этих глупостей...

— Нельзя так... Где нужно легонько пилить, там нельзя рубить с плеча.

— Иначе я не умею. И потом... знаешь, я все это время живу словно в чаду!

— Я вижу это. Эх! Не надо было в цари лезть!

Глаза Лжецаря снова вспыхнули.

— Павел, ты опять начинаешь!..

— Да говорить — так все. Ты на престоле остался прежним полуказаком, полуслугой. Ты то надменен, то унижаешься до Бог знает чего. В иную пору ты заносишься перед королем Сигизмундом, в иную — являешь себя чуть не холопом его.

— Ты все говоришь про ляхов! Неужели ты не можешь понять, что я не могу себя показать неблагодарным? Я им обязан — они дали мне царство.

— Что ты говоришь! Они дали царство! Да не пожелай русский народ иметь тебя царем, неужели что-нибудь могли бы сделать ляхи. Да будь их трижды больше — тебе он не увидать престола. Русский народ поставил тебя царем, а чем ты ему платишь? Глумишься над его верой, обычаям, хочешь ополячить. Да! Хоть ты мне говорил... ты помнишь что? — но делаешь другое, хочешь московцев сделать ляхами.

— Довольно! — вскричал Лжецарь.

— Я сейчас кончу... Ты пируешь, забавляешься, а не видишь, что тебе готовят гибель. Бояре устроили заговор.

— Гм... Странное дело! То же мне говорил и Басманов. Он называл Василья Шуйского...— пробормотал самозванец.

— Да, он всем и всеми вертит.

— Напрасно я его помиловал: голова его уже лежала на плахе.

— Не надо было доводить до плахи. Но что о том! Прими меры — мятеж близок.

— Вчера ночью схватили двоих...

— Двоих?! Против тебя тысячи!

— Ах, нет! Я не боюсь этого заговора. Против меня одни бояре, народ меня любит.

— Гм... Любит! Что-то очень часто поговаривают, что ты лях, либо расстрига, а не сын Иоаннов.

— Ну, будет! — прервал боярина самозванец.— Кажется, я тебя довольно слушал.

— Я говорил тебе правду для твоего блага.

— Хорошо! Я сам могу позаботиться о себе. Слава богу я не младенец. Отныне я запрещаю тебе говорить так со мной!

— Твое дело! — пожав плечами, сказал Павел Степанович.

— Конечно, мое! Ступай!

"О-ох! Не быть добру!" — думал боярин, выходя.

Было уже поздно, и Лжецарь прямо отправился в свою опочивальню.

"Все это пустое! Народ меня любит. Я не боюсь ничего. Никто не отнимет от меня власти: я самодержец, как Борис, как Иоанн... Я буду выше их!" — думал он, ворочав на своей постели.

Он заснул нескоро и проснулся под утро облитый холодным потом.

Ранний свет утра лился в окна. Где-то там, далеко за стенами дворца, что-то шумело. Казалось, какие-то бурливые волны разлились по городу.

Вдруг Лжецарь вскочил и дрожащими руками накинул на себя одежду — в рокоте этих неведомых волн он расслышал ясное:

— Смерть ему!

— Ко мне! Ко мне! — крикнул Лжедимитрий. Вбежали слуги.

— Что это за шум?

Слуги не знали; быть может, Москва горит...

— Позвать Басманова! — приказал Лжецарь и, выйдя из опочивальни, подошел к окну: внизу билось и клокотало темное людское море.

XXXIV

17 МАЯ 1606 ГОДА

Народная месть зрела медленно, питаясь новыми и новыми оскорблениями.

Уже в день въезда кое-что не понравилось москвичам:

когда самозванец, встреченный духовенством, прикладывался к образам, литовские музыканты играли на трубах и били в бубны, заглушая молитвословия; войдя в храм Успения, Димитрий ввел в него иноверцев,— "басурман" в глазах народа.

А потом потянулся длинный ряд оскорблений, которым московцы и счет потеряли. К оскорблениям в духовной сфере присоединились оскорбления внешние от забывших всякую меру поляков.

Народ роптал. Все чаще и чаще во время народных сборищ слышались угрозы по адресу ляхов, все чаще и чаще стали называть Лжецаря втихомолку "расстригою", "ляхом", "скоморохом", "басурманом".

Женитьба царя на польке, венчание в пятницу, накануне Николина дня, дополнило чашу. Нужен был только энергичный призыв, и народ восстал бы поголовно. Призыв этот сделал Шуйский.

Свержение Лжецаря было давно уже решено боярами с Шуйским во главе, народ был подготовлен, запасся оружием и все чаще ссорился с ляхами, которым спуску не давал; вечером 16 мая уже были отмечены меловыми крестами дома, где жили ляхи, а самозванец оставался спокоен, хотя до него доходили тревожные слухи, смеялся над ними и не принимал мер.

В четыре часа утра 17 мая 1606 года зазвонили в Ильинской церкви. Колокола других церквей разом подхватили, и набат загремел по Москве.

Отовсюду, из всех улиц и переулков толпы громко шумевшего люда, гремя оружием, бежали к Лобному месту. Все сословия дружно соединились: боярский сын бежал рядом с крестьянином, торговый человек со стрельцом. Все это неистово вопило: "Смерть расстриге! Смерть ляхам!"

У Лобного места народ соединился с боярами. Князь Василий Шуйский воеводствовал над народным ополчением. Спасские ворота растворились. Шуйский въехал в Кремль, приложился к иконе в храме Успения.

— Во имя Божие! Идите на еретика! — и он указал им на царский дворец.

Толпы понеслись ко дворцу. Шуйского колотила нервная дрожь.

"Удастся ли?" — с беспокойством думал он. Потом у него мелькнуло в голове то, что уже не раз мелькало: "Кому после него быть царем?" И он мысленно ответил: "Мне!"

— Басманов! Поди узнай, чего они шумят! — приказал самозванец.

Петр Федорович выбежал в Сени и столкнулся с вломившимися мятежниками.

— Что вам надо?

— Подай расстригу! — слышались крики.

Басманов взглянул на красные, возбужденные лица, увидел сверкающие глаза, обнаженные сабли и в ужасе кинулся назад.

— Не пускайте! Бога ради, не пускайте! — крикнул он немцам, охранявшим двери.

Он вбежал в покой и крикнул:

— Москва бунтует!

— Москва бунтует? Да как она смеет? Вот я им покажу! — вскричал Лжецарь, раскрыл двери, выхватил секиру из рук немца и, махая, ею, яростно крикнул толпе: — Я вам — не Борис! Я покажу...

Что-то похожее на звериный рев было ему ответом. Раздались выстрелы.

Самозванец отскочил от двери. Дверь захлопнулась. Удары топоров посыпались на нее.

— Еретика! Расстригу! Басурмана! Подай! Подай! — ревела толпа.

— Что же делать? — растерянно спросил Лжецарь Басманова.

Тот пожал плечами:

— Не знаю. Я предупреждал. Попробую унять их.

И Басманов бесстрашно вышел к мятежникам.

— Побойтесь Бога! Что вы! Идите с миром домой — и царь на вас не будет гневаться...

— А ну! Молчи, еретичий холоп! Пошел в ад! — крикнул боярин Михаил Татищев и по самую рукоять вонзил нож ему в грудь.

Замертво падавшего Басманова подхватили десятки рук. Труп вытащили из сеней и сбросили с крыльца.

"Что он долго?" — думал самозванец с беспокойством и вдруг расслышал за дверьми насмешливый возглас:

— Сбросьте это падло с крыльца на потеху честным людям!

— Убит! Господи! Что мне делать? Что мне делать? — в ужасе шептал Лжецарь, метаясь по палате. Он впервые понял, что такое смертельный страх.

А дверь трещала от ударов топоров, поддавалась.

— Сейчас войдут! Неужели погибнуть?

Он озирался по сторонам, ища выхода. Взгляд его упал на окно, выходившее на Житный двор. Он растворил его и выпрыгнул. С пробитою головой и грудью, с вывихнутою ногою он без чувств протянулся под окном.

Мятежники, между тем, вломились в покой, искали самозванца.

Стрельцы, стоявшие на страже у дворца, не участвовали в мятеже. Они подняли его, отлили водой. Скоро мятежники его разыскали.

— Давайте еретика! — наступая на стрельцов, завопила толпа.

— Не выдадим, пока царица-инокиня {Мать убитого в Угличе царевича Димитрия.} не скажет, что он ей не сын! — ответили стрельцы.

Стали ждать. Допрошенная царица покаялась в обмане и отреклась от самозванца. Последняя надежда несчастного рухнула. Его подняли и поволокли обратно во дворец.

Окровавленный, страдающий, одетый только в лохмотья рубахи, сидел он на полу, окруженный беснующейся толпой. Ничего царственного уже не оставалось в этом дрожащем, бледном человеке. Теперь он сам понял, что, если прежде, пожалуй, призадумались бы убить царя, одетого, как подобало его высокому положению, то теперь этого жалкого человека в отрепьях убьют без сострадания.

— Кто ты? — приступили к нему.

— Я Димитрий... Спросите мать...— слабым голосом ответил он.

— Врешь! Спрашивали ее! Ты бродяга, вор!

Раздались два выстрела, и самозванец упал мертвым, даже не охнув.

Теперь все накинулись на мертвеца. Его кололи, рубили. Потом сбросили с крыльца на труп Басманова. Внизу шумевшая толпа, в свою очередь, накинулась на безжизненное тело того, перед кем недавно трепетала. Нет ничего хуже раба, ставшего внезапно господином. Натешившись, положили трупы Лжецаря и Басманова близ Лобного места.

— Теперь за ляхов! Бей ляхов! Бей! — послышались крики, и толпа рассыпалась по городу.

XXXV

СЧАСТЬЕ БОЯРИНА БЕЛОГО-ТУРЕНИНА

Разбуженный колокольным звоном и шумом народа Павел Степанович наскоро оделся и выбежал на улицу.

Там боярин замешался в толпу. Прежде всего она вынесла его к Лобному месту. Тут было что-то, напоминавшее водоворот. Масса люда теснилась и медленно крутилась вокруг одной точки.

Павел Степанович протолкался и ахнул: он увидел трупы Лжецаря и Басманова. Их едва возможно было узнать — до того их изуродовали.

Белый-Туренин снял шапку и перекрестился.

— Ты чего это крестишься? Не об этом ли падле Бога молишь? — заметил ему какой-то оборванный парень, подозрительно косясь на него.

— Если они точно грешны, то за них и надо молиться — праведного Господь и так помилует,— ответил боярин.

— Вот еще! Не в рай ли ему попасть? Ха! — сказал оборвыш и ударил самозванца по лицу.

— Чего глумишься? Давно ли сам пред ним ниц падал? — с негодованием вскричал боярин.

— Ладно, ладно! Не больно-то учи! — огрызнулся оборванец.

Народная волна набежала и закрутила их. Павел Степанович сам не знал, как очутился в Китай-городе. Здесь толпа поредела, но зато здесь кипел заправский бой. Чернь осаждала дома ляхов. Сцены, которые боярину пришлось увидеть, леденили ему кровь.

Он видел, как вытаскивали из домов прекрасных женщин, как те, рыдая, целовали руки и ноги мучителей и были умерщвляемы самым варварским образом при громком хохоте опьяневшей от крови толпы; он видел, как применялись самые ужасные пытки... Толпа вспоминала все обиды, все оскорбления, и все вымещала на несчастных ляхах.

Из одного дома выбежала женщина, за которою гнались мужик с топором и два стрельца.

Женщина, одетая в одну сорочку, маленькая, с распущенными волосами, в ужасе металась.

Павел Степанович с удивлением и ужасом узнал в ней Лизбету. Он бросился к ней. Она узнала его.

— Павел!.. Спаси!..— лепетала Лизбета. Несколько грубых рук оторвали ее от него.

— О, Матерь Божья! — только успела крикнуть Лизбета и упала замертво от удара топором.

Павел Степанович не успел и опомниться, так быстро это произошло. Придя в себя, он бросился на мужика.

— Зверь! Душегуб! — крикнул он, схватив его за горло: при нем не было никакого оружия.

— Это из ополяченных!

— Наших бьют! Э, гей!

— Я видел, как он крестился над падлом-расстригой. Бей его!

— Бей его! — подхватили десятки голосов, и Белый-Туренин был моментально сбит с ног.

Его топтали ногами, били чем попало. Он потерял сознание.

Когда он пришел в себя, солнце уже высоко стояло на небе. Улицы Москвы были тихи. Над собой боярин увидел морщинистое старческое лицо.

— Жив, слава Господу! — проговорил старик.— Как бы нам его теперь, девунька, в наш домишко перенести? — продолжал он, обращаясь к миловидной бледной девушке с венком из полевых цветов на голове.— Эй! Добрый человек! — окликнул старик какого-то прохожего.

— Что, старче?

— А вот, будь добр, помоги-ка мне болящего сего в мою лачугу дотащить. Бог зачтет тебе это.

— Тоже побит... Эх, грех! И какой парень-то матерый! Ох, много крови сегодня пролилось! И я тоже, грешным делом, баловался. Как и замолю грехи свои тяжкие — не знаю! Такие дела творил, что вспомню теперь — волосы дыбом становятся! А тогда ничего. Одно слово, сатана оплел! Куда тащить-то?

— Я покажу... Как же мы с тобой его понесем?

— Один сташу. Ну, коли что, присяду отдохну.

В старце Павел Степанович узнал Варлаама, в добросердечном прохожем — убийцу Лизбеты.

Боярин долго находился между жизнью и смертью. Старец и девушка ухаживали за ним, как за родным. Наконец, крепкая натура одолела болезнь; он стал поправляться, но левая рука его отказалась служить — она была страшно искалечена. Повреждена была также одна нога. Поправляясь, Павел Степанович наблюдал за жизнью старика и девушки.

Это была мирная, трудовая жизнь. Старик плел лапти, корзины и продавал их. Девушка помогала ему.

— Ну вот, боярин, с Божьей помощью мы тебя и на ноги поставили! — довольно сказал Варлаам, когда боярин впервые поднялся с ложа.

— Спасибо тебе, старче. Я тебя награжу. А только... право, незачем мне было в живых оставаться! — печально промолвил Белый-Туренин.

— Не гневи Господа! — вскричал старик.

— Правду говорю. Грешен я, старче! Давят меня грехи. Я двоеженцем был, от веры отступил!..

— Тяжкие грехи, что говорить! — тихо перебил его Варлаам.— Только Бога надо молить, чтобы Он прощал, ну и делами добрыми по мере сил грехи покрывать.

— Мне одно осталось — в монастырь уйти.

— И незачем вовсе! Оставайся в мире, твори добро да молись — легко жить тебе будет.

— Попробую, попробую! — повеселел боярин.

— Попробуй, касатик,— ответил Варлаам.

Через десять лет вряд ли в Москве отыскался бы хоть один бедняк, который не знал бы "доброго боярина Павла Степановича".

Белый-Туренин нашел свое счастье.

www.ingramcontent.com/pod-product-compliance
Lightning Source LLC
Chambersburg PA
CBHW050419260626
47156CB00003B/1077